— the —
EXTINCTION FILES

BEST 嚴選

奇幻基地出版

大滅絕檔案二部曲

大滅絕・密碼

The Extinction Files

傑瑞・李鐸 著

陳岳辰 譯

A. G. Riddle

BEST 嚴選

緣起

在繁花似錦的奇幻文學花園裡，你或許還在門外徘徊，不知該如何抉擇進入的途徑；也或許你已經置身其中，卻因種類繁多，或曾經讀過不合口味的作品，而卻步、遲疑。

BEST嚴選，正如其名，我們期許能透過奇幻基地對奇幻文學的了解，以及對讀者的理解，站在出版者與讀者的雙重角度，為您精選好作家與好作品。

他們是名家，您不可不讀：幻想文學裡的巨擘，領域裡的耀眼新星。
它們最暢銷，您怎可錯過：銷售量驚人的大作，排行榜上的常勝軍。
這些是經典，您務必一讀：百聞不如一見的作品，極具代表的佳作。
奇幻嚴選，嚴選奇幻。請相信我們的眼光，跟隨我們的腳步，文學的盛宴、幻想世界的冒險，就要展開。

Day 10

52 億人感染

2 百萬人死亡

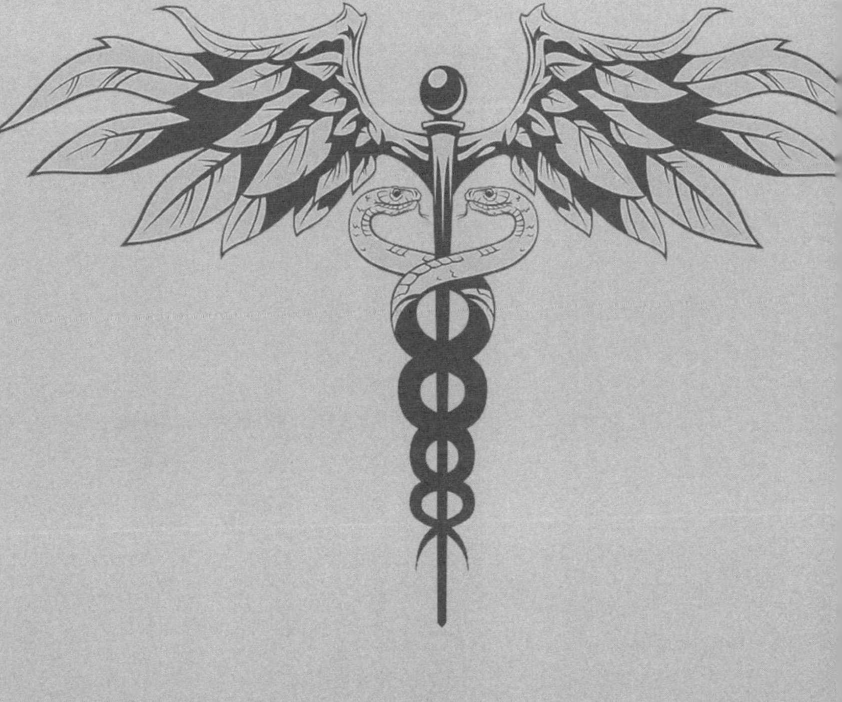

75

紅十字飛機穿過夜色與大西洋直衝昔德蘭群島，距離蘇格蘭大陸約一百英里。

經過西班牙時，艾芙莉做出艱難的抉擇：繞過大不列顛和愛爾蘭。飛越歐洲大陸完全沒遭到攔截，算是非常走運，不過她對英國領空就沒這麼樂觀。糾結點在於繞道會消耗更多燃料，是個頗大的賭注。

昔德蘭的陸地浮現在地平線上時，距離還有五十英里，飛機引擎轟隆隆排氣。她的掌心因緊張而冒起汗，她把汗水抹在褲管上，抓緊操縱桿，關閉自動駕駛模式。

機身開始下降，但她忽然發現燃料並非唯一的問題。

也不是最大的問題。

客艙內，引擎忽然竄出的聲響驚醒了珮彤。她還躺在地板睡袋上，面對著戴斯蒙。

他也回望著自己。

引擎再次鳴叫，機身快速下降。

戴斯蒙察覺了，扶著椅背站起來，過去打開駕駛艙的門。

珮彤跟在後面，看見駕駛座上的艾芙莉正手忙腳亂地撥動儀表板上各種開關，同時對著耳機呼叫：「斯卡茨塔管制臺，收到了嗎？」

擋風玻璃外的白氣如牆，雲開霧散時，珮彤才首次瞥見了陸地景象，綿延的墨綠丘陵自濃霧中探出頭來。

夜空中片片鮮亮的綠色、藍色前所未見，她屏息凝視，心裡知道這就是所謂北極光。光芒彷彿正和霧氣對抗，但沒能得勝。

強風拍打機身，珮彤重心不穩地朝戴斯蒙摔過去。他一手撐住自己，另一手接住珮彤，不但沒放開還繞過她頸部搭著肩膀摟近。

「艾芙莉，狀況如何？」

「棒呆了。」她沒回頭，仍緊握操縱桿，努力平穩機身。「沒燃料、沒能見度，起了大風而且地面塔臺還不回應。」

飛機在風中不停地搖晃。

「唔，另外我應該承認，這是我開過最大最大的飛機。」

戴斯蒙抽回手臂，身子前傾，與艾芙莉四目相對。「妳辦得到。我們並不是期待奇蹟，對吧？只要穩定減速，停在地面，就這樣而已。」

她沒講話，只是點點頭。

「我們能幫上什麼忙？」

艾芙莉的回答不再語帶諷刺：「綁好安全帶，確定周圍沒有未固定的物體，記得戴上頭盔、穿上防彈衣。」

☣

回到客艙，戴斯蒙拿了艾芙莉的防彈衣套在珮彤身上。拉緊繫帶時，她倒抽一口氣，逃離健太郎丸號時的胸口壓傷仍發痛著。

「太緊嗎？」他問。

珮彤咬牙說：「沒事。」

兩人戴上頭盔，坐進走道兩側座位，綁好安全帶。飛機在風中上下晃蕩，她凝視外頭淺綠色極光光弧流過天際，好似藝術家拿著磷光燃料，爲黑夜添上幾筆揮灑。

下降加速，風勁越來越強，珮彤伸手搭著前面椅背，穩住身形。

此刻窗外已找不到極光之影，只剩下一片霧氣。

輪胎著陸時吱吱嘎嘎地厲聲尖叫，機身一邊顫抖一邊在跑道上疾駛，用力彈跳震動之後，滑出了柏油路面，又過了幾秒才停止。

戴斯蒙解開安全帶，立刻竄過去打開駕駛艙門，扶住同樣已經起身的艾芙莉。

「小艾，飛得漂亮。」

珮彤還以爲兩個人會擁抱彼此，可是戴斯蒙只隔著一臂距離注視著艾芙莉。

艾芙莉臉上露出微笑。「要是跑道上有東西，我們的小命就沒了。」

「我們命硬，加上妳厲害。」

艾芙莉看上去異常疲憊。珮彤這才想起來，自從開始逃亡後，根本沒見她闔過眼。也難怪她一副要當場暈過去的模樣。

但她還是走入客艙，停在珮彤面前說：「防彈衣還我。」口氣直接得惹人討厭，不過珮彤還是點點頭解下黑色防彈衣，過程中覺得自己像是展示品那樣被人一直打量。

艾芙莉穿上防彈衣，拿起步槍和夜視鏡，轉身對戴斯蒙說：「得先確保塔臺安全，然後取得燃料，有了什麼萬一的話，最好能立刻飛走。」

☣

戴斯蒙隨艾芙莉外出查探，珮彤終於能放鬆下來。兩人要她留在飛機裡面等，她恭敬不如從命。

她開始注意到身體正在發燒。眼前閃過曼德拉醫院受苦、瀕死的病人的畫面，再找不到解藥的話，她也會落得同樣的下場。去曼德拉大約是一週之前，所以能假設自己已經感染五至七天……

她試著不去多想。必須專注於眼前。

她先整理機艙內的補給，也時時留神細聽有沒有槍響或打鬥。飛機周圍和跑道已被濃霧全面籠罩。

感覺彷彿過了好幾小時，珮彤聽見跑道那頭傳來跑步聲。她判斷不出人數，但察覺對方停在機艙外的草坪上，於是本能地鑽進駕駛艙。如果苗頭不對，可以趕快將自己鎖在裡頭。

腳步踏上登機梯，結果是戴斯蒙探頭進來。「想不想我？」

珮彤呼了口氣。「嚇死我了。」

外頭又傳來卡車引擎聲。「你們找到什麼?」

「機場空無一人,但油車還在,所以先加油,讓飛機回到跑道,做好隨時離開的準備。」

☣

塡滿油槽後,他們讓飛機回到跑道上,三人一起坐在客艙。

艾芙莉問戴斯蒙:「想起什麼了沒?」

「沒有。」

珮彤對他說謊如此自然不僅吃驚,也有點害怕。艾芙莉的反應則無法判斷信或不信。

他們討論下一步如何行動,最後的共識是艾芙莉得先睡一陣子,由戴斯蒙和珮彤開機場裡的車過去那個座標。艾芙莉雖不甘願卻也只能同意。首先,她不睡不行,再者分頭行動有個好處,兩人在外面碰上麻煩的話還有人能幫忙、甚至救援。

戴斯蒙和珮彤從機場辦公室裡找到鑰匙,發動一輛有點年紀的雪鐵龍運動人休旅車上路,沿著雙線柏油路駛過青蔥蜿蜒的山景。GPS的座標距離機場大約四十英里,看起來只是一片濃密的樹林。路上同樣起了大霧,頭燈照不了很遠,但仍能看見天上的極光,那抹明亮的綠彷彿指引歸途的燈火。珮彤凝望極光舞動的曲線,總覺得像是科幻片裡太空船留下的電漿軌跡。

車程中,戴斯蒙提起自己想起來的事。珮彤早就想知道他跨出帕羅奧圖的兩人小窩以後有什麼際遇,自從那天起她想起他不知道多少次,但聽了完整的故事反而覺得好不眞實,兩人感情裡空缺的一頁,至此終於塡補上。

他的記憶中斷在尤里．帕犂柯走入門洛帕克辦公室那一天。戴斯蒙對這個人的描述，聽在珮彤耳裡總覺得熟悉，包括名字也是，但她一時半刻想不起來。

「你知道他們把解藥藏在哪裡嗎？」她問。

「不知道。」戴斯蒙瞥向珮彤。「妳有沒有結婚？」

她搖頭。

「是因爲我？」

「因爲生活，戴斯蒙。不是你的問題，都是過去的事了，對吧？」

「對我而言不是。」

兩人一陣無言。

後來珮彤先開口：「你有沒有想起關於艾芙莉的事？」

「沒有。」

「我還是不信任她。」

「我也一樣，可是目前爲止也找不到可疑之處。」

珮彤換個話題。「記憶回復以後有什麼感覺？」

「好像腦袋要裂開了。」戴斯蒙觀察了她一下。「妳呢？」

「還好。」

「老實點吧，是不是惡化了？」

「被傳染是這一行的職業風險，不能接受的話，一開始就不該在疾管中心工作。」

「唔，我可不接受。」

珮彤直視前方。

「我不會讓妳這樣死掉的，珮彤。」

她按摩一下發疼的脖子。降落時太過激烈，造成的傷害可能比自己以爲的多。「通常是我安撫病人，保證一定會想辦法治好他們。」

「呵，妳可以休假一星期看看。」

兩人繼續前進。無論住家還是工作場所，外頭什麼建築物也沒有，只有道路在丘陵上彎曲延伸，彷彿文明被隔絕在外。

「接近了，」珮彤注視著迷宮實境軟體說：「剩下一百碼。」

戴斯蒙減速慢行。「哪個方向？」

「大概十點鐘。」

前方的路朝右邊拐，沒有連接到目的位置。戴斯蒙將車子停在路邊。

「妳留在車上。」

「不可以。」

「珮彤……」

「我要和你一起去。」

「好吧。」戴斯蒙的無奈反應堪比二十年老夫老妻，知道什麼時候除了妥協別無他法。

兩人下車以後竄入森林，地勢一步一步越來越高。道路位在谷底，周圍長滿古老長青樹，樹冠加上濃霧遮蔽了月光與極光，珮彤最多只能看見二十呎內的景物。

她輕觸戴斯蒙肩膀，指了指手裡的手電筒，示意該不該開燈。

他搖頭表示不要，握緊手槍、扛著步槍，另一手向後牽住珮彤，領她穿過一片幽暗。

太靜了。完全聽不到小動物移動聲響或鳥類鳴囀，珮彤不慎踩碎一截殘枝，斷裂聲在全然的死寂中顯得格外刺耳。

戴斯蒙停住腳步。

「抱歉。」珮彤低語。

他觀察樹林有什麼反應或動靜。

什麼也沒有。

「距離還有多遠？」

珮彤開手機確認。「三十碼，正前方。」

戴斯蒙舉著手槍，緩緩接近。

最後十碼，珮彤屏著氣息，感覺大霧從四面八方壓了過來。

手機發出嗶嗶聲，跳出訊息視窗：到達迷宮入口。

戴斯蒙接過手電筒，打開後在周圍掃了掃。光線撕開濃霧，他忽然停下來。

珮彤也看見了，腦中的第一個反應是：會爆炸。

76

戴斯蒙朝地上的小金屬盒靠近。「退後，」他低聲吩咐：「或許有陷阱。」

珮彤退到十碼之外的一棵樹後觀望情況。戴斯蒙亮出直刃軍用刀，以鋸齒刀刃砍下旁邊的樹枝，稍微削乾淨後當作棍子，撥開了盒蓋。

沒有任何奇怪反應。她鬆了口氣。

戴斯蒙小心翼翼地走上前，彎腰自盒內取出一張紙片，然後呼了口氣。

「是另一組GPS座標。」他解釋。

「在哪兒?」珮彤問。

戴斯蒙取出手機，輸入座標。「還是昔德蘭，距離這裡二、三十哩吧，可以開車過去。」

搜集螢幕忽然跳出提示，是迷宮實境的訊息：

發現入口：1

她拿給戴斯蒙看。

「跟我之前在達達阿布開啓軟體的時候一樣。」

他接過手機、按下訊息，螢幕顯示出一幅地圖，這次位置是在澳洲南部靠近海岸的鄉間。戴斯蒙將其放大，珮彤從側邊瞧見綠色與褐色組成的地貌。比例調到最大時，兩人都愣住，因爲那是他們十五年前一起去過的地方——戴斯蒙兒時的老家。廢墟上已長出青草，但仍能看見地基焦痕。乍看之下與當年毫無分別，但珮彤心想不知道衛星影像是何時拍攝，難以判斷目前當地的情況。也許那裡就像昔德蘭一樣藏了什麼。

「有什麼想法？」她問。

戴斯蒙瞥了手機一眼，再看看寫了座標的紙條。「先調查完這邊，再決定要不要去澳洲。」

「需要通知艾芙莉嗎？」

「先不用。等我們確認完再說。」

戴斯蒙走入感應範圍時，樹頂那臺動態感應監視器開啓了。鏡頭彼端的那人清醒過來，專注的面孔顯然十分焦躁。時間不多了。

戴斯蒙與珮彤繼續摸黑出發。雖然霧氣依舊濃重，但已有散開的跡象，車子逆風而行，彷彿穿過巨大風口。深入昔德蘭荒野之後，道路左彎右拐，崎嶇不已。

距離目的地五百碼時，出現了一條泥巴岔路。戴斯蒙從手機導航確認它通向新座標，於是關閉了車頭燈，從背包掏出夜視鏡偵察。

又向前三百碼之後，他熄了火。「我們走過去。」

兩人沿著泥巴路行走，路面切入森林，軌跡看不出規律，盡頭的林間空地上有座小屋。沒有任何生命跡象，窗內黑暗、煙囪冷寂，石頭外牆與木屋頂上滿布灰色、青色和紫色的苔蘚。屋齡看上去歷史悠久，說不定自中世紀便無人聞問至今。

陰暗中，戴斯蒙朝珮彤做了個示意：妳留下。

他沒等珮彤回應，直接將車鑰匙塞過去，自己提著步槍走近了小屋。

珮彤看著戴斯蒙從小屋右側繞過去，緊張得忘了呼吸。十秒、二十秒過去，裡頭突然射出亮光。

前門打開，戴斯蒙走出來對她招手。

她走到門廊階梯。「快進來看。」戴斯蒙說。

珮彤跨進門後，完全目瞪口呆。

牆上貼滿了軟木板，到處釘上圖片、文章、筆記。某些詞彙引起珮彤注意：昇華生技、輝騰基因、基石量子、具現遊戲，還有戴斯蒙和康納的照片。

手寫字跡內容也有幾句話很醒目：

隱日——人，組織，還是計畫名稱？什麼東西用得到那麼龐大的能量？

第三世界是實驗場地？

有一部分剪報來自八〇年代。

顯而易見，曾經有人以此爲據點，對季蒂昂調查了一段時間，而且最近才剛離開，因爲廚房水槽內的盤子上還有食物殘渣，中島上面也擺著一臺闔上的筆記型電腦。

「有電源。」戴斯蒙打開小型暖氣，珮彤覺得舒服多了。「屋子後面有太陽能發電場，我猜屋頂後側應該也有，不過完全沒連接外部電網。」

一面牆下有三個檔案櫃。珮彤正想打開時，戴斯蒙叫著：「這裡。」

他站在客廳，腳底地板踏了踏。「有沒有聽見？」

珮彤搖頭。這是幹嘛？

戴斯蒙抓了壁爐旁邊的火鉗，朝地面一插，當作扳手撬開了木地板。底下居然藏了個保險櫃，門是旋轉式密碼鎖。他趕快將周邊木板都撬開，直到整個保險櫃露出，然後伸手試著開鎖。

珮彤過去跟著蹲下。「你知道密碼？」

「可能吧。」他喃喃著。

不過戴斯蒙扣住把手拉了拉卻拉不開。

「你剛才用的密碼是？」

「歐威爾的保險箱密碼。」

珮彤聽了會意過來：戴斯蒙懷疑是自己布的局，房子裡的研究就是他本人留下的。

他轉頭看著珮彤。「有其他主意嗎？」

方才在森林找到金屬盒的時候，珮彤就覺得不對勁。既然兩個座標相距不遠，幕後黑手爲什麼要刻意分成兩次，而不是直接將人引導到小屋？「試試看前一個座標，可能是提示。」

戴斯蒙點頭。「唔，沒錯。大概是避免有人意外闖入，閒雜人等不會知道密碼。」
他用金屬盒所在位置當作密碼，果然立刻開啓了櫃門。
拉開以後找到一疊紙張。最上面那張有一行筆跡：

「季蒂昂的歧途」

戴斯蒙翻開，下面是一份手札，兩人並肩坐下閱讀起來。

若有人看到這個，代表事態邁入最惡劣境地，世界即將被顛覆。我們面對的敵人比任何國家的政府或軍隊都來得更強大。

但我深信仍有希望阻止他們。想要成功，必須先瞭解對方的起源、歷史，以及真正的動機。以下就是答案，也是我所能給予最有威力、唯一的武器。

首先請明白季蒂昂最初是個心存善念、理念崇高的組織。雖然有其儀式與信仰，但成員並不承認神祇，追隨的是科學。他們相信，藉由科學能夠回答最深奧的問題，其中包括所謂大哉問：

人類為何存在？

季蒂昂集團窮究心力尋找答案，過程中卻誤入歧途。一九四五年七月某日，在新墨西哥州發生的事件永遠改變了季蒂昂集團，我之所以知道是因為我父親親眼見證，故事轉述在後。底下大半是我自己的經歷與觀點，希望足以引導你找出阻止季蒂昂的手段。動作要快。

——威廉

「威廉，」珮彤開口：「沒有姓氏。你有印象嗎？」

「沒有。」戴斯蒙往下翻閱掃視。「但看起來應該是我的同夥，或者線人之類。」

「嗯。接下來怎麼辦？要通知艾芙莉了嗎？」

「不要。」他立刻說：「繼續調查，讀完這些東西，搜索這棟小屋。」

兩人在客廳舊沙發坐下，室外氣溫才攝氏四、五度，裡面卻感覺更冷，小暖爐的熱力不足。她瞥了壁爐一眼，擔心讓煙囪冒煙是不必要的風險，所以拿起沙發上一條薄被蓋在自己和戴斯蒙身上，彼此的體溫慢慢地暖和了被子下的小天地。

戴斯蒙望向她，她知道兩人心裡浮現同樣的往事：十五年前，他們在帕羅奧圖也曾這樣度過寒冬。然而此刻有著人事已非的唏噓，但珮彤無法耽溺在昔日的美好裡，只能趕快翻開手札細讀。

77

我父親叫作勞勃．摩爾。他是個科學家，而且很可能身處在科學史上最重要的時間地點，也就是科學結束戰爭、改變世界的那瞬間。

一九四五年七月那天，他只睡了一小時，卻換上最體面的服飾，開車穿過沙漠，抵達了測試場。門口警衛要求他下車，對他做了很徹底的搜身。

基地裡面氣氛緊繃。控制站內的專案主任瀕臨崩潰，萊斯利．格羅夫斯將軍出面將人帶走，他們站在灰暗天色和紛飛雨水下交談。將軍不斷安撫他，一切都依照計畫（注）進行。

接近五點半，倒數計時開始。那幾秒鐘是勞勃人生最漫長的時間。

團隊替裝置取了暱稱，就叫作「小玩意」（Gadget）。小玩意是一流科學家通力合作，投入五年心血的結晶，事件當下安裝於一百呎高的鐵塔頂端，四面八方盡是荒漠，學者在將近六哩外的控制站等候。就算相隔如此遙遠，勞勃還是帶上了焊接眼鏡，隔著護目鏡片注視鐵塔方向。

注：此指三位一體（Trinity）試驗，是人類史上首次核試驗的代號，曼哈頓計畫的一部分。美國陸軍在一九四五年七月十六日於新墨西哥州的托立尼提沙漠舉行，這次試驗被認為核子時代開始的象徵。

然而讀秒歸零前其實只見一片黑暗。

最初，一陣白光驟然閃耀，持續幾秒以後熱浪撲來，全面籠罩世界。牆壁似的強光消褪後，他隱約看見巨大火柱快速朝天空升竄。

爆炸雲隨著高溫直衝一萬七千呎，多數科學家原本以為絕對做不到。爆炸過後幾分鐘，雲氣甚至能夠觸及三萬五千英呎的副平流層。

引爆過後四十秒，衝擊波來到了科學家控制站，緊接著一陣巨響在沙丘迴蕩數秒，乍聽彷彿暴風雨席捲，一百哩外也能聽見，強光可見距離幾乎有兩倍之遠。

支撐炸彈的鐵塔一瞬間熔化，地面留下直徑達半哩的大坑。離爆炸地點一千五百呎外，原本設置於混凝土上寬約四吋、高約十六呎的鐵管，被高溫氣化得連灰也不剩。控制站裡鴉雀無聲，事前各種憂慮同樣化為烏有，在場者心中只有驚畏與茫然。

大家像是驚醒般東張西望，不知所措。片刻後有些人彼此握手祝賀，其他人或笑或哭，但每個人都相信世界會因此轉變。

第一顆原子彈在此引爆。他們曾經希望那也會是最後一顆。

☣

回到新墨西哥州首府洛斯阿拉莫斯市，有人舉起酒杯說：「迎接原子時代的黎明。」

許多成員曾擔心試爆失敗，結果是多數人欣慰，少數人恐懼。

「三位一體」試爆計畫結束以後，勞勃初次開口：「的確是個嶄新的時代，我們給了人類前所未有的東西——毀滅自己的工具。」

沒人回應，他繼續說下去：「距離狂人搶這玩意兒去利用的那一天還遠嗎？五年，十年，一百年？我開始懷疑人類還剩下幾個世代，會在我們兒子還是孫子那一輩滅絕？」

散會後，勞勃的上司跟著他進入辦公室，默默關上門。他一直尊敬且信任這位前輩，對方這樣的態度自然讓他更在意。

「你剛才那番話是認真的？」

「每個字都很認真。我們打開了潘朵拉的盒子。」

主管好好端詳了他。「勞勃，謹言慎行，我們身邊有些人，不像表面上那麼單純。」

過不到一個月，美國朝廣島丟下了原子彈。

再過三天，輪到長崎。死亡人數從十二萬九千人攀升到二十四萬六千人。

勞勃心裡擠壓的許多情緒終於壓垮了他。遲遲不見他返回工作崗位，主管親自前去他家中拜訪。

「你早就知情？」勞勃問。

「不知道細節，只知道會靠炸彈結束戰爭。」

「那些人都是我們殺死的。」

「不這麼做，戰火還要綿延很多年。」

勞勃搖頭。「明明可以在東京郊外投彈給天皇和居民看見就好。之後再灑下傳單，要日本人投降或推翻政府，他們會照辦的。」

「煽動敵國政變有太多混亂和未知數。更何況東京早就被炸得很慘，那邊的人見識過大風大浪，原子彈在郊區爆炸，已經嚇阻不了任何人。三月那時候才兩天，就有十六平方英里土地被美軍化為焦土。」

「你想說什麼？」

「我要說的就是，無論你是什麼態度，決策並非你下的，根本沒必要有罪惡感。這是戰爭，你只是做好本分。」

「或許吧。但我無法麻木不仁地看待一切。當初原子彈計畫滿足了我內心空虛，我以為自己找到了目標和信念。直到目睹那種人間煉獄，我才知道自己有多蠢。如今覆水難收，人類滅亡只是時間長短問題。」

主管靜靜坐著好一會兒，才又開口：「如果我說，世界上有一群像我們這樣的科學家、知識份子，來自世界各地，而且與你一樣認為人類已經危及自己的存續呢？如果我說，這群人已經開始下一個曼哈頓計畫，但研究的技術是在未來某一天能夠保住人類？如果我說，誰開發的裝置就由誰控管，而那群人心裡沒有小我只有大我，不受民族、宗教、金錢左右？」

「如……如果真的有這樣一個團體存在，我很想和他們多多交流。」

☣

幾個月之後，兩人去了倫敦，對當地景況極其詫異。大轟炸導致市區許多地帶遭到夷平，其他地方則淪為廢墟。不過德軍的猛攻沒有擊潰英國人，他們已經開始重建社會。

子夜一點，一輛汽車載他們前往一間私人俱樂部。兩人登上華麗階梯，走進大廳，一排排座位前面有個講臺，背景高高懸掛著三個標語：「真理、倫理、物理」。與會者魚貫而入，引頸盼望，勞勃粗估至少有六十人到場。

那一夜，講者說的話，永遠改變了勞勃的生命。

☣

勞勃和妻子莎拉一個月以後搬到倫敦。倫敦的大學密度極高，他很快就有許多工作機會能選擇——都是季蒂昂成員安排的。他選擇進入國王學院任教，三不五時發表研究論文，但真正的研究成果都是祕密。保密模式參考曼哈頓計畫，將最後要完成的裝置拆成數個單元，交給不同團隊各自運作。勞勃也不知道成品到底是什麼，只是深信能夠拯救人類。他為戰爭創造了致命兵器，必須贖罪。原爆造成他心裡的巨大陰影，唯有投身於魔鏡計畫才能擺脫。既然他給世界帶來毒素，如今就為大家配置解藥。

魔鏡點燃了勞勃心中的希望。

他的妻子也從工作中得到慰藉。兩人多年來盼不到自己的孩子，莎拉為此悶悶不樂已久，結果卻在倫敦一間孤兒院擔任義工時，填補了內心那個空洞。

某個週六，莎拉要勞勃一起到孤兒院去看看。那間孤兒院由旅館修建而成，雖然老舊但環境整潔。他見了幾個孩子，為他們讀故事書、發送太太帶去的小玩具與書本。接下來連續兩個週六，莎拉都要他過去，後來慢慢變成夫妻的固定行程。勞勃明白莎拉此舉並不單純，也猜得到她的用意何在，更已經知道自己的答案。

終於在星期天下午她開了口，而且毫無預兆，彷彿兩個人早就達成共識。「我覺得可以領養他。」

「嗯，好啊。」他根本沒讀文件就答應了。

我就是他們領養的孩子。想要明白這件事情對有何意義，必須先瞭解戰爭的經過。

78

德國侵略波蘭那天，大人紛紛將小孩撤出倫敦。早在好幾個月之前，便已傳出會有大規模撤離行動的風聲。

那一夜，我的親生父母爭論不休。當時我年紀還小，無法理解發生了什麼事，後來才得知是父親堅持要母親跟著走。她是倫敦大學東方與非洲研究的教授，能以日語、阿拉伯語、德語溝通和授課。倫敦各大專院校已陸續撤出，倫敦大學暫時轉移到劍橋的基督堂學院，但母親想要留下來為戰事貢獻一份心力，說什麼也不願離開。

我父親個性並不軟弱，畢竟是堂堂英國第三步兵師伯納德．蒙哥馬利麾下的軍官。只是那天晚上，他也妥協了。

翌日清晨，母親陪我走到火車站，路上到處都是孩童。我長大以後才知道那是代號「花衣吹笛手」的大規模撤離行動，重新安置的人數超過三百五十萬。其中一百五十萬以上在九月頭三天就展開遷移，有八十萬學童、五十萬母親與幼兒、一萬三千孕婦和七萬殘疾人士，另有十萬名教師和後備人員也加入，簡直是整個城市浩浩蕩蕩地動了起來。

大人用別針將寫有名字的卡片別在我的外套上，又給我一個紙盒，要我當成項鍊掛在頸間。

盒子裡是個防毒面罩，懂事的孩子應該能體會到自己不是參加校外教學，但很多孩童將面罩拿出來隨便戴上或當成玩具玩。那年我才五歲，所以我承認我也玩了。

路上看得到哥哥姊姊牽著弟弟妹妹的手避免走散。但我哥哥沒等到那天，他兩年前就因結核病去世，如果能換回他牽著我走，我什麼代價都願意。為了不讓母親擔心，我裝作勇敢鎮定，而她抱我抱得好緊，讓我都沒辦法呼吸了。火車緩緩地離站，她不斷揮手道別，滿臉是淚。那天月臺上所有人的臉龐都是濕的。

十一年後C．S．路易斯的小說《獅子．女巫．魔衣櫥》裡，提到了撤離倫敦這件事：一家四個兄弟姊妹被安排到鄉間大宅居住，結果發現通往另一個世界的老衣櫥。現實生活中，撤離倫敦的行動沒有路易斯筆下的浪漫色彩，也沒有威廉．高汀想像得那麼殘酷黑暗，他的作品《蒼蠅王》同樣描述一群男孩逃離倫敦、流落熱帶荒島後的故事。

總的來說，英國全國上下顛沛流離，只為了提防那個最糟糕的可能：與德國交戰。

母親聯絡了親戚，我先住到表姊夫婦艾蒂絲與喬治家裡，但他們過幾天才能來接我。被接走前，我與尚未找到寄養家庭的孩子住在一塊兒，他們每隔一段時間會被帶到外面排隊，大人在他們前方來回走動。

「那個跟我走。」一個婦人說。

「我們要左邊數來第三個。」一個男人大叫。

剛開始我覺得這很像沒被選進板球比賽，無須介意。但一輪一輪過去，被留下的孩童心裡累積了很多壓力。我看了很同情，真希望是自己出去任人挑選，可惜誰都幫不上別人的忙。剩下的小孩除了繼續等待之外，也有些被送往事前規劃的安置營地，政府在這方面頗有先見之明。

生活漸漸變得規律，除了上學之外就是聽艾蒂絲吩咐做家事，母親反覆提醒我要乖巧。她每隔幾天就捎來一封信，父親寫信比較少也比較短，但能有他們的消息，我就很開心。每天晚上我會和艾蒂絲一起聽收音機，不錯過BBC新聞報導的任何一個字。喬治是空軍，她總是滿懷擔憂，只是很努力不顯露出來。

一九四〇年五月，德國真的向西進攻，低地諸國（注1）首當其衝，荷蘭與比利時很快就淪陷，德軍因而得以繞過馬奇諾防線（注2）偷襲阿登高地，瓦解了英法聯軍。我知道父親也上了戰場，但不知道地點，聽說第三步兵師也在敦克爾克大撤退裡時，只有渾身發冷。兩週後我收到父親寫來的信，那一夜我在房裡痛哭——他還活著。那陣子我一直以為自己做好了喪父的心理準備。

四個月後，也就是九月初，大約是我離家一年之後，納粹空軍開始轟炸倫敦。自一九四〇年九月七號起，隨後五十七天裡，倫敦有五十六天活在空襲陰影下。敵人的攻勢猛烈無情，傷、亡人數分別都超過四萬人，上百萬戶民宅被毀。我母親就在其中一棟建築物內，加入那四萬犧牲者的行列。

先前我全神貫注於父親的安危，結果母親的亡故來得措手不及，我心裡的傷痛與怨恨龐大到超過六歲小孩能承受的程度。我還是很擔心父親，卻強逼自己轉移注意力，即使明知是自欺欺人。

注1：地理上習慣將歐洲大陸西北沿海區域稱為低地國（現今的荷比盧以及法國北部、德國西部）。

注2：自戰前期一九二九年開始建造、至一九四〇年才完成的邊境防線，位於德法之間。

D日（注）到了，第三步兵師率先搶攻諾曼第寶劍海灘。得知這消息，我忍不住擔心起最壞的結果，這次隔了三週才收到父親的信。之後六個月，他一直保持聯絡，我也漸漸放鬆戒心。這是我自己的錯。十二月，他戰死沙場的噩耗扼殺了我所剩不多的天真心靈，也讓我正式成為了孤兒。

隔年一月，喬治回家，失去一整隻腿和一條手臂前端。生理上的創傷只是苦難的一半，我努力做個有用的孩子，但艾蒂絲和我一樣不堪負荷。

我料得到事情會如何發展，也不怪她。

倫敦的孤兒院有很多孩子，一樣都在戰爭中失去家人，無處可去。我和三個男孩同房，最小的艾德嘉．梅威勒才六歲，十一歲的我已經是最大的了。另外兩人裡，歐威爾．修斯九歲，他弟弟亞利斯泰七歲。

孤兒院是倫敦郊外老舊旅館改裝而成，勉強從轟炸倖存下來。住在那兒的日子就是上課和勞動，不聽話會被體罰。我們還得幫忙修繕房子，但整體來說已經算是不錯，至少能吃飽、受教育，也算有人照顧。儘管身體很累，卻正好能夠轉移注意力，也會覺得自己有用。我們唯一缺乏的東西大概是愛。

無論怎麼隱藏，孤兒院裡每個孩子都出了問題。在悲劇中成長會改變人的性格，我們總覺得轉個彎就會碰上下一樁悲劇。這是心靈保護自己的方法，自衛的力道十分強勁。夜裡，許多孩子哭個不停，還有些躲在床底下不肯出來，隨便一個稍微響亮點的聲音都能嚇到大家。不能怪他們，在孤兒院就好像在監獄，所以也像獄友那樣不怎麼過問彼此從前的生活。我們受夠了戰爭的滋味，沒有回想的必要。

每個人有自己的適應之道。很多小孩打架，一言不對甚至一眼不合就能鬧起來，他們對人生、對際遇有太多憤怒，無論對象是什麼人、什麼東西，只要能夠發洩都好。歐威爾比我小兩歲，但體格好得像頭牛。我沒見過他先動手，但他的戰績卻很光榮，那雙拳頭和手肘讓我少骨折或有黑眼圈很多次。另外歐威爾很寶貝弟弟亞利斯泰，我和艾德嘉也比較照顧他。亞利斯泰並不瘦弱，只是沒什麼鬥志，性格安靜，比較喜歡埋首於書本。

院內的流動率很高，孩童來來去去，其中一些轉移到其他地方新開的孤兒院，大多數則終於找到家庭收養。我重溫撤離行動當時的體驗，看著想當父母的人進來挑選孩子，做出決定以後剩下的人無奈地回去梳洗打扮，設法在下一次「面試」更討喜。然而遭到拒絕捨棄的心情就像蘋果裡的蛀蟲，假以時日總會鑽進果核，屆時讓人完全腐壞。

我慶幸自己沒有走到那一步，但看過很多那樣的例子。

父母過世以後，我對自己說，無論再遇上什麼事情都不在乎了。但那是不可能的。我當然不想一直待在孤兒院，就算交了朋友，也可能像過夜的船隻那樣隔天就不見。我想要有父母親，想要屬於自己的家，想要遠離孤獨寂寞。

一個週日下午，名為「基督徒兄弟」的團體造訪了孤兒院。他們描繪了更好的人生：得到接納自己的家人，在田園勞動、去學校學習。只要前往叫作「澳洲」的新天地，這一切全部都能成真。聽起來很理想，但就是太美好了所以讓我心生懷疑。很多孩子願意相信，紛紛舉起手，然後被叫到前面去。亞利斯泰．修斯也舉了手，歐威爾本來想拉住他卻來不及，基督徒兄弟已經叫弟

注：D Day，軍事術語，表示行動當天，歷史上最有名的D日即為一九四四年的諾曼第戰役。

弟過去，哥哥不發一語地跟上，離開前向我點了個頭。

許久以後，我果然聽說基督徒兄弟那些承諾都是空頭支票，只是延續自十七世紀以來的傳統。以前的小孩在弗吉尼亞殖民地被當作童工使喚，十九、二十世紀約有十五萬兒童被送至澳洲、紐西蘭、加拿大和羅德西亞，勞動條件苛刻就算了，還有其他的問題。一九四〇年代到一九六七年，大概有一萬名孩童到了西澳工作，但依舊住在孤兒院，很多年以後的調查發現，他們遭到嚴重體罰甚至性侵。等到二〇〇九年，澳洲總理才為此向受害者正式道歉，發言中提到「失去童年是莫大的慘劇」。

童年也逐漸流逝的我已經心灰意冷，覺得根本不會有人收養自己。這時，一對夫妻開始到孤兒院當義工，太太莎拉聰明善良，很像我母親。她教我法語，看我學得很快，頗為開心。丈夫摩爾先生比較木訥，但感覺也算喜歡我。

後來有個星期日，舍監忽然要我收拾行李。我嚇得要命，也只能將原本就不多的東西，塞進發下來的小布包裡。

等莎拉和勞勃走進房間，說要帶我回家後，我頓時欣喜若狂，不由自主地落淚，還好他們沒有誤解，只是過來抱著我、幫我拿東西一起放上閃亮的車子。

我成了摩爾家的孩子，親生父親的姓氏留下來當作中間名。翌年正式入學，我在第一份作業簽上「威廉．坎辛頓．摩爾」的時候，覺得十分驕傲。

☣

珮彤起身走向滿牆的橡木板上，又仔細找了一遍，最後注視靠近地面的一張舊相片。她取下來細看，畫面上站著三個孩子，左邊的女孩大約三歲，中間的女孩應該是七歲，最右邊的男孩子十一歲且獨臂。

「我知道手札是誰寫的了。」她開口。

戴斯蒙走到她身旁，跟著研究起照片。「怎麼說？」

珮彤指著照片裡最小的女孩，「這是我，中間是麥迪遜，右邊是安德魯。威廉·坎辛頓·摩爾，是我的父親。」

79

戴斯蒙試著理解珮彤那句話。「我記得，妳說妳父親去世了？」

「我一直這麼以為。」她回答：「而且也未必有錯，因為還不知道剛才那封信是什麼時候寫下的。」

珮彤與戴斯蒙回到沙發，拉起厚被子蓋在身上。石砌小屋外的晨曦已漸散，她心想艾芙莉應該好好睡了一覺，但他們很快就得做個決定，而那取決於接下來讀到的內容。

☣

對於戰後幾年，我最深刻的印象就是英國破產這件事。雖然我們贏了二次世界大戰，也付出巨大代價。最主要自然是人命，但經濟也受重創。原本幫助支撐經濟的美國租借法案結束得太快太忽然，國庫幾乎用罄，揭開緊縮時代序幕，熬過了納粹攻擊，全國卻要餓死，政府只能持續徵兵和糧食配給。不止英國，世界上許多地方經歷史上最大規模戰爭後都搖搖欲墜，一九四六到四七年的冬天，自然也是有史以來最多災多難的季節：煤礦產量暴減、鐵路系統失靈，工廠倒閉，人民饑寒交迫。然而狀況一年比一年好轉，四六年七月，英國得到來自美國的三十七億五千萬美元低利貸款，四八年的馬歇爾計畫更是一記強心針。

所有人都擔心戰火重燃，我也一樣，很難擺脫那種擔憂。不過各國確實為此做出努力和準備，於是一九四五年聯合國成立，一九四九年有了北大西洋公約組織。英國殖民地紛紛獨立，四六年是約旦，四七年是印度與巴基斯坦，四八年有以色列、緬甸和斯里蘭卡。五、六〇年代更多：蘇丹、迦納、馬來西亞、奈及利亞、科威特、獅子山、坦尚尼亞、牙買加、烏干達、肯亞。

一九五〇年，英國已經重新站穩腳步，但全世界的目光都集中到蘇維埃和漸次擴大的冷戰。那年韓戰爆發，英國與美國同一陣線，對抗中國與蘇俄，世人以為終將演變成第三次世界大戰，但最後雙方停戰，朝鮮半島分為南北兩政權。

此後美國與蘇俄大量生產核武，數以萬計的核彈，足夠將地表化為無法居住的廢墟。其他加入核子競賽的國家包括英國、法國、以色列、印度、中國和巴基斯坦。

世界如此瘋狂，但我的家庭生活卻平穩安定，青春期那幾年與十二歲前的顛沛流離成了強烈對比。我改口稱莎拉和勞勃為媽媽、爸爸，兩個人都對我很好，通情達理、視我如己出，不溺愛卻將所有時間、心力給了我這個義子。媽媽會帶著我做家事、盯著課業進度，爸爸總是拉著我一起做些研究，通常是科技方面。我很早就意識到他希望子承父業，在他眼裡最崇高的知識是科學，最崇高的科學則是物理。

可惜如同很多人一樣，長大過程中我明白了自己有多少斤兩，科學與數學的天分並不出色。別說當個優秀的科學家，我根本連二流都搆不到邊，腦袋沒朝那方面發展什麼，但或許遺傳自親生母親，我的語言天賦很好，各種外語都難不倒我。此外我的興趣是歷史，尤其是軍事史，除了德國與英國之外，還讀了所有關於第三步兵師的資料，畢竟那是親生父親一生的歸宿。

雖然也念了大學，但表現最好的地方居然是在拳擊場上。我對前途感到迷惘，接著如同有相同困擾的許多年輕人那樣選擇了從軍。當時覺得保家衛國很偉大，說不定能在軍隊有一番成就、見見世面。

這是正確決定，我因此學會領導統御與處理人際關係。大學教育在我腦袋裡塞滿許多知識，也教我如何透過思考解決問題，然而一直以來，我的生活侷限於個人，到了軍旅生涯才得以突破。從軍帶給我最大的收穫，或許就是深刻瞭解自己，並且以校園辦不到的方式時時考驗自己。我察覺自己是個遭遇危機、講求明快反應時反而表現最好的人，做事絕不拖泥帶水。久而久之，我變得期待那些刺激的瞬間，這有點像打拳——差別在於現實生活裡沒有裁判或鐘聲救命，也更令人滿足。

時至今日，我仍然認為最理想的工作就是最顯露自我的工作。明瞭自己的人格特質以後，我懂得避開生命的死胡同，即使許多光彩奪目的機會來到面前，但我覺得真正的成功和喜悅來自明白何時該加以拒絕。

我討厭一成不變，想要四處遊歷，每天有點新鮮事。這可能與成長在戰爭中有關，原本不得已的流離轉徙，悄悄滲透進了骨髓裡。我不斷調職，總是第一個自願出任務，兩腿彷彿閒不下來。

差不多調完一輪崗位那時候，有人來接觸我，問我是否有意轉換跑道，比軍職更能為女王和政府盡心盡力。對方的語氣充滿愛國主義，但確實勾起了我的興趣。面試過程繁瑣古怪得可以寫滿一本書，而且我猜想那時候每個人進去的流程都不同，總之經過詳細檢視和測驗以後，我開始正式訓練。一年過後，也就是一九五九年，我成為直布羅陀貿易公司的雇員。

表面上我從事古董買賣生意，所以會到處旅遊、尋找失落於戰火的古物，並因此與外國人或外國政府有大筆金錢交易。實際上當然都是祕密情報局、通稱「軍情六處」（MI6）給我的任務。那些年我的生活無比充實，享受前所未有的快樂。

義母一直很擔心我從軍，得知我決定去「直布羅陀」做貿易工作時，鬆了好大一口氣。但義父的反應出乎預料，賞識中夾雜了笑意，彷彿知道我的真面目。父子感情因此大大增進，開始越聊越久，聊的東西越來越玄。我挖掘出他全新的一面，或者說他對我敞開了心胸，生出以前沒有的興趣——至少從我大學畢業以後，可以肯定不會走上科學研究之路時，他一定失望了，只是將情緒埋在心底。為人父母都一樣，期待自己喜愛的兒女也喜愛自己的志業，也可以說他希望將一生的心血傳承下去。

每次出差回家，我都會帶些小紀念品回去，莎拉會放在客廳當裝飾，勞勃則收藏在書架上。他會詢問我旅程內容，臉上總是似笑非笑的，似是早就看穿一切。

一九六五年復活節，我才驚覺他到底知道多少。

那天進書房前，我根本沒料到自己會聽見什麼。

「下星期和我去香港一趟吧。」

「不行，我得去華沙見新客戶。」

義父起身走向桌子左邊書架，挪開幾樣東西，按下了後側木板。木板喀的一聲彈開，底下竟有個小保險櫃。他打開以後，取出一張照片遞給我。

「二十年前，這玩意的誕生，我也出了一份力。」

我看過圖像本身很多次，然而既然是照片，代表第一次試爆時他真的人在現場。之前我完全不知道義父曾參與其中。

「我每天都活在悔恨裡。你知道，現在地球上有多少核彈彈頭嗎？」

還盯著照片的我回答：「三萬七千七百四十一。可能多幾個或少幾個。」

「而且威力都比丟在日本的還要強。」他語音停頓，直到我轉頭看他。「人類最大的敵人不是共產主義，是我們自己。史上頭一遭，人類有了毀滅自己的工具，而我是催生它的人之一。所以這麼多年來，我一直致力於阻止再有人動用核武。」

「怎麼阻止？」

「我加入了一個組織，正在研發新科技，那個裝置能夠徹底改變人類這個物種，作用範圍無遠弗屆，不分國籍、種族、宗教，每個人都會受影響。它可以解救人類，恐怕也是人類存續的最後機會。」

我聽得半信半疑，心想義父是不是實驗室待久了，思想開始走偏。

「是什麼樣的……裝置？」我問。

「時機成熟後會告訴你。你應該最明白保密有多重要。」

這句話證實了我的猜想：義父果然早已知道我是諜報人員。

「『魔鏡』是我畢生的心血，但現在碰上了一些麻煩。研究進入到容易曝光的階段，也因此危機四伏，需要有人保護。在我看來，你是最合適的人選。」

他凝視我好一會兒。「你能陪我去香港嗎？」

我立刻答應，並且深感驕傲——義父願意將這份重責大任交給我。他為我付出這麼多，我終於有機會能回報。

一九六五年的香港正蓬勃發展著，街道上總是人潮洶湧，每個路口都能找到工廠。當地超過一半居民的年紀和我相仿，都是二十好幾到三十出頭的年輕人。雙層巴士從擁擠的人行道旁緩緩駛過，一邊排放黑煙一邊排放乘客。走在人群中，我感覺香港很多地方像是亞洲版的倫敦，比方說英國體系的政府和資本主義，但又融合了東西方的獨特文化。

晚上，義父和我穿過市區。在倫敦的街燈是柔和的黃色，而香港則從一樓到頂樓都充斥著紅、藍色霓虹招牌的粵語字、迪斯可舞廳的音樂，餐廳裡的燒臘香氣流竄到室外。在旅館裡和晚餐時我們都喝了酒，已經想不起來旅館和餐廳的名字，但還記得那一夜對香港的印象：我覺得自己看見了未來，以後各大都市都會和那裡一樣是文化熔爐。不止是中國，全世界年輕人都聚集至此。

這是長大以後初次和義父出遊，兩人踏上這次冒險旅途，也證明了關係的轉變。港口那艘船改變了我的人生，或許不久的將來也會改變全世界。它是潛水艇，而且是我見過最大型的非軍用潛水艇，裝載核子動力，以柴油發電做後備。光是在船內參觀就花了整整一小時，所見所聞使我非常震驚——這根本是能夠巡迴全球的大型實驗室。

我找到一塊銅牌，上面刻著：

RSV米格魯號
香港，一九六五年五月一日
Ordo ab Chao

我在心裡翻譯那幾個拉丁字：自渾沌生秩序。

諜報工作常需要穿越鐵幕（注），另一頭有秩序，但代價非常高昂，必須犧牲自由。我好奇打造這艘船的人要以什麼交換秩序，尋求的又是怎樣的一種秩序。

後來回到旅館，義父向我解釋需要我扮演的角色。

「米格魯號為了任務，必須前往很多危險的地方，有自然環境上的危險，也有政治鬥爭上的危險。」

「蘇聯和中國吧。」

「還有其他。」他說。

「我之前是陸軍，不是海軍。」

「你負責的是岸上活動，真正的危機都在陸地。潛水艇會在世界各地港口停泊，你要做的是隨機應變、預防突發事件、與海關交涉，如果有人身陷囹圄，你得救他們出來。」

義父暫停下來等我消化資訊。

「我知道你現在的工作很重要，但這裡也一樣。假如我沒料錯，這將會是人類這個物種最關鍵的時刻。即使國家政府能夠迴避核子末日，也無法阻止別的兵器或下一次大戰。我們面對的敵人是自己，人類的存續岌岌可危，文明進展跟不上武器的破壞力。曼哈頓計畫是和時間賽跑，我們也一樣。你願意幫忙嗎？」

當下我就答應了。我心裡還是十分好奇「魔鏡」究竟是什麼，不過也認為只要登上米格魯號，應該在幾天之內就能得到答案。卻沒想到，我在船上的發現更加精彩。

注：「鐵幕」指冷戰時將歐洲分為兩個不同政治勢力區域的界線。

80

高升的旭日驅散了昔德蘭島上的霧氣，冷風拍打石砌小屋，使老舊窗戶每隔幾分鐘就嘎嘎作響。

戴斯蒙起身伸展雙腿，望著軟木板上的一篇剪報。隱日基金會向史丹佛提供了一千萬美元，贊助基因研究。

珮彤走過去，但戴斯蒙轉身示意回到沙發上。「繼續讀吧。」

他坐下時，眼角餘光留意到異狀：房間角落牆壁與天花板接縫處，以及書架頂端一些小擺設後頭，藏了些東西。戴斯蒙能肯定那是攝影機，底下還閃著紅光。

只能希望是前屋主忘記拆的保全設置。此刻自己無能爲力，假如後面眞有人盯著他們的話，連趕緊逃走都是打草驚蛇。他索性專注在手札上故事的後續。

☣

米格魯號的硬體令人嘆為觀止，但船上的人更叫我印象深刻。他們來自世界各處，有如我從英國遠道而來，還有美德中俄日等地。成員以科學家為主，其他則是負責航行的船員、我，以及受我指揮的三名保全。起初我覺得自己不是科學家，有些格格不入，即使到餐廳也只是聽他們討論實驗內容。本來我以為實驗只有一個，後來發現大錯特錯。

米格魯號就像擁有許多系所的漂流大學，每個團隊各有其專業，負責不同研究主題，因此我們到南極挖冰核、海底取土壤，也蒐集世界各地的動物。人類受試者也很常見，來自不同國家和民族，被留置在閒雜人等不准進入的實驗室裡。船內多彩多姿的活動也造成我的困惑：這怎麼可能全屬於同一個計畫？

最能勾起好奇心的就是祕密，我和其他船員一樣，開始忍不住探查和臆測這些科學家究竟是做些什麼研究。首先船名就是個線索——以前曾有另一艘「米格魯號」：達爾文年輕時乘著它旅遊各地、蒐集天擇論的證據。由此推論，新米格魯號的科學團隊十分自信，想驗證同樣創新的理論。

我沒有幽閉恐懼症，但米格魯號的確考驗我對空間的忍受力。居住空間非常狹小，按性別區隔，分上中下三層臥鋪，一間得擠十二人。大家共用的淋浴間被戲稱為「淋雨間」，床則是「鐵架」或「窩」。船員總是有自己一套黑話，大半上不了檯面，例如扯後腿叫作「倒便桶」，只顧自己的人是「止回閥」(注)，只在海面的船和船員是「漂漂」（當然是貶義），船上的通道叫「尿道」、輻射會「曬」死你，聲納偵測到的海中生物全都變成「生物製品」，「別愣頭」意思是回頭看，「鑽海洞」代表要下潛。有個置物櫃專門放「髒東西」——也就是色情書刊。

整體來說，我和船員關係較好，但也有例外，像是同房的尤里．帕挈柯。那時候他三十三，比我大兩歲，個頭不高，不過真正的本領藏在他的腦袋裡。他是我見過意志最堅定的人，這與他

注：止回閥的功能是固定液體只有一個流向。

的成長背景有很大的關係。

一九四二年八月，德國第六軍團進攻史達林格勒（注），那時候他年紀還很小。我讀過歷史，所以知道那次戰役有多慘烈，數百萬人送了命。然而聽尤里描述親身體驗，讓我覺得自己以前的苦難只是去鄉下度個假。事先撤離的英國孩童避開戰火最驚心動魄的恐怖之處，但在蘇聯的孩子無處可逃，為了祖國和生存，除了自立自強沒有第二條路走。

他的願望就是創造新世界，不讓史達林格勒那種悲劇重演。我沒見過信念如此強烈的人。尤里的專長是病毒學，但也積極向米格魯號上各國頂尖學者吸取知識。

一九六七年八月，我們停泊在蒙巴薩，尤里率領小隊直赴烏干達，調查一次疫情並取回樣本。實驗室進行嚴密隔離，後來我才知道為什麼他們那樣戰戰兢兢——帶上船的就是馬爾堡病毒，能造成與伊波拉近似的出血熱（伊波拉則是十年後才在薩伊被人發現）。

還有一位科學家特別引起我的興趣，她叫作琳恩．凱勒，母親是華人、父親是德國人，在戰時的香港長大。她將島都淪陷的過程描述得栩栩如生：日本攻擊珍珠港那天，也對英國殖民地香港展開奇襲。當地軍人加上英國、加拿大和印度聯軍努力防守卻仍然不敵，一九四一年聖誕節選擇投降，成為香港人口中的「黑色聖誕」。

日軍以九龍半島酒店為據點，實施鐵腕統治。她父親被迫回到德國為政府辦事，和留在香港的琳恩母女失去了聯繫。當初他是可以帶兩人遠赴德國，但他認為亞洲雖然動亂，總算還安全一些。港人回顧那段日子時，習慣稱為「三年零八個月」，她們母女過得非常勉強艱辛。

中國大陸的情況更糟，日軍一九三七年入侵，引發第二次中日戰爭，規模極大、傷亡無數，是太平洋區主戰場。據估計，中國平民犧牲者在一千至兩千五百萬人之間，雙方官兵死亡逾四百萬。中國戰況突顯了二次大戰常常被人遺忘的一點：以全球來看，非戰鬥人員受害比軍人還要嚴重，以中國和蘇聯為最，不過四〇年代早期饑荒動盪，在哪個國家都是常態。

尤里、琳恩與我就在這種世界裡長大。我們不希望下一代會有同樣經歷，所以著手改變世道，不計代價。也因此我們彼此就像一家人，儘管來自不同國家，相隔兩大洲、數千里，卻有共同的記憶。

琳恩的專長是遺傳學，而且十分投入。她父親後來也在米格魯號上從事基因研究，所以除了學術之外，這也是兩人重聚的機會，與我的立場類似——季蒂昂成了我們與父親們的連結，傳承他們的志業，或許更進一步彌補了失落的孩提歲月。

遺傳學的進展神速，一九五三年，華生和克里克發現DNA排列為雙螺旋，之後研究節奏越來越快。琳恩一聊到這方面時，整個人都亮了起來。她十分獨特，和我以前認識的女性不同，就像香港的縮影：亞洲輪廓如此清晰，內裡卻裝著英國人的思考和風俗。此外琳恩非常謙遜，絕不自以為是，或許這一點最吸引我。她對工作很認真反倒幾乎成了缺陷——好幾次我看見她在擁擠實驗室內枕著桌子就睡，忍不住將那副嬌小身軀抱去寢室。在「尿道」溜達的船員見到我就會讓路，但當然逮著機會一定得笑話我。

「小威，你終於動手啦？」

「你是請她喝了龍舌蘭，還是直接射麻醉鏢？」

「白馬王子來啦，大夥兒讓讓！」

注：現名為伏爾加格勒。

隨他們去說，我不在乎。將琳恩放在床上以後，我會替她拉上被子、打開旁邊小機器釋放白噪音，幫助睡眠。由於鋪位並非按照輪班時間安排，室友也會在睡覺時進進出出，加上金屬艙壁的回音，實在不可能有多安靜。

判讀人心是我的工作之一，幾週以後，我也明白了琳恩為何對遺傳學如此著迷。她追求更文明的人性，相信善惡之分的關鍵隱藏在基因組裡。從琳恩的角度看來，「魔鏡」是從基因層面找到消弭世間一切惡慾之道。可是尤里並不認同，他甚至不覺得核戰是人類面臨的最大威脅，主張流行病奪走的人命比任何戰爭來得更多，全球化、都市化早就了疾病繁衍的溫床，遲早釀成滅絕族類的大禍。

於是我驚覺真相竟是沒人明白「魔鏡」究竟為何？連這些投身於魔鏡計畫的科學家自己都不懂。再多調查一陣子，我得知計畫最初只是一個單純到極點的假設：有人認為科學能找到永遠保全人類的辦法，然後大家就聚集在米格魯號上蒐集資料、進行實驗，驗證假設，試圖從結果推論最後需要的裝置是什麼。也可以說科學家心中的「魔鏡」類似「天堂」，是個抽象概念。每個人都懂天堂兩個字，卻也都說不出天堂在哪裡、是什麼樣。有人想像天堂是陽光沙灘，有人覺得是森林小屋，也有人期待都市裡的高級住宅加上喝不完的美酒、用不完的電影票。何謂天堂取決於生命經驗及欲望，以此類推。每個科學家根據自身知識、專長研判對人類最大的威脅是什麼，並期待研究成果在最終開發的裝置上起到畫龍點睛之用。隨便找七個季蒂昂的人一起討論人類面對什麼滅絕危機，可能得到機器人、人工智慧、流行病、氣候變遷、太陽活動、小行星撞擊以至於外星人入侵等七種乍看風馬牛不相干的答案。

能解決全部假設威脅的技術，起初在我看來是天方夜譚，之後才明白原來真的做得到，只是代價大得超乎想像。

☣

珮彤從沙發起身，手札還放在戴斯蒙身旁。戴斯蒙跳起來走過去她身邊，已經猜到她的心思。

「妳母親在季蒂昂做過研究，不必然代表她和現在這些事情有關。」

她望進戴斯蒙眼底。你還是這麼瞭解我。

「但如果跟她有關呢？」

「那就靠我們來解決。」

「我怎麼能——」

「我是說『我們』，我們一起。」

他將珮彤拉進懷裡，兩人靜默好一陣子。

珮彤挨著他的肩膀低語：「戴，這究竟怎麼回事？好像所有人都被綁在一塊，我爸媽在季蒂昂，當初招募你的尤里也是，還有你伯父居然在倫敦的孤兒院就認識了我父親。我總覺得……一切糾纏不清。」

「我也不懂，但妳說得對，情況遠比想像更複雜，到現在還是缺乏一些重要線索。」

戴斯蒙放開她，走向軟木板，試圖在上頭找到答案。他伸手取了釘在上頭的資料，寫的是：

「隱日」是人、組織還是計畫名稱？

珮彤以為他要分享觀點，但戴斯蒙將字條收進口袋就轉頭說：「繼續讀吧，看看能不能有任何頭緒。」

81

米格魯號在世界各地的港口停泊，充分利用到我的語言天賦，不過我卻沒什麼機會欣賞沿途風景，總是要警戒、要盤算是否會出亂子，一有麻煩就得趕快動用人脈。

有時候不得不慶幸自己有緊急方案，也能找得到負責執行的人。一九六七年某個星期三晚上，我在里約熱內盧飯店裡，一個三十出頭、名叫得希薇婭的生物研究員，甩開玻璃門跑了進來，臉頰與褐髮上血跡斑斑，一邊眼睛已高高腫起。她在酒吧那頭跌跌撞撞前進，飯店人員過去查看時，她口中還一直喊著我的名字。其實我就在大廳裡看書，立刻起身抓住她的手臂，帶她到電話亭關上門，費了點工夫才讓她冷靜下來好好講話。

「他們被抓了！」

「誰？」

「尤里和琳恩。」

「被誰抓走？」

她啜泣起來：「我不知道，他們都戴著面具。」希薇婭用力搖頭，彷彿不願想起。「他們說，如果兩小時內沒拿兩萬元去公車站當贖金，就會殺掉他們。」

我帶她進自己房間，再問了詳情，接著叫兩個手下的特務過來。一個人上米格魯號準備四萬現金，預防最壞狀況，船上一向備有大量資金因應採購或綁票勒贖。另外一人負責向以前我在軍情六處的朋友打聽，希望能找到某位久仰大名但沒見過面、卻能夠保證行動成功的角色。

最後剩下我和不停顫抖的女科學家在房裡，我斟了杯白蘭地給她，要她坐在床上休息。酒液沾在希薇婭裂開的嘴唇時，她的眉頭一蹙，儘管手仍顫抖著，還是直接一口喝光。

「聽我說。」

希薇婭抬頭用沒腫的那隻眼睛看我，淚痕還沒乾透。

「沒事的，我會救他們回來，也會讓做這件事的人非常後悔。」

☣

二十分鐘之後，我坐在一間葡萄牙餐館後面等待。對方進來時沒有自報姓名，一臉空洞地望著我，身形臃腫、黑髮長而油膩地披散在頭皮上。包廂入口也站著兩個保鏢，雙手都塞在口袋，想必指頭已扣著短管左輪，槍口正朝著我。

我只知道他的外號是「O師傅」，但我只說了句：「我們有共同敵人。」

他眉毛一挑。

「想當強盜的恩聶斯托。」

他的英文發音不太好，葡萄牙腔調很重。「沒聽過。」

「他們擄了我的兩個夥伴，要求贖金兩萬美元。」

「這種事情應該報警，不是找我。」

「我覺得你比警察更有用，能保障人質安全。」

他歪過頭。

「袋子裡有四萬。」

「這裡不是銀行。」

「交換他們平安歸來，並且確保不會再發生同樣的事，無論在里約或聖保羅。」

他微微擺頭對兩個手下示意，其中之一打開袋子數錢，另一人將我從椅子上拉起搜身，連襯衫底下也不放過，確保我沒有藏什麼東西。

我不是笨蛋，來見這樣的人當然不藏武器。

那個保鏢對O師傅點點頭，O師傅才起身離去。方才我一直不說葡萄牙語是希望能多獲取些訊息，沒想到他們似乎有自己的一套暗號，以眼神與頭部的細微動作就能溝通。

保鏢從袋子取出兩萬。

另一人用葡萄牙語告訴我：「每年兩萬，明年今天同樣在這裡付錢。」

我點頭，對方對我們的底細摸得比預料中還清楚。「今天晚上，地點是公車站。」

☣

距離尤里和琳恩被綁匪帶走、希薇婭遭到攻擊整整兩小時過後，天空灑落紛飛細雨，我換上軟呢帽與黑色風衣出門。里約全年如夏，只有八月比較陰冷，來自大西洋的鋒面捲來南極洲的寒氣，涼風吹過四處興建中的高樓大廈與起重機，彷彿夷平了古城，在其骸骨上覆蓋新都市。

巴西人民從鄉間四面八方湧入里約，此外也有許多非法移民，大家的目的都是找工作、追求更好的生活。貧民窟在當地語言叫作*favelas*，發展之快就像一夜成形的大蟻窩。街燈光線下的簡陋小屋連結為大都會裡的一塊汙點，範圍蔓延至山麓森林邊緣。從我所在的高處望去，只見救世基督像始終俯視著堆疊在腳邊的小紙盒建物，以及周邊為生活奔波的人們。

貧民區氣氛與幾百碼外的科帕卡巴納海灘截然不同，大西洋海岸邊林立了高級酒店、俱樂部、酒吧、餐廳，沙灘道路旁的棕櫚樹迎風搖曳，通宵達旦又震耳欲聾的音樂串起兩個不同世界，也是代表里約的讚歌。我必須跨過界線，進入對面的地下社會，人們在那裡為了求生、為了擺脫窮困，什麼事都幹得出來。現況逼我採取平時不喜歡的非常手段，可惜世界就是如此運作。我的人有生命危險，我的朋友有生命危險，所以我也什麼事都幹得出來。

公車駛離我們眼前，留下的黑色煙幕連雨水也無法穿透。站在我身旁的希薇婭開始顫抖。我明白她並非因為風雨的冰冷而如此。

「沒事的。」

看得出她想哭，只是強忍著。我安插了一個人在身後那間咖啡廳裡，還有一個人躲在旁邊的小巷。

一輛福斯汽車轟隆隆地開過來，下車的人以頭巾遮住口鼻，穿著髒兮兮的白色背心。後座另有個男子拿手槍指向希薇婭，她終於忍不住叫出聲。我伸手攔在她面前，走過去以身體掩護她。

「錢！」對方大叫。

「先放人。」

歹徒用力搖頭，看那模樣應該正在安非他命之類的癮頭上，他瞪大眼睛、眼珠子迅速轉動。

「想得美！快點給錢，五分鐘內我沒回去，其中一個就沒命。」

我攤開手。「要錢可以，總得讓我們看看人質吧？確定他們還活著以後，我會打電話叫人立刻送錢來。」

綁頭巾那人與司機互望，見司機點了頭，他就上前揪住我的手臂，把我推進車子後座，與持槍男子一左一右挾制我。老左輪手槍抵著我腰側，頭巾男很快搜了身，我根本沒帶武器。他扯下我的帽子，摘下自己頭巾蒙住我的眼睛，上頭都是香菸與汗水臭味，害我咳了兩聲。

坐在後座蹦蹦跳跳大概過了十分鐘左右，德國轎車引擎聲吵得要命，我懷疑後座與引擎之間的隔板是不是被拆掉了。

總算等到車停，他們帶我下了車，領著我走過一條崎嶇的石子路，每回我絆到東西，都被粗暴地向前拖行。

之後我聽見身後傳來木門打開又被用力甩上的聲音，我們的前進速度放慢。一下子被解開蒙眼頭巾的我，發現人在一個房間裡，天花板上只有一顆燈泡發著光。

尤里與琳恩就坐在木椅上，兩手被電線綁在背後，腳踝同樣被固定在椅腳，顯然很不舒服。尤里的鼻子腫了起來，鼻孔周圍都是乾涸的血痂，頭髮上也有不少血漬，眼睛像希薇婭那樣只能睜開一隻。

而看見琳恩時，我的心為之一震。他們居然打女人，她不止臉部紅腫還有大片瘀血，簡直像是皮膚上長了隻水母，斑斑淚痕清晰可見。

戴著切格瓦拉帽子的男人從辦公桌後起身，鼻子周圍很紅，一定用過了不少毒品。他走上前瞪著我的動作很毛躁，而且滿臉不屑。

「你以為我們是開玩笑嗎？」他從腰帶抽出刀。「讓你瞧瞧咱們是怎麼辦正事的。」

我壓平聲音。「動手之前有句話給你，這是O師傅的意思。」

對方停下動作，雖然仍舊很囂張，但目光洩露出猶豫。

「我們有點交情，他請你打個電話回家。」

男人朝我罵了一連串髒話，卻不敢再動琳恩或尤里半根寒毛。

「打個電話回去，問候一下家人，免得O師傅按捺不住。」

「帝國主義的走狗和妓女！信不信我讓你們全死在這裡？」

「O師傅並不樂見那種結果。他不高興的話會有什麼反應，我是不敢想像。」

綁票犯別過臉，朝尤里和琳恩跨出一步，下一秒卻又好像重新考慮形勢，最後走過去桌子那邊拿起電話撥號。不知道另一邊究竟說了些什麼，總之讓他嚇得要死，竟一屁股跌坐在椅子上，整個人除了點頭還是點頭，彷彿講話的人正在注視他。「當然、當然，是我不好——」

說到一半就停了，可想而知他被另一邊掛了電話。他放下話筒，吆喝著要部下趕快替尤里和琳恩鬆綁，似乎發現鑄下大錯，想要努力善後。

尤里搖搖晃晃地起身，勉強扶著椅子撐住自己。琳恩被鬆綁後，則是整個人直接朝前方地板摔落，我趕緊撲過去接住她，若非肌膚還有溫度，我真以為她死了。

我緊緊抱著她，火速走出貧民窟破屋上車，直到歹徒又停車在公車站那兒，我才感覺自己有呼吸。此時琳恩回復了點力氣，能夠自己站著，但仍然緊緊挨著我。

尤里也過來抱了我一下，很少看他這樣子表露感情。「威廉，你救了我們。」

「工作而已。」我低聲說。

「你都親自過來了。」

「換作是你也會來救我。」

「的確。」

☣

米格魯號每三個月左右會航向太平洋上的某個島嶼，都是同一個島，但位置不公開，只有艦橋裡的人知道。我只能確認它在夏威夷西方、赤道以南，在季蒂昂登島佔領前無人居住。上頭所有東西都是新設的，包括建築物、港口及道路。此地除了季蒂昂沒有其他勢力，也就沒有犯罪、沒有需要恐懼的人事物。或許正因如此，米格魯號離開里約之後就直奔小島，雖然碰上壞人的只有希薇婭、琳恩與尤里，但全船士氣卻受到莫大影響。

尤里和琳恩分別在遭到德國攻打的史達林格勒以及被日本佔領的香港長大，成長過程時時刻刻充滿危機，然而過去二十年裡，兩人已經沒再遇上足以威脅性命的危險，所以如今的情緒波動還是很劇烈。尤里一如既往剛毅內斂，可是琳恩回到船上時，描述了他如何與歹徒對抗，儘管是困獸之鬥仍勇氣十足，我又更欣賞他了一點。

我並不清楚這座島是否有正式名稱，米格魯號上的大家就叫它「季蒂昂島」，或直接說要回島上去。南面有個深水灣，港口大得過頭，與島嶼的土地面積不成比例。每次靠岸都能看見其他船隻正在卸貨，大部分是建材，偶爾有些重型機具。建設工程很燒錢，但不難理解以此為據點的優勢：這座島嶼不在一般航道上，想要發現很困難。多數人對於太平洋多廣闊並沒有正確觀念，其實地表所有大陸和陸塊都能塞進太平洋，太平洋比大西洋、印度洋加起來還要廣大。

除了適合季蒂昂藏身，也適合一九六七年八月米格魯號上的眾人在此休養生息。大家從港口下船，搭乘電動高爾夫車進入居住區域，然後各自回房。房間設備不算豪華，但至少乾淨且有隱私，每間寢室都有獨立衛浴和小客廳。在船上擠了三個月以後，這種環境好比頂級酒店，不必和別人一起洗澡堪稱奢華享受，睡覺時不再是多人同房，真是又安靜又滿足。

從事諜報工作多年下來，我留意到在鬼門關前走一遭的經驗，總是能夠大幅度改變一個人。未必是永久性，但暫時的變化任何人都免不了，尤里和琳恩也不例外。尤里變得更加專注於內在世界、更確信魔鏡能夠成就人類的未來，因此即使回到島上，也日夜沉浸研究工作之中。

琳恩則朝著另一個方向轉變，反而不再孜孜矻矻，與人同桌用餐時的笑容多了許多，也與同伴相處得比較久。

每次上岸，沙灘上都會舉辦營火晚會。我第一次見到她拿著玻璃杯喝紅酒，一襲黑色洋裝烘托出她與眾不同的美麗容貌。那一夜在我眼中，她比高掛的月亮、比周圍的火炬、比長桌上一排玻璃花瓶內的蠟燭，都來得更明亮耀眼。我無法移開視線，忍不住盯著欣賞，酒喝多了更是忘我。

桌邊只剩下六個人的時候，琳恩起身對其他人道了晚安，然後凝視我。

「這是個很適合散步的夜晚。」

我跟著站起來，朝她伸出手。

82

一九六七年夏天，我的人生徹底轉向。當時我在米格魯號跑第二趟船過了三個月，發現琳恩變得很奇怪，似乎刻意疏遠迴避我，明明已經約會（雖然在潛水艇上能去的地方不多）半年了。等到我按捺不住攔下她，逼問究竟怎麼回事，才逼出了答案：琳恩懷孕了。

我喜出望外卻也暗自擔憂，明白童年困頓的人會傾向不生小孩，至少我自己和琳恩都表現出這種態度。如果沒有奉子成婚，兩個人接下來不知會過著怎樣的生活，但走到這一步，我並不後悔。我與琳恩決定前往倫敦定居，住進貝爾格萊維亞區的公寓（房東是季蒂昂成員，所以房租十分低廉）。婚禮隔了一個月才在小教堂舉行，伴郎是尤里，雙方父母都出席。

三月，一個飄雪的夜裡，長子安德魯出世，我們夫妻再次體會生命的變幻莫測，也領悟往後的日子裡必須以孩子為重。醫生告知我們孩子罹患「缺肢症」，顧名思義是先天缺少肢體的殘疾，小安德魯少了左前臂。琳恩無比痛心，無論我怎麼勸說，她都覺得是她的責任，怪罪自己的基因與生活：為什麼要在核子潛艇上受孕，明知道高輻射對胎兒不好。

我並不那麼承認兒子有「基因缺陷」，但從琳恩的角度來看，除了這點沒有別種解釋。此後，魔鏡計畫對她有了新的一層意義，原本的動力轉化為一份執著，期待創造出母親不必擔憂孩子有缺陷、孩子不會生來輸人一等還要被同儕嘲笑的新世界。

先天殘缺不會改變我們對孩子的愛，而且安德魯頭腦聰明（我相信是遺傳自母親）又愛冒險過頭（大概是我造成的），勇敢又充滿好奇心，面對任何困難都不輕易退縮。

季蒂昂內部這時也開始積極運作，擴大實驗規模，資金需求比以往更多，於是招募來的新成員包含億萬富翁、金融鉅子、有能力插手政府研究資金的人物，唯一共通處是衆人都相信大災難即將到來。

一下子湧入很多新成員，導致組織來到轉捩點，但我們跨越盧比孔河（注）的過程並不順利。表面上一切依舊，季蒂昂還是有數十個不同單位，各自進行研究，成員們每季召開一次所謂的密會。實則幕後波濤洶湧，結構逐漸崩潰。許多成員認為自己的研究方向是魔鏡和人類存亡的唯一解答，相互爭奪資金，以求取得最佳成果。

一九七二年，我升任季蒂昂安全會議主席，這個內部組織剛成立，負責掌控各小組動態並保守祕密。安全會議只有我加上三位季蒂昂元老，總共四人知道季蒂昂的一切資訊，合力創造出怪物。

家裡的生活卻漸漸穩定。我時常出門，但只要人在家，就會將所有時間放在琳恩和安德魯身上。兒子長大得好快。一九七三年又迎來長女，取名麥迪遜，這是我母親娘家姓氏。安德魯當起哥哥的認真程度真是前所未見，可能比當年戰後倫敦孤兒院裡遇到的歐威爾．修斯還厲害。

注：盧比孔河位於義大利北部。凱撒曾破除將領不得帶兵渡過盧比孔河的禁忌，因此「跨越盧比孔河」比喻無法回頭的情境。

琳恩則更積極研究，讓自己精疲力竭。我頗為擔心，但每回一勸她，兩人就鬧得不愉快，久了也就作罷。婚姻裡有些爭執除了退讓，別無他法。

一九七七年再添了小女兒，取名珮彤，這是琳恩祖母的姓氏。小女兒性格比麥迪遜要正經八百，而且愛問問題，與安德魯一樣富有好奇心又愛探險。

搭乘火車或飛機等長途時，我常常想像三個孩子長大以後會是什麼模樣，又會生活在怎麼樣的世界裡。一九八三年，季蒂昂在日內瓦舉辦的冬季密會上遭遇出乎預料的狀況：一個小組提出自己的魔鏡方案，是真正可運作、能夠保全人類未來的裝置。但計畫規模與成本都龐大得可怕，其中包含的技術有許多在當時只是理論階段（不過後來陸陸續續得到證實），然而切實可行。戰爭、饑荒、疾病、氣候變異、隕石衝擊、宇宙現象、外星生物、人工智慧……不止這些，其他威脅也一樣，憑藉那一夜誕生於俯瞰日內瓦湖豪宅內的魔鏡計畫，全部都不足為懼。更不可思議的是，季蒂昂創始人想解開的謎題，也能因魔鏡得到解答：人類存在的意義是什麼？宇宙與人類存在的本質是什麼？提出方案的科學家團隊認為人類會再次向前，朝著注定的命運邁步。

但是，並非所有人都相信。

以往理性溫和的科學家在那一夜變得野蠻霸道，從激烈辯論發展到叫囂謾罵，我也驚覺原來這是個零和遊戲。魔鏡計畫完成時，只能成就一個贏家、造出一個裝置，為集中資金研發，勢必要廢止其餘研究，控制魔鏡的人也將獲得地表前所未見的權力，掌握了全人類。

密會會場上各方僵持不下，成員們口出惡言之外還做了許多表態，包括要脫離組織、繼續自己的研究，如此一來將演變成新型態的軍備競賽。也有人以揭發季蒂昂做為要脅，聲稱沒被選上就玉石俱焚。總而言之，只要是人就有私心，科學家也一樣。

若說我本身有錯，錯就錯在後知後覺，沒意識到形勢動蕩太快，誤以為他們只是空口白話，不會真的有所作為。但同樣地，別人並不這麼想。

一個月以後，正當我搭乘英國航空班機從開羅前往倫敦時，事情發生了。參加季蒂昂的科學家不分所在國家，一個個遭到暗殺，直屬於我的十二名安全特務也全部身亡。我降落希斯洛機場時還在狀況外，叫了計程車回去貝爾格萊維亞區路上，心裡只想著麥迪遜的生日要到了，就在下週。

公寓大門上了鎖，但我一開門就馬上看出屋內遭到洗劫，我迅速抽出手槍但仍舊太遲了，眼角餘光掃見一個黑衣人站在玄關旁邊的書房內，被隱藏式玻璃拉門掩蔽而身形模糊。我轉身提起槍口，對方動作快我一籌，子彈貫穿玻璃和我腰側，使我整個人向後摔在靠牆的小桌和放在上面的古董鏡上，不過西格—紹爾 SIG P226 尚未脫手，我當機立斷扣下扳機，連開三槍，目視著對方倒地。

我趕快轉身竄進餐廳。這動作救了自己一命，廚房內還有另一名刺客，他朝玄關擊發的子彈險些又打在我身上。一下子無法確認對方位置，我還是隔著牆壁展開反擊，子彈穿過餐具間、鑽進廚房，命中對手背部搶得先機。我不敢給他機會，立刻朝他的肩膀繼續射擊，迫使對方的武器脫手。

接著我衝過去站在他身旁，拿槍抵住刺客的臉，同時觀察書房內有沒有其他動靜。所幸似乎已無他人。

「是誰派你來的？」

刺客的嘴巴開始噴血。他是個歐洲人，從平頭髮型可以猜想有軍方背景。

他咬牙悶哼，我扣住他的下巴，指尖深深嵌進兩頰，迫使他將上下顎分開。還是遲了一步，刺客已經咬破牙套，毒藥滑進喉嚨，儘管我取來湯勺幫他催吐，也阻止不了他的肢體迅速癱軟。

我壓住腰側傷口跑進書房查看，另一個刺客也死了。

文件檔案被帶走，保險櫃也被打開。

我抓起電話撥到琳恩在大學的辦公室，沒人接聽。

首先得為傷口止血，而且這種傷勢需要就醫。我打電話聯絡駐紮倫敦的季蒂昂人員，沒回應。再試了柏林，同樣沒人應答。香港、東京、紐約、舊金山……所有據點一同陷入沉寂。

我狂奔進主臥室，抽屜已被拉開，大人和小孩的行李都不在。這是好現象。

我聽見玄關傳來腳步聲，朝外面偷瞄，猜想是不是警察，沒想到又是兩個黑衣人，顯然也有軍事背景。他們持著槍掃視四周，漸漸朝我逼近。

我蹲下身，從腰帶取出備用彈匣，單手繞過門框，發動連續射擊。雖然的確很想留活口套話，但自己的存活更優先。

砰的一聲，有人倒下。我再換彈匣，退到麥迪遜房間的浴室，翻到一面小鏡子，利用反射偵察外頭狀況。那兩人都躺在地上一動不動。

接著我換上黑色大衣，遁入倫敦夜幕之中。如今去醫院太冒險，所以我找了以前軍情六處的熟人幫忙包紮。

隨後住進托特納姆區廉價旅館，簡單用過早餐之後繼續打電話，卻印證了我最大的恐懼——季蒂昂已遭到全面清洗。

我還有假身分可用，可以離開英國，但不知道琳恩逃去了哪裡。最初我猜測是香港，遺憾的是，她不在那裡。我用盡手段尋找妻兒行蹤，也向她的同事打聽，卻沒人有半點線索。琳恩的離去毫無前兆。我甚至在報紙上刊登夾藏暗語的廣告，依舊毫無音訊。季蒂昂的夥伴不是死了就是潛伏無蹤。

我也必須隱姓埋名。

接下來的日子，我持續等待，期望米格魯號按照原訂計畫，停靠在阿拉斯加州諾姆市，結果也讓人失望。我試圖分析後，認為有三種可能，比較有利於我的假設是船被劫走、大家成為了人質，或者船員得知內鬥後找了地方躲起來。但我找不到這兩種情況的證據，剩下最糟糕的發展就是米格魯號被擊沉。若是真的失去它，除了長期培養的友誼，更連帶丟掉了無價的研究資料，想要取回難如登天，是最慘痛的狀況。

我一心只想找到琳恩，即便大海撈針也會不停追查下去。我在距離倫敦一百多英里的鄉下地方租了小屋隱居，醒著的每分每秒都用來調查清洗行動究竟是誰主導。一九八三年還沒有網路與手機，尋人十分困難，但仍然慢慢有些進度，蛛絲馬跡能夠一一串起——季蒂昂仍有研究小組繼續行動，就算換了名字也會留下痕跡，其中一個是吸收季蒂昂安全會議絕大部分成員後轉型的隱日證券（注）。我拼湊各種線索，逐漸看見全貌，同時也沒有放棄尋找妻小。

歲月一點一滴流逝，我心裡那絲希望漸漸幻滅。一九九一年，我布下一個局，試圖揭開當初大清洗幕後真相。原本已安排妥當，但準備出手的一週前，忽然有個包裹經由看不出來歷的貨車送到家門口，也不要我簽名就離開了。這間房子已被我日積月累設置成要塞，地下室連炸彈攻擊

注：原文為文字遊戲，「安全」為Security，「證券」為Securities。

都能承受。

我伸手打開包裹，然後瞬間被裡面的東西擊潰。

那是《舊金山紀事報》一篇報導，提及醫學生安德魯·蕭上週死於烏干達森林火災。他是世衛組織工作人員，前往當地進行愛滋防治宣導。儘管我認得出兒子，心裡還是萬般不肯相信，但剪報底下幾張焦黑屍體的照片，仍激出我的兩行熱淚。

盒子裡還有一張手寫字條。

別惹事，否則還有兩個。

我悲喜交加。安德魯死了，但麥迪遜和珮彤活著，那琳恩呢？

當天晚上我就動身，必須躲得更深更好，不能再被發現。我始終沒放棄調查季蒂昂內部真相，只是手法趨於保守。我針對當初掌握的季蒂昂各小組，年復一年蒐集情報，確認少數仍在活動，想必幕後黑手就藏在其中，只可惜還無法鎖定目標。

安德魯的死對我而言並非全無意義，至少我有個姓氏能追尋。憑靠這條線索，我發現琳恩一家在美國生活，對於要不要聯繫她有了番天人交戰，掙扎許久之後決定放棄。我遠遠地看著她在史丹佛的學術生涯，為珮彤進入醫學院慶賀，剪下麥迪遜的結婚啓事留念。又過了好多年，我看清二十年後小丫頭長成什麼樣，靠的竟是YouTube，上面有珮彤的影片，我可以連看好幾個鐘頭不膩。現在的她不僅聰明漂亮，還是個好醫生，對工作的投入程度不輸給她母親。從她身上，我找到安德魯的影子，不知她選擇醫學之路是否受到他影響。

我好想和她們三個團圓，但也清楚這麼做會害妻女身陷險境。一九九一年之後，我的人生彷彿活在牢籠之中，對未來只有恐懼。如今我明白自己已錯過什麼，永遠再也沒機會當個好父親、好丈夫，人生只餘無盡煎熬。我活下去的唯一動力只在於時機成熟時，能夠出手阻止季蒂昂——當然最糟糕的情況是對方先逮到我，或者將我逼得無路可退。

很遺憾，最後竟真的是最糟糕的劇本。我留下這段文字的同時，阻止季蒂昂的機會正迅速溜走。

阻止他們。千萬別放棄。運用所知的一切，沒有理所當然，別相信任何人。

☣

戴斯蒙眼中的珮彤有如站在拳擊場上，被手札裡的一字一句重重擊打著。兩人二十年前在帕羅奧圖相遇，當時戴斯蒙見證過珮彤的韌性，然而她咬牙苦撐了許久，終究情緒潰堤。一路下來，她親眼目睹疫情調查團的學員死於非命，發現自己感染致命病毒，此刻又得知季蒂昂集團毀了家人人生、殺了哥哥——然而父母竟然都曾參與其中……任她再如何堅強，也難以承受這一切。

珮彤淚如雨下，戴斯蒙將她拉進懷裡，感覺她痛哭時的顫抖。即使自己開著露營拖車遠走高飛的那天，也沒見她哭成這樣肝腸寸斷。戴斯蒙緊緊抱住她，心中再次許下承諾：我必須幫助她，必須去除珮彤生命裡的種種曲折。不僅因爲他想這麼做，也因爲有一部分根本是自己的錯。

此外，也是因爲愛。過去他說不出口，現在又不敢說出口。然而這一瞬間，是他的生命中頭一遭：如此肯定自己深深愛著一個人，愛得超越一切，愛著她好久好久了。

戴斯蒙全心思沉溺在這個擁抱中，沒聽見門廊傳來的腳步聲。

83

戴斯蒙來不及起身，正門砰地就被打開。對方進來得很快，一下就到了沙發邊，用手槍指著他，視線則落在靠著戴斯蒙肩膀的珮彤。

珮彤轉身一看，瞪大了眼。「爸！」

她跳起來抱住父親，或許沒察覺、又或許不介意他手上還有槍，她用的力氣大到男人眼珠也有點突起了。他很高大，短短的白髮梳理整齊，臉色有些憔悴，一方面是幾天的鬍子沒刮，再來是面頰被島上的風吹紅。他被女兒緊緊摟著，很努力地克制不讓眼中的淚水掉落。

但經歷一週驚險以後，戴斯蒙特別相信桌上那份手札的提醒，句尾可是告誡他們「別相信任何人」。毯子還蓋著他的手掌，他悄悄伸手拿槍。

可是威廉又舉起了武器。「戴斯蒙，別輕舉妄動。」

珮彤放開父親以後，目光在兩人間徘徊。「呃，大家都是同一陣線的。」

威廉緊迫盯人。「現在還不確定。珮彤，去把他的槍拿過來。」

她夾在兩個男人之間左右爲難，後來還是走回沙發邊、掀開毯子，自戴斯蒙的肩式槍套取走武器，但接下來珮彤擋在他身前，另一手伸出去，距離父親的槍口僅僅幾吋。

「爸，你也把槍給我。」

威廉打量女兒一會兒，似乎和戴斯蒙同樣明白有些時候只能妥協，臉上露出淺淺一笑，將槍交了過去。

「你一直監視著我們吧？」戴斯蒙開口問。

威廉閃身，從窗外能看見的地方走到旁邊、背靠石牆。「沒錯。」

「爲什麼？」

「因爲你。」

「我不懂。」

「三十年了，自從那場大清洗以後，我就一直調查季蒂昂，也是唯一有機會阻止他們的人。現在魔鏡即將問世，他們絕對不會留我活命，派人暗算我很正常。既然要派人，最有可能派個有掩護，或者手上有我把柄的人才容易得手。」威廉看了看珮彤，意思是女兒成了自己的弱點，而珮彤可能被戴斯蒙利用了。

「我來這裡並不是要殺人。」戴斯蒙反駁：「剛好相反，我想幫忙，阻止他們是目前最重要的事。」他話鋒一轉，語氣透露懷疑。但「眞正該解釋動機的人應該不是我，既然九一年他們就送了包裹過來，代表早已鎖定你的行蹤，怎麼不直接除掉你？」

「過去二十多年，我也反覆思這一點很多次。」

「答案是？」

「等我相信你，再告訴你他們爲什麼會留我活口。」

珮彤將兩把手槍都放在廚房桌上。「大家還是彼此先多點信心吧，沒有多少時間能浪費了。」她咳嗽一陣之後，深深呼吸。

病情加重了，戴斯蒙心想。

威廉望著女兒，似乎也心領神會，「的確，時間緊迫。」

「所以從頭來過。爸，信是你寫給戴斯蒙的吧，理由是？」

「三週之前，他先透過網路聯絡我。我設了很多能追蹤到季蒂昂和他們先前研究計畫的網站和身分，目的是留下誘餌，讓相關人等找到我。原本以為會有逃過大清洗的科學家過來，」威廉指著戴斯蒙。「沒料到來的竟是這小子。他跟我說魔鏡就快完工了，而他自己受了騙，對方做的事與最初的承諾天差地遠。」

他轉身看向戴斯蒙。「那時候你自稱要阻止他們、揭發他們，所以希望能與我會面。我拒絕了，只要你先設法將事情鬧大，因為沒辦法相信你。畢竟我怎麼知道這不是對方設局引我露面，趁魔鏡大功告成前永絕後患的陷阱？所以我就給了你森林裡那組座標。」

「有個金屬盒那兒。」

「對。地底埋了一百磅C4炸藥。要不是珮彤在場，你就會被炸成灰粉。」

戴斯蒙瞄她一眼。「唔，感謝救命之恩。」

「我早猜想你會帶著她要脅我，但還是得先確定你的立場。」

「所以你引我們過來讀你的故事，看看我有什麼反應。」

「嗯。」威廉走向珮彤。「也順便解釋一切。其實這些東西是很久以前寫給妳和妳姊姊的，珮彤。我希望妳們能知道眞相，也想過乾脆寄信給妳們，想了一百萬遍有吧？但實在不敢冒險，想通以後又覺得不可以為個人情緒左右，危及妳們性命安全。」

「爸……」她又哭了，這次換威廉緊緊摟住女兒。

戴斯蒙點點頭。這個解釋不僅說得通，也終於能將自己的遭遇串在一起。

威廉放開女兒，眼睛又盯著他。「你聯絡我以後，又是怎麼回事？」

戴斯蒙知道威廉還在觀察自己、判斷敵我，於是一五一十說出上週在協和酒店醒來後發生的事情。

「密碼解開以後要我警告她，還附上了珮彤的電話號碼。」

「警告她什麼？」威廉追問。

「我也是才知道不久。」戴斯蒙將整個過程攤開來說，再描述自己與記者見面、被抓、受囚在健太郎丸號上，迅速交代了艾芙莉登場救援，一起找到漢娜，也提起自己發現迷宮實境並在達達阿布重新下載。

「在柏林的時候，軟體沒有給我入口或地點，到了達達阿布，就顯示了你留給我的座標。」

「有趣。」威廉說。

「應該是我自己當作備案輸入的，關鍵條件大概是時間。要是到時我沒辦法掌控局勢，就能過來這裡與你合流，算是最後手段。」

「挺有先見之明。」

「但不是還有一個座標嗎，你的老家？」珮彤問：「我們找到森林裡那個盒子的時候，就跳出來了。」

「那恐怕是第二個備案。」戴斯蒙說：「第一個備案失敗的話，就只好躲到那裡去。可能我擔心威廉不現身，或者雙方無法合作。」

「謹慎是好事。」威廉朝珮彤揮了揮手。「回到我剛才的疑問，你要警告她什麼？」

「我猜是警告她小心別被綁架，結果她還是在肯亞被捉走。對方的用意應該是要珮彤親眼見證疫情爆發，但主要目的還是想靠她找到你。你也說了，有珮彤在手上，就能要脅你。如果你的情報正確，也掌握阻止季蒂昂的關鍵，那麼珮彤就是阻止你的關鍵，可以保障他們的行動成功。」

講到這兒，戴斯蒙開始思考季蒂昂爲了找到威廉會多麼不擇手段，難道自己與珮彤能脫身根本就是陷阱，爲的是逼威廉自曝行蹤，來個甕中捉鱉？

他瞄了無線電，心想艾芙莉早該聯繫了。事情不對勁。

然而戴斯蒙想到此處時已經太遲，大門又再次被撞開，探進來的步槍先對著自己，隨即指向珮彤與威廉。

84

艾芙莉的眼睛沒離開過威廉，槍口筆直地瞄準他胸口，說話毫無感情、充滿威嚴。「離她遠一點。」

威廉高舉雙手，緩緩從女兒身邊走開。戴斯蒙看得出來如果是爲了珮彤，要他犧牲性命也在所不惜。

「艾芙莉，他跟我們同一陣線。」

她卻走到戴斯蒙和威廉中間，彷彿兩個人都不值得信任。艾芙莉偷瞥戴斯蒙一眼後，開始觀察釘在軟木板上的剪報、相片、季蒂昂人名與計畫名。

「這是？」

「三十年調查成果。」戴斯蒙解釋：「我們阻止季蒂昂的關鍵。」

「他是我父親。」珮彤跟著說。

艾芙莉聞言頭一昂。「唔……還眞是意外驚喜。」她終於放下槍。

「妳怎麼找到這裡的？」戴斯蒙問。

「在你們衣服上放了定位器，」艾芙莉笑著說：「我可不是新手。」

「眞機靈。」

「早就設想過了。你們眞的遇上麻煩的話，怎麼可能有辦法發無線電？我發過去又只會暴露你們有幫手。」

三人對艾芙莉交代目前整理出來的情報，她則簡短陳述自己與盧比孔組織的關係。威廉靜靜地聽完，詢問盧比孔背後主事者究竟是誰。

「我也不知道，招我進去的人叫作大衛·沃德。」

「還有聯絡嗎？」

「沒有。電話不能用，我以前交換情報的網站也停止運作了。」

戴斯蒙發現自己很容易看透威廉，或許是因爲珮彤有很多神態繼承自父親吧。他顯然仍十分防備。然而眞的沒有時間了，不止爲了珮彤，也爲了許許多多無辜百姓。他們必須有個計畫，盡快開始行動。

「好，」戴斯蒙發起討論：「把所有東西拼湊起來吧。現在可以肯定，病毒就是季蒂昂放出來的，而他們手上有解藥，也暫時假設存量充足。」

「控制解藥，等於控制世界。」珮彤說。

「除非我們先找到。」戴斯蒙接著說：「我們得到解藥，也就破壞了他們的計畫。」

他走到軟木板前。「昇華生技、基石量子、具現遊戲、輝騰基因、迷宮實境、城市鍛造、南極旅遊，都是我投資的公司，恐怕也都是季蒂昂的研究計畫。解藥可能藏在其中之一，或季蒂昂的其他單位。」

「雖然很有可能，」威廉開口：「但機率不高。我認爲解藥的開發和製造不會放在容易發現的地方或市區。第三世界比較不受衛星監控，對他們來說很合適。」

「季蒂昂島？」珮彤說：「你手札裡面提到米格魯號會定期停泊的地方，感覺符合條件。」

威廉點頭。「那是候選之一，但我更懷疑另一個地方，有幾個理由：首先是現在季蒂昂的首腦知道我還活著，而我知道島的存在。再者，我透過公開的衛星影像監視那裡，沒發現什麼活動。」

艾芙莉加入討論：「不過那種外界以為無人居住的地方，衛星攝影恐怕兩、三年才更新一次，最多也就一年一次吧，正好照到補給船往返的可能性有點低。」

「對。」威廉說：「所以不能完全排除，但有個最實際的理由是季蒂昂島太遠了，超過我們能力所及。它在地球另一端，光是要抵達就很困難，要解決燃料問題。光是燃料可能還算好處理，倘若解藥眞的在島上開發製造，那麼守備必定十分森嚴。」他的手往大家擺了一擺。「我們只有四個人，登陸後要應付非常懸殊的火力。」

「請英國政府支援如何？」珮彤提議。

「雖然可以考慮，」她父親回答：「不過要說服官員相信我們的說詞也有難度，願不願意接見更是問題。現在各國自顧不暇，我們卻沒有多少時間，要與政府合作就必須有決定性證據。」

「那退一步想，」戴斯蒙說：「季蒂昂有其他計畫或公司業務和傳染病、疫情爆發之類相關的嗎？」

「我還在裡面的時候沒有。要是被我知道季蒂昂有人搞這種東西，一定送去法辦，而且有這種念頭的不只有我一個。事實上，以前有些人的研究主題就是如何預防瘟疫和生化攻擊。」

「具體作法是？」珮彤好奇起來。

「負責人是尤里．帕挈柯，所以細節我也不清楚，只知道他好像設計出所謂的『自適應反病毒』。那種東西可以經由訓練，學會辨識病毒、加以拘束，抵銷對人體的影響。說不定，現在季蒂昂就是用這個做解藥？」

威廉一愣。「這表示他還活著。」

「尤里．帕挈柯……」戴斯蒙想到了：「當初找我進入季蒂昂的人就是他。」

「至少在我現有的記憶中，活到二〇〇二年我們見面的時候。」

「這麼多年了，我一直以為他早就遭到暗殺。」

「可以與他合作嗎？」珮彤問。

「應該吧。」威廉說：「現任的季蒂昂首腦可能接手完成他的研究，但我沒有把握，說不定尤里已經死了。」

戴斯蒙留意到艾芙莉的視線射向自己。他提起尤里的名字，等於招認自己恢復更多記憶卻沒告訴她，然而她的表情很難判斷，也許是緊繃、也許帶些氣惱——又或者覺得被戴斯蒙背叛了。

他試著將話題引導回去。「昇華生技呢？他們研究的是噬菌體，可以去除阿茲海默症和帕金森氏症的腦部斑塊，會不會有關聯？」

威廉思考片刻。「我覺得現在的線索還不夠多。這次疫情只是個環節，眞正目的是成就魔鏡，昇華在裡面扮演的角色，目前並不明朗。」

「有個辦法說不定能確認。」戴斯蒙拿起手機。「迷宮實境給了一組座標，是我小時候在澳洲的老家。說不定接下來需要的情報，藏在我的記憶裡頭？」

艾芙莉馬上開口，彷彿開槍般擊落這念頭：「這個聯想也太跳躍了吧。」

「我也覺得。」威廉附和：「何況那也是個棘手的地點，又遠又偏僻，非常花時間，要是機油不夠，還會導致我們完全失去行動能力。考量距離的話，我想有更值得一探究竟的目標。」

他走向廚房，打開桌上的筆電。

「五年前，我賄賂一間跨國物流公司的資訊人員，給了季蒂昂子公司和空殼公司的名字，要他提供所有付款和進出貨地點。剛開始以爲一樣是死胡同，但後來卻有了標的。」

威廉開了軟體，連戴斯蒙也是第一次看到這個。螢幕左手邊有很多衛星照片，每一張標示了時間，右邊則是世界地圖上亮著光點。他點了俄羅斯南邊的光點，就在烏茲別克和卡薩克交界處。畫面跳出一幅新影像：內海中央的一座小島。

「好幾個季蒂昂旗下的機構會送貨過去，這是沃茲羅日傑尼耶島，俄語聽起來很複雜，其實就是『重生島』或『復興島』之類的意思。名字很合適。一九四八年，蘇維埃在島上成立生化兵器研究室，當作最高機密對待。一九五四年擴建、改名爲『島嶼七號』。蘇維埃的微生物戰爭團隊進駐後，開始測試最毒的病原，一九七一年不小心放出由天花培養出來的生物武器，十人感染、三人死亡，還好沒有繼續向外擴散。後來在這裡工作的人員坦承還開發了炭疽桿菌孢子及腺鼠疫變種，而且都達到兵器水準。

「一九九一年，島嶼七號終於關閉，無論軍人還是平民全都撤出。原本島上有個小鎮叫作坎圖貝克，居民只有一千五百人，都在實驗機構工作，他們走了以後當地就變成廢墟。所以得知季蒂昂居然偷偷送東西過去，我很訝異，明明公開的衛星照片上看不出什麼變化。但就像艾芙莉剛才說的，既然沒人居住就難以保證更新頻率。我自己找了商用衛星公司去拍照，結果確認那裡到前陣子都還有人進進出出。」

威廉點了一張圖。「這是上個月的畫面。」

他按下右鍵輪流顯示。頭一張看得見島上建築物點了燈，戴斯蒙還找到五個應該是人影的東西，頭上飄散的白色霧氣似乎是香菸，身旁牽著狗。下一張，貨車車隊停在碼頭；再下一張，車子不見了但守衛仍在。最後一張則看不出活動，建築物也暗了下去。

「有追蹤貨車去哪裡嗎？」艾芙莉問。

「沒有。」威廉回答：「衛星合約有限制攝影面積，但我猜他們把東西送到烏茲別克的列車上。」

戴斯蒙聽了一驚。「那不是一座島嗎？」

「原本是座島，但只到二〇〇一年爲止。蘇維埃將流入鹹海的河水引去別處做灌溉，導致鹹海(注)從六〇年代就不斷縮小。現在它只有一開始的十分之一面積，而且分裂成四個大湖。」

威廉轉身望向三人。「總而言之，我覺得島嶼七號是最適合製造病毒的地點，既有的設備、偏僻的位置加上易於防守，陸地部分又分屬烏茲別克和哈薩克兩國，季蒂昂只要向他們租借就好。島的南端有陸橋通往烏茲別克，所以交通不是問題。」

戴斯蒙指著筆電螢幕。「看起來他們好像跑掉了。」

「沒錯。」威廉說：「能肯定的是至少前陣子島上還有東西，而撤離時間點和疫情爆發極其接近，代表他們放出病毒以後，也就不需要島嶼七號了。在我們只有四個人的前提下，入侵島嶼七號的成功機率比較高，還有人駐守的話，我們也能偷襲得手。」

「可是他們都撤離了，」珮彤問：「我們進去有什麼意義？」

「蒐集情報，」威廉說：「調查他們將解藥送到什麼地方。有名單的話就發送到各國政府，沒有名單也有可能取得解藥樣本，看看能不能用逆向工程複製出來。」

「有其他候選地點嗎？」戴斯蒙問。

「沒有……應該說沒有夠近的。我判斷島嶼七號是現在最好的目標。」威廉掃視眾人，等著他們評估。

「我覺得比季蒂昂島可行些，然後比戴的老家可行很多。」艾芙莉說。

「我有同感。」珮彤也附議。

「那就這麼辦吧。」戴斯蒙當然很想回去老家找出迷宮入口，看看自己藏了什麼訊息在裡面。不過他明白威廉的計畫對阻止疫情繼續肆虐更有幫助，那是最優先目的，恢復記憶暫緩無妨。「怎麼過去？」

威廉指著一塊褐色地面，那裡有個星形標記。

「這是？」艾芙莉問。

「四條跑道的交叉點，俄羅斯才會弄出這種鬼玩意。」

「爲什麼設計成這樣？」

「島上天氣變幻莫測，風向時時轉換，必須根據當時天候決定跑道，在那裡降落的難度很高。」

艾芙莉盯著天花板。「這眞是個好消息。」

注：原文 Aral Sea，「Aral」在突厥語族中即為「島嶼」。

Day 12

56 億人感染
600 萬人死亡

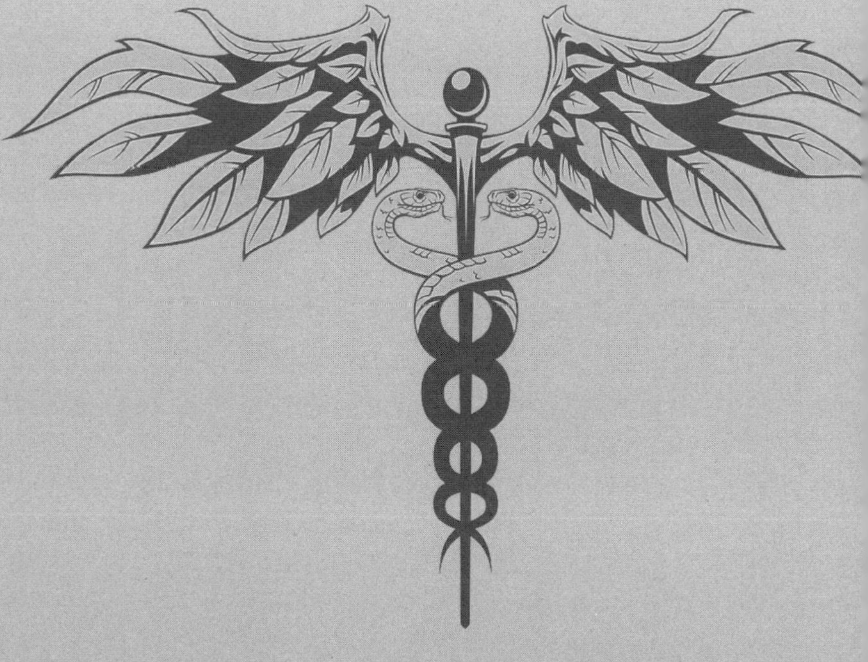

85

亞特蘭大疾管中心總部內，米倫．湯瑪斯走向位於深處的生物防護等級四實驗室。他停在瞳孔掃描器前方，保持頭部穩定，聽見咔嚓一聲之後推開了門。

實驗室是個密閉空間，牆壁與地板分別是十二與十六英吋的混凝土，地下還嵌了鋼筋強化，就算遇上地震也不礙事。獨立供氣是基本配備，也能以雙氧水或甲醛蒸汽灌滿內部，進行徹底消毒。

米倫進入更衣室，從鐵網架上取了一套手術用刷手服、襪套和內衣褲換上，自己的東西收進置物櫃。除了玻璃製品，其他物品都不可以帶進實驗室內。

他在準備室裡將襪套和刷手服黏好，拿一套正壓服擺在不鏽鋼桌上，著手連接充氣系統，利用膨脹檢查是否有洩氣，只要有一丁點破損，都會致人於死地。

降落在美國以後，他被疾管中心留置在機場檢驗。疾管中心和其他國家衛生單位現在稱之爲「X1曼德拉病毒」，後續追蹤證實流感症狀與出血熱是相同病原在人體突變的結果。看到報告顯示爲陰性時，他還是鬆了口氣，既然幸運能回到實驗室，自然更是馬虎不得。

確定防護裝備密封不透氣後，米倫摘下管線、黏合內側手套與刷手服，再次確認是否有缺口，最後鑽進防護衣並戴上頭罩，身體靠著吧檯高度的不鏽鋼桌穿上橡膠靴。

實驗室入口讓他聯想到太空船。前面門邊有鍵盤，米倫必須輸入密碼，看著燈號由紅轉綠，然後門才會噗的一聲打開。進去後他朝裡頭一直走，兩側有幾個研究員正低頭敲電腦或看顯微鏡。米倫又將防護衣和一條垂下的管線連接起來，啓動擴音系統。

「今天還好嗎？」

哈莉瑪在床上坐起身，看見頭罩下是米倫以後，露出微笑。「還可以呀。」

「這裡的人有好好照顧妳吧？」

「有。」她指著床上的攜帶式DVD播放機和背後一整架子光碟盒，有好幾季《歡樂單身派對》、《LOST檔案》、《雙面女間諜》、《24反恐任務》、《宅男行不行》這些影集。「給了我好多電視劇，好好看。」

不會說英語的男孩小天在隔壁床上還沒醒來。

「吃的呢？」米倫又問。

「不錯。」女孩的視線飄到米倫背後那群研究員，大家都穿著防護裝。「配出解藥還要很久嗎？」就他所知進度有限，但女孩年紀還小，剛過來這幾天適應得多少有點辛苦。

「看來滿樂觀的。」考量到哈莉瑪的心情，米倫也只好稍微誇大了：「大家都很感激你們。」

「我也很高興能幫上忙。」她拿起DVD機。「要不要一起看《LOST檔案》？到第二季了，才剛進去『艙口』。」

「我也想看，可惜現在輪我值班。下班之後再過來，好嗎？」

還穿著防護眼的米倫走出實驗室，經過三分鐘藥劑沖洗消毒後才脫下裝備，然後得再淋浴一遍。洗乾淨滿身大汗以後，他返回置物櫃，換回個人衣物。

大樓內很多辦公室已改裝為寢室，提供米倫這些工作人員居住，目前不知道得在裡頭待多久。疾管中心總部所有人皆背負沉重壓力、睡眠不足，但大家卻又專心致志，因為全員都明白接下來幾天的事態發展，關乎世界命運，而如米倫這般對X1曼德拉病毒的威力有第一手經驗的人，更是難以按捺。

能在總部工作生活的人都經過檢驗，確認為陰性。一部分是疾管中心原本的員工，但更多人來自國防部、衛生公共服務部、國土安全部以及聯邦緊急事務管理署。新面孔不少，加上十分忙碌，米倫倒是挺樂在其中，因為能夠轉移注意力，不再一直想著漢娜——至少不會時時刻刻都在想。可是他的意志力也有限，腦袋稍微放鬆時，就會跳出很多白日夢，想像她或許還活著，說不定逃離村莊了？又或者綁匪自己生病以後需要醫師，只好乖乖聽她吩咐，不但不能殺她還得好好伺候她。但米倫最希望成真的情節，其實是那天早上自己開口帶她一起去山洞，或至少先好好道別過。

走入緊急行動指揮中心時，他已經將滿腔兒女私情先拋諸腦後，現在必須專心於工作上。他簽到之後走上前，巨型螢幕顯示美國所有管制區域，並即時通報補給和人員需求。

所有接線人員都在忙，同時超過百人協助聯繫調度，開口第一句話都是表明自己代表「生物防禦行動指揮中心」。

輪值主管正在更改運輸車路線，滿載醫療品要從北卡羅萊納州的德罕市，轉送到卡瑞鎮隔離區。而聖安東尼奧發生暴動，軍隊從奧斯汀出發，疾管中心加派受過對應訓練的醫療人員過去。

土爾沙附近運送口服補液鹽的駁船沉了。

會議室內還有其他主管，每班開始前一小時要彙整情報。通常都是壞消息，米倫也只能懸著一顆心，坐進一張有輪皮椅，等待最新資訊。

不久前他還看著珮彤．蕭與沙丕洛在同樣地點開會。那時候米倫還得留在講堂透過視訊隔岸觀火，長條會議桌邊的幾個人要承擔數十以至於數百萬人命。結果才這麼一段時日，竟輪到自己坐到一模一樣的位子上。這份責任極其沉重，卻也合乎他的志願。

會議主席進來之後關上門。他叫作菲利普．史蒂文，是疾管中心資深流行病學家，之前也出差前往肯亞，率領的是曼德拉機場調查小隊，米倫那邊的營地遭到襲擊以後，他們就趕快撤回美國。菲利普個子很高，大家都叫他「菲爾」，他留著金色短髮，喜歡單刀直入不說廢話，和米倫挺對盤的。

「宣布重要消息，我們要增加六位新主管。」他指著房間後的視訊鏡頭。「和你們一樣負責十二位接線人員，只是工作地點在講堂，資訊部正在趕工布置場地，之後能消化的電話會更多一點。

「上一班記錄到X1曼德拉病毒死亡率大幅增加。」菲爾掃視一頁檔案。「紐約、西雅圖、舊金山、芝加哥和華盛頓特區，回報的死亡人數都超過四千。全國所有管制區加總起來，過去八小時內死亡數超過六萬。更之前一班的統計資料才一萬兩千人而已，死亡率恐怕已大幅攀升。」

他稍微停頓。「搭配接下來要給大家看的資料，結論就是策略必須有所改變。三十分鐘後各位對自己組員做簡報時也必須告知這件事，氣氛恐怕會非常凝重，可以預期會有人拒絕執行命令，但我們對此也有備案。最糟糕的一點在於，大家也不能明講下一步行動的真正動機是什麼。

「事實是，高層已經連著許多天質疑X1曼德拉肆虐，其實是生化恐怖攻擊，現在終於得到證實。我們已知道凶手是誰，也知道了他們的目的。」

86

艾略特站在書房內，生物防禦行動車隊在外頭街道上緩緩移動，他們通常下午才過來發放食物、醫藥，今天卻提早露面而且沒帶東西過來，反而像第一天那樣將人裝進黃色校車巴士後離去。國民警衛隊、陸海空三軍加上陸戰隊成員，在車子外面盯著平板電腦，完全沒穿太空衣，趕人上車的動作也沒什麼顧忌，又推又碰甚至有許多肢體接觸，好像自認對病毒免疫，一個個呼吸時吐出一團團白色霧氣。

他們井然有序地穿過街道，有些家庭整戶被帶走，有時又似乎是隨機抽選：四十多歲的爸爸、看來年紀更大頭髮開始花白的老媽媽、青春期少女以及不超過十二歲的雙胞胎兄弟。艾略特試著從中找出邏輯，卻徒勞無功。難道基因序列分析有了成果？被帶走的人身上可能存在針對病原的抗體？如果是的話應該要樂觀以對，但他的理智卻否定了他。

莎曼珊和亞當還躲在地下室裡。艾略特和蘿絲上車以後，他們一家三口就藏起來，之後聽他的話過去接受檢查，但被送回來的只有小珊與兒子，糟糕的是亞當昨天居然發了燒，顯然已受到感染。艾略特擔心他媽媽也撐不了多久，即使家中也有簡易隔離，恐怕也不足以保護她。

症狀來來去去，艾略特自己也一樣，連著幾小時沒感覺，或者至少有體力做事，但發作的時候渾身無力，不得不躺下休息，等到退燒或不咳了才起得來。目前他的身體狀況還好，只是心裡頭很焦慮。

他確認手機訊息。來自基石量子科技公司的每日問卷已經填答完畢。想不理會也很難，如果不作答，手機就會嗶嗶叫個不間斷。話說回來，今天一直沒有問卷訊息，這代表什麼呢？那些人會被帶到哪裡去？

☣

肯亞達達阿布難民營裡，艾利姆．基貝坐在辦公室中，來自衛生部的官員正在講話。對方重病已久，他估計活不過五日。聽對方咳得太厲害，艾利姆只好起身繞過桌子，拿了一瓶補液鹽遞過去。官員揮揮手說：「別浪費在我身上，」他的雙眼充血發黃。「重點是，你能答應嗎？」

醫生靠著桌子說：「會試試看，但還是得讓他們自己決定。」

「我們明白。」

「你要不要在這裡休息？」

病人搖頭。「還得趕路。」

「然後死在路上？」

「反正橫豎都是死，至少別在原地等死。」

艾利姆能夠理解，自己也曾經有過同樣念頭，否則當初在醫院就不會用盡全力爬下病床。

他領官員出去，目送對方鑽進四輪驅動車，返回連接哈巴斯文與達達阿布的道路。

回到伊福二號營地，住在這裡的都是倖存者，三個火堆的規模已比之前小得多，今天早上清點發現只剩下一萬四千兩百八十九人。疫情之初明明有二十八萬七千四百二十三個難民，這是從檔案庫裡翻出的數據。數字太觸目驚心，要大家再面對更多死亡，實在很難開口。

但艾利姆還是請一位民兵召集了營地內所有人——或者說所有還有力氣下床的人。之後他自己到處找，找到了擴音器。集合花了大約一小時，一切就緒之後，他爬上廂型卡車車頂，望向下面聽眾們聚集在荒涼沙漠的背景之前。

「我叫艾利姆．基貝，是個醫生，也是肯亞人。我在這兒出生、受教育，一輩子都在國內工作。

「和你們許多人一樣，我出生在小鄉村，父母很貧窮，小時候常常吃不飽。還好國家照顧人民，我能接受教育，長大以後盡全力回饋社會。如今輾轉來到這兒，為大家提供醫療服務。

「我知道這邊很多人其實並非肯亞國民，是從周邊國家逃難來的。各位危急的時候，這個國家收容你們，提供居住和飲食。現在肯亞需要大家幫助，因為輪到我們挨餓、輪到我們有生命危險了。肯亞人民需要幫忙，而各位就是能伸出援手的人。

「我國政府有不少問題，先前很多年來我也很不滿。可是人民是無辜的，他們繳納的稅金讓我能夠上學，讓各位和家人有得吃住。現在需要我們的是平民百姓。政府失去了照顧奈洛比的能力，那兒有很多人保不住性命，原因不僅僅是病毒，還包括飢餓和次級感染。

「目前肯亞境內倖存者分散各地，如果遇上有組織的私人軍隊，無論規模大小都難以抵抗。接下來，我們即將面對的問題就是戰爭和饑荒，想要克服難關，必須團結一致，同心合作。

「明天清晨日出時，我會動身前往奈洛比，途中只要經過鄉鎮，就會停下來繼續召集生存者。到了奈洛比，我們會盡力救人，相信這也是最能保障大家生命的辦法。希望各位能夠加入這個行動。如果你們選擇留下來也無妨，有機會的話，我一定請人過來支援，只是現階段無法承諾太多。只要同心協力，相信所有人都得以大大增加生存機會，也能拯救更多人。

「請願意參與的人日出時在這裡集合。謝謝大家。」

艾利姆看著人群散去，接著很多人圍過來詢問幹部各式各樣問題，然而誰都不知道答案，論計畫也就只有「天亮出發」這樣一句。他不禁懷疑多少人會願意跟著走。

後來他叫屬下去最接近的都市加里薩找卡車回來。明天第一站就是加里薩，瘟疫開始之前當地約有十四萬人口，是難民營的一半，艾利姆希望倖存者能多些。

他回到醫療樓內與妲米莉亞會合，兩人牽起手。「要是妳想留下來也沒關係。」

「你應該懂我的，艾利姆。你去哪兒我就跟著去哪兒。」

他再找時間進漢娜病房探視，女孩狀況穩定但部分症狀仍在惡化，細菌感染情形尤其令人擔憂。槍傷隔了太久才處理大概是主因，需要靜脈注射抗生素才能控制。問題是這裡沒有藥物。漢娜目前還能入睡，看起來也沒有別的併發症。

「要帶她一起走嗎？」妲米莉亞問。

「嗯。這是她唯一的機會。」

☣

當天晚上，他幾乎沒得睡，千頭萬緒忙不完。首先要留給護理人員的備忘錄就多得可怕（還有好幾千人的體能根本不可能離開這裡的事），之後要清點手邊補給，並分配帶走和留下的份量。

早上，從小辦公室窗戶望出去，他可以看見有人集結整隊，帶著大包小包和放置行李的推車。火堆上黑煙沖天，爲營地和所有人的心情蒙上一股陰霾。

妲米莉亞推開房門，走到醫生身旁。「那女孩也送上車了。」

他點頭起身。「妳確定嗎？」

妲米莉亞吻了他，掐掐他的手。「走吧。」

艾利姆到了外頭，眼前所見令他訝異不已。昨天露臉的人有半數都來了，他估計應該有四千人同行。

於是他只好找來最靠近自己的司機說：「我們得再弄些車子來。」

87

疾管中心緊急行動指揮部內，米倫與其餘幹部聚精會神，菲爾站在前方大型平板螢幕前解說著。

「兩小時前，美國及世界各地政府收到聯絡，對方自稱『季蒂昂』。各輪值主任一小時前已聽取簡報，我們要求、也得到高層准許，播放轉發自白宮的訊息。」

菲爾坐下來操作筆電觸控板，聲音從喇叭傳出。

「季蒂昂是科學家與知識份子組成的團體，致力以科學強化人類存續。眼見X1曼德拉病毒肆虐全球，我們決定不再坐以待斃，已經開發出對應的解藥，經過數萬次實驗驗證，現在我們將解藥提供給貴國國民。

「唯一條件就是確保世界不再有苦難，消除人類面對的所有災厄。我們追求沒有軍隊、沒有國界、也沒有隔閡的世界，人人獲得平等和尊重。這是我們的願望，或者說，這是我們的要求。

「若想取得X1曼德拉病毒的解藥，請按照以下步驟進行：請貴國立法機關即刻通過新法，指示各級國家單位與部門服從名為『魔鏡委員會』的國際監督機構，並將電力和網路管轄權交付予該委員會。貴國政治體制若需全民公投才能滿足法案、備忘錄、憲法增修條文等等形式需求，可透過基石量子的應用程式完成，說服人民及取得共識則是政府的責任。

「通過魔鏡條款之後，我們會立刻發放解藥。

「部分政府或許會排斥我們的幫助，但其他政府會願意配合我們創造人類應有的世界。若貴國及人民選擇拒絕，終將導致生靈塗炭，我們絕不樂見於此。望大家審愼思量，攜手合作，共創美好未來。」

錄音到此爲止，菲爾站起來。「雖然這個名爲『季蒂昂』的組織，沒有承認是他們施放病毒，但想必大家明白開發抗病毒藥物絕對不是一週能完成的工作，更何況他們已經大量生產。」

米倫開口問：「白宮如何回應？」

「向對方要求解藥樣本，當然被回絕了。」

「擔心我們以逆向工程自製吧。」

「沒錯。」菲爾說：「白宮方面堅持要驗證解藥的效果才會考慮他們的要求，據說對方會在一小時內做出示範。」

米倫錯愕地說：「意思是白宮有可能同意？將政府、軍隊、網路、電力這些都交給恐怖份子？」

「不，當然要反擊。白宮的用意是藉此機會蒐集情報、瞭解解藥的性質或追查出儲藏地點。」

另一位輪班主管講話了，這是個身材苗條、頭髮花白的黑人女性，米倫還沒加入疫情調查團前，她就已經在緊急活動指揮部工作。「其他國家怎麼反應？」

「英、澳、加、德、日、俄都承諾會堅持對抗季蒂昂，法國和希臘尚未表態。我們懷疑這兩國已經妥協。」

會議室陷入沉寂。米倫覺得情勢驟變——瘟疫還沒結束，就要準備戰爭？這後果難以想像。一切結束之後，究竟還能剩下多少人類？他們又要活在怎樣的世界？全部都是未知數。

菲爾深呼吸。「高層正在聯繫中國、印度、印尼、巴西、巴基斯坦、孟加拉，這六國加起來佔了大約世界一半人口。如果印度和中國，或者其他四國決定投靠季蒂昂的話，那麼就勝負已分。」

「我們的武器比較好吧？」又有人說話。

「但再過不久，」菲爾回答：「恐怕也沒人能操作武器了。」

不止是米倫，其他在場的主管都聽出這番話的弦外之音，等著菲爾進一步解釋。

「因此白宮下令，要求疾管中心和所有接受生物防禦行動調度的單位進行準備，因應可能發生在美國本土的傳統戰爭。」

「怎麼準備？」米倫問。

「現在外面的部隊已經將存活率高的人集合起來，往後所有資源只會分配給他們。」

米倫不可置信地問：「那其他人怎麼辦？」

菲爾站起來，掃視眾人。「我們必須面對現實。假如沒辦法維持軍力，美國很快就會覆滅，但接受對方條件的話，也等同於被季蒂昂征服。」

米倫想到留在克里夫蘭的父母，兩人都在管制區裡，不具核心職務技能。

「那我們的家人呢？」

「在名單上。所有人的近親，包括配偶、子女、父母、手足和手足的配偶及後代——全部都列入保障名單。」

政府倒是算準了這點。

「大家內心會有許多掙扎是很正常的，一小時之前，我也覺得萬分矛盾。待會兒你們還要各自對底下的接線人員解釋，將會有更多天人交戰的部分。如果有人覺得不堪負荷、無法執行命令，請在走出會議室之前告訴我。」

米倫隔壁的主管提問：「要是拒絕，家人會如何？」

「任何人離開生物防禦行動的同時，他們就不在保障名額以內。」

眾人面面相覷。

「最好的狀況是情報單位能追查到季蒂昂存放解藥的地點，」菲爾說：「但現階段必須按照計畫進行。爲了求生存，有些事情是逼不得已的選擇。」

散會後，米倫集合自己小組，進行值班前例會。他不想傳達那些訊息，卻沒有別的選擇，爲了父母，也爲了哈莉瑪和小天，除了留在生物防禦行動內，無路可走。

「希望大家已充分休息過，接下來要說的事情非常重要。整體策略有大幅度變更，先不深入細節部分，簡單來說就是——我們要處理新的威脅。生物防禦行動要將重心轉移到存活機率較高的群體上，同時爲武裝戰鬥進行準備。」

88

紅十字會飛機被狂風拍來拍去，彷彿颱風天裡的一條危船。威廉原本對準四條跑道之一，卻又臨時轉了方向，往另一條過去。客艙內的艾芙莉、戴斯蒙、珮彤綁好安全帶，身子向前傾，抓住前座頭枕，避免承受過多衝擊。珮彤被安置在比較安全的靠走道座位，戴斯蒙在隔壁用身體抵住機艙牆壁，艾芙莉則坐在走道另一側。

珮彤察覺戴斯蒙的手放在自己腿上，掌心朝上似乎正在等待，於是將手伸了過去。戴斯蒙掐掐她，這舉動化解了珮彤心裡的緊張，同時亦如同一股電流竄過她全身，活化了沉寂多年的某種線路，激起許許多多情感與回憶。

珮彤盯著前方，只是眼角餘光發現，艾芙莉的視線像刀子般戳在自己身上。

飛機輪胎接觸地面時蹦跳不已，不過整體而言比艾芙莉在昔德蘭降落時穩了不少。

十分鐘後，飛機停在跑道尾巴，威廉走進客艙內。

「戴斯蒙和我去調查塔臺。」

艾芙莉起身要開口，威廉舉起手阻止她。「要是出了差錯，需要會開飛機的人留在這裡。」

珮彤留意到父親的說法格外小心，避開兩人「被殺掉」這種措辭，可能是顧及自己的感受吧。此外這種安排也有弦外之音，代表威廉同樣對艾芙莉的立場持保留態度，一方面將她孤立在飛機上，另一方面有機會私下與戴斯蒙談談。

兩人著裝完畢後隨即動身，消失在夜色裡。珮彤站在艙門邊目送他們離開，接著的好幾分鐘只能與艾芙莉大眼瞪小眼，氣氛尷尬沉默。

後來艾芙莉先開口：「你們認識？」

「啊？」

「之前。」

珮彤不想搭理她。

「是因爲妳吧？」

「我聽不懂。」

艾芙莉走上前，停在距離珮彤面前約莫兩呎處。「是因爲妳，他才加入季蒂昂，想要完成魔鏡。」

珮彤喉嚨一緊，忍著沒嚥下口水，故作鎮定地說：「我不清楚。」

「妳傷了他的心？」

「妳都幾歲了，不必這麼八卦吧？艾芙莉。」

「妳眞以爲我對妳有興趣嗎？」

外面突然傳來腳步聲，戴斯蒙一下子鑽進了客艙，卻察覺氣氛有異，愣了一會兒。

「妳們沒打算掐死彼此的話，可以過來幫幫忙。」

為應付需要緊急逃離的情況，四人設法替飛機加滿油並掉了頭，以便隨時起飛。戴斯蒙說塔臺裡頭空無一人，但似乎前陣子還有使用跡象。

威廉拿出帶來的無人機，它的體積很小，幾乎完全無聲。大家聚集在客艙，圍著平板電腦注視無人機夜視鏡頭回傳的畫面。

小鎮上空空蕩蕩，建築物皆為石造的二到三層樓式，大半很破舊。這光景讓珮彤聯想到二次世界大戰之後的德國，眼前的房屋也像是受過轟炸，漸漸埋沒於荒煙蔓草之中。時間和引力，或許再加上島上怪風侵蝕，到處都是斷垣殘壁。

無人機朝實驗樓飛去，許多石砌、磚疊建築物排列成馬蹄形，中間是個院子，整個園區周邊隔著鐵鏈圍籬，正前方金屬大門上掛著弧形招牌。珮彤讀不懂俄語字母，但感覺好比六〇年代的美國監獄鯊堡（注）之類的地方。

繞了三圈，還是沒發現任何生命跡象。

威廉指著市鎮外圍一間屋子。「待會兒往這裡集合。珮彤，妳就留在屋子裡盯著無人機畫面，有任何異狀立刻通報。戴斯蒙、艾芙莉和我進入實驗園區探一探。」

下了飛機，外面所見像是鬼片場景。珮彤總覺得這裡就像為了拍電影快速搭設的布景，用了幾次以後慘遭擱置、自生自滅。

一行人在邊緣接近實驗園區的地方，找到有人居住過的房子，窗戶換新、屋頂整修過，可是裡面沒光線，除了風也聽不見別的聲音。

威廉和艾芙莉走右路，珮彤與戴斯蒙走左路，仔細確認附近每一間屋子都空空蕩蕩。

「我們去實驗園區，妳一個人沒關係吧？」戴斯蒙開口問。

「我又不怕黑。」珮彤回答。

「妳很有膽量，我可是覺得這地方陰森極了。」

進了屋子，戴斯蒙搜查各個房間，珮彤留在客廳等候。「沒人。」他說著走回來，卻沒打算從門口出去，反而站在原地問：「飛機上是怎麼回事？我是說，妳跟艾芙莉。」

珮彤轉過頭去。「沒事。」

「看起來一點也不像沒事。」

「她想宣示主權罷了。」

戴斯蒙蹙眉。「什麼主權？」

珮彤一笑。「你知道的。」

☣

道路另一側，威廉與艾芙莉走進別間屋子，互相掩護、分頭搜索，回報安全之後繼續深入。

他在閣樓找到床鋪，對面一張辦公桌放在屋頂採光窗下方，牆壁上釘著皮夾尺寸的照片，照

注：Shawshank，音譯為「肖申克」，即電影《刺激一九九五》的背景。

片已經褪色、發皺，乍看以爲是染色的蠟紙。而照片裡面的人竟是他的三個孩子。

沒錯，是這兒。

在昔德蘭時，威廉並沒有和盤托出關於島嶼七號的一切。爲了珮彤，他必須隱瞞。來這裡是個賭博，但他現在確信能夠找到答案。

89

搜完全鎮之後，四人到達位於郊區的房子集合，設置臨時據點。屋內很冷清，但珮彤注意到家具沒有積上厚厚灰塵。

「直到最近都還有人住在這裡。」戴斯蒙也開口指出。

艾芙莉進廚房打開冰箱。「一個月內。」她還沒關上門，珮彤已嗅到裡頭湧出的惡臭。

「來安頓一下吧。」威廉說。

他拿出筆電，擺在客廳裡的咖啡桌，叫出無人機監視畫面，讓珮彤負責監看。威廉調整了飛行路線，然後花了幾分鐘示範若有需要時怎麼變更。她揮揮手要父親別擔心。「我會了，別擔心，去吧。」

戴斯蒙和父親要走出去之前，她覺得該來個擁抱，但又意識到對艾芙莉太過失禮，最後只能點點頭目送他們離開。

隔著窗戶再看了一會兒以後，佩彤坐回布質沙發，拉了擱在旁邊的一條厚棉毯蓋在身上，視線盯著無人機影像。夜視鏡頭泛著綠光的畫面裡，戴斯蒙、艾芙莉和威廉已穿越園區那扇大鐵門。珮彤呼了口氣，開始咳嗽，別人在場時她會一直忍著，然而病毒已經抑制了她的免疫系統。

又一陣凜風掃過，戴斯蒙打了個寒顫。他舉著槍跟在威廉身後掩護左側，黑夜裡只有三人踩過礫石的沙沙聲。開始飄雪了，而且雪勢漸漸增大，雪花在風中如同雪景球飛舞，只可惜無暇停步欣賞，又加上情緒十分緊張，否則此景應是一番詩情畫意。

威廉停在園區裡面第一棟前。鋼門厚實，連門把也沉甸甸的。

他朝艾芙莉點頭，艾芙莉上前待命，舉槍瞄準室內。三人戴上夜視鏡，戴斯蒙掩護威廉背後。他拉開門，同步衝進去，槍口左右來回，瞄準器紅點掃過了一堆箱子和塑膠包裝。

看來是個沒人管的倉庫。

戴斯蒙走過混凝土地板去檢查塑膠包裝，拆開一看，全都是壓平了方便運輸的紙箱，總共數十疊之多。

黑暗中，艾芙莉的聲音傳來：「這邊的封箱膠帶少說有一千捆。」

兩人走過去查看，又找到一些箱子裡頭是瓶裝水。

威廉盯著說：「恐怕這就是他們的手法。水、紙箱、膠帶加起來就是個散布系統。病毒可以裝在紙箱裡，密閉空間不影響它們生存，但隨便打個洞就能釋放。膠帶的功能差不多，水裡一定含有高濃度病毒，滴進水公司運送到辦公大樓那種大罐子裡或者整個城市的水源處，就能引發疫情。留在這裡的看來只是用剩的東西，這代表病毒確實可能就在這裡生產。我們過去主實驗室那邊看看就能確認。」

戴斯蒙頗為讚嘆，敵人用的方法簡單、有效，靠些包裹和水就能快速、全面散播病毒。

「但不代表有解藥。」

威廉沉吟一陣。「病毒應該要送到別的地方做測試才對。」

「又或者根本是在其他地方製造。」艾芙莉指出。

他點點頭。「當然不能排除，總之繼續調查吧。」

在隔壁一棟樓，三人找到生產紙箱膠帶並注射病毒在其中的設施，卻仍舊沒有與解藥相關的線索。

進了主樓，總共四層，實驗室應該就在裡頭。戴斯蒙跨過門檻便已察覺，白色亞麻地板前陣子才剛清潔過，灰色牆壁裝了不鏽鋼扶手，一點髒汙也沒有。整體風格像是六〇年代的醫院，從未翻修改建。

他們入內後先仔細耳聽八方，但一點聲音也沒有。威廉一步、兩步地慢慢前進，行動非常謹慎，彷彿白色地板下埋著隨時要爆炸的地雷。

忽然間，他停下腳步轉頭。

戴斯蒙也聽見了：電動馬達，很小聲。

威廉抬頭，看見天花板上的黑色塑膠圓殼。他伸長步槍槍管把它敲下來，果不其然裡頭有監視攝影機，底座亮著紅光，掃向戴斯蒙與艾芙莉。

他竄出正門，低聲叫兩人跟上。屋外片片雪花模糊了淡黃色月光，如同紙燈籠放在一片白紗簾後。

「對方還在監控，」威廉說：「不知道在附近還是遠端。」

艾芙莉左右張望。「可能警備隊躲了起來，或者已經派了快速反應部隊在路上。」

威廉點頭。「所以我們得加快動作，目標是進出貨單據。」他回頭指著倉庫。「想必膠帶、箱子、水瓶會送到各地據點進行散布，無論解藥是不是在這裡製造，我認爲送去同樣地方的機率不低。也就是說，摸清楚那些小據點就有機會找到解藥。走吧。」

三人再回到倉庫內，分頭搜查。戴斯蒙穿過白色地板以後找到手術區，眼前染血的擔架床、成堆的刷手服、亂七八糟的藥櫃在在顯示敵人走得很匆忙。他又在二樓找到鎖住的對開門，於是開啓麥克風：「二樓有扇門上鎖，我要開槍，不是遭遇敵人。」

艾芙莉與威廉都立刻回答「收到」。

戴斯蒙開槍擊壞門鎖，推開入內後，馬上因撲鼻而來的濃烈腐臭大吃一驚，退出去以後立刻彎著腰不停乾嘔，用力忍住才沒眞的嘔吐。臭氣彷彿終於從冰凍墓穴解放的亡魂向外大量湧出、四處遊蕩。

儘管氣味仍非常刺鼻，但還是可以漸漸適應。戴斯蒙過了片刻，再次進入大房間。這裡和健太郎丸號上的貨艙布置幾乎一模一樣，被塑膠布簾分出的一列列小隔間，在夜視鏡綠光閃爍下更顯氣氛詭譎。

他掀開第一道奶白色布簾，裡面躺著已經死亡的亞洲男性，雙眼與嘴巴流出的血液凝結。敵人把受試者當成屠宰場的牲畜，撤離時留在這裡等死？究竟什麼心態的人會犯下這種罪孽？

戴斯蒙心頭竄出怒火，更難接受自己曾經與他們是一丘之貉的事。

他又打開對講機：「有屍體，在這裡做過實驗。」

「收到。」威廉回應：「我這邊找到目標了。」

進出貨單據。戴斯蒙鬆了口氣。威廉繼續說：「在三樓前面左邊角落。」

艾芙莉和戴斯蒙答覆後就過去集合。

☣

威廉在幾個辦公室進進出出、迅速搜找，到了有沙發和吧檯型長桌的邊間，總算發現目標：與先前那間民宅一樣的照片，三個孩子手牽手站在倫敦街頭。大約一九八二年拍攝，他心想。就是這裡了。

他走向檔案櫃，用力拉開，掃視檔案架上的標籤，找到「**候選病毒株**」以後趕緊抽出來閱讀，內容是如何針對數種病原體進行調整的評估報告。威廉看到邊緣注記時，心中一震：眞的找對方向了。

滿滿的抽屜裡還有其他研究報告與測試紀錄，再下面則是散布方法的說明。他們嘗試過空氣清淨機、洗手液，甚至香水，結論是太貴或效率不高。

隔壁抽屜裡則是地點：衣索比亞首都阿迪斯阿貝巴，塞內加爾首都達卡，辛巴威首都哈拉雷，尙比亞首都路沙卡，馬利首都巴馬科，幾內亞首都科奈克里。就是這些，威廉心想。

他趕快打開第一個檔案夾閱讀，上頭詳細記載了目標地點的人口、經濟、交通、基礎建設。頁面最上方標題是「**指標位置研究**」，可見季蒂昂確實選定這些地方做爲散播疫情起點。其中一份檔案標籤就是「**曼德拉**」。

威廉用力推上抽屜，換最後一個打開。

他才打開，就看見最前面的檔案夾名稱是「**進貨明細**」，立刻拿出來全部攤開，裡面確實是貨物清單，而且有數百份之多。醫藥、飲水、食物，這是代表病毒還是解藥的代號呢？季蒂昂的人不會笨到明寫上「病毒」、「解藥」這兩個詞，所以應該就在這些文件裡。

他透過麥克風說：「戴斯蒙、艾芙莉，我這邊找到目標了，在三樓前面左邊角落。」

他繼續盯著檔案，沉浸在自己的思緒，直到戴斯蒙又傳來訊息：「威廉，我要到了。」

就在此時，威廉被一陣突如其來的爆炸震得飛撞上牆壁，金屬檔案櫃翻倒，重壓在他腿上。

民房裡的珮彤也聽見了爆炸聲。她跳下沙發，衝進街道，看見園區那頭最大一棟建築物起火燃燒。第二次爆炸讓磚塊與屋瓦像火山噴發出岩漿那般，沖出漫天焦煙。珮彤毫不猶豫地飛奔過去，只是一跑步就忍不住猛咳，彷彿自己的肺先著了火。

90

衝擊波震得戴斯蒙摔撲在地，他滾過白色地面的同時，天花板紛紛落下許多碎屑。他只能蜷曲著身子，等待搖晃平息。

安靜下來以後，他喘息著起身，朝爆炸中心點跑了過去。走廊頂端懸吊著長條日光燈管，房門被震開、窗戶玻璃碎裂四散，被他踩得嘎吱作響。

他進入樓梯間，空氣變得炙熱，再上樓往源頭跑去，推開辦公區入口門扉時，熱浪迎面撲來。

中央是一列列小隔間，周邊則是有對外窗的辦公室，到處瀰漫火焰和黑煙。這裡有很多紙張與老舊木頭家具，使火勢一發不可收拾，而且最令人憂心的是牆筋也是木材。

「威廉，聽得到嗎？」

回應的聲音很微弱：「聽得到。我被壓住不能動，但是找到了目標，現在唸地點給你——」

「你別動，我去找你。」

戴斯蒙在烏煙瘴氣裡試著分辨方向，找到通向角落的路線。隔間和桌椅大半正在燃燒，火苗到處亂竄，有那麼一瞬間，他覺得自己回到了兒時的澳洲，望著毀掉溫馨家園的禍害。但與當年一樣，他依然鼓足勇氣，挺身犯險。

不同的是，這一回有人伸手扣住了他的肩膀。

艾芙莉站在他背後。「危險，別進去！」她拉著戴斯蒙手臂想拖他出去，但被他甩掉。

「妳不想進去留在這裡沒關係，」他說：「別擋路。」

戴斯蒙毫不遲疑地闖入了火場。

☣

屋外下得越來越急的雪片堆積在礫石上，珮彤踩過之處皆形成一個個蒙灰腳印，筆直連接到門口。

☣

灼熱令人痛苦，但缺氧更叫人難受。戴斯蒙閉氣已達到極限，一呼吸就猛烈咳嗽起來。

他找到角落那間辦公室時，也差不多要暈過去了。爆風震碎玻璃，新鮮空氣湧入，反倒更加助長火勢。他勉強吸了幾秒氧氣之後，再度屏息。

往前走了幾步，便看到了倒在不鏽鋼檔案櫃底下的威廉，他正甩著雙臂希望能摸到什麼東西，幫助自己脫身。

戴斯蒙跑過去抓住櫃子。他聽見背後有腳步聲時吃了一驚，艾芙莉居然跟了進來，也過來一起救援。兩人使勁猛推，然而櫃子不僅本身沉重，還壓上了牆壁和天花板的碎礫，所幸只要挪開一點，威廉就能趁隙鑽出來。他迅速抽了一份檔案塞進防彈衣內就跳起身，一條腿沒事，另一腳觸地時卻露出猙獰表情。

戴斯蒙直接朝威廉伸手，將他整個人架到自己肩上。估計一百七十磅的重量並不好受，尤其是他自己的肋骨傷勢仍沒痊癒。但戴斯蒙一步一步咬牙苦撐，艾芙莉則在前方開路，推開礙事的桌椅和瓦礫。

沒過多久，戴斯蒙終究得吐出憋了許久的那口氣，但一喘息又吸進滿嘴濃煙，被嗆得搖搖晃晃。不過他硬挺著沒倒下，心想萬一自己也垮了，等於逼艾芙莉要二選一。

可是他的意識越來越模糊，除了暈眩之外視野也開始朦朧。他知道自己快要到達極限，也感覺到艾芙莉勾住他的臂膀拖著向前。

戴斯蒙眼冒金星，連自己是否還在行走都快要無法感覺。反胃感一波波來襲。

火場煙霧就像一堵黑牆。原本以為該散開了些，但看來他闖入以後延燒得更廣泛。戴斯蒙開始覺得不可能逃得出去，肢體顫抖搖擺、重心彷彿被丟進洗衣滾筒翻來覆去。

他的腿一軟，身子倒下，威廉重重壓在他背上，世界被黑暗淹沒。

☣

珮彤停在燒起來的辦公隔間前面。她不停喘息試著換氣，胸口起伏得非常疼痛，但知道自己必須前進，於是用力吸一口氣之後，掩住口鼻準備衝進去。

就在這時，煙霧中浮現人影。艾芙莉正倒退而行，手裡拖著物體。珮彤定睛細看，是染過的黑色短髮。戴斯蒙。

出了火場，艾芙莉一放鬆就捧著他的頭跌坐下來，身體後仰、用力咳嗽。

珮彤蹲下查看戴斯蒙的情況，而自己的喉嚨也發癢，只能緊捂住嘴巴。他沒了呼吸——是吸進濃煙導致的窒息。

她使出渾身解數將戴斯蒙再向外拖動，離開艾芙莉後爲他拆下防彈衣。

艾芙莉坐著沒反應，眼睛被熏得全是淚水。

「我爸呢？」珮彤焦急地問。

她閉上眼睛，連揮手或搖頭的力氣也沒有。

珮彤知道此時更需要專注，她首先爲戴斯蒙施行CPR。數到三十，接著做人工呼吸。

她上氣不接下氣說：「艾芙莉，幫忙找個AED（注）來。」

艾芙莉一個側翻，試著用發抖的手肘撐起身體，但左搖右晃得就像拳擊場上被擊倒的選手，正等待讀秒倒數。最後她又倒下，躺在地上猛烈喘氣，恐怕再過一會兒也要跟著昏迷。

濃煙中又傳出什麼東西拖行的聲響。

珮彤抬頭望去，竟看見父親手掩著口鼻，跛行著自火場走出。

她再爲戴斯蒙做一輪CPR。

威廉走到身旁以後，跪在地上邊咳邊說：「快走。」

珮彤低頭看著戴斯蒙。自己揹不動他，沒人有那個力氣，但又怎能丟下他？她曾經失去過一次，不能再有第二次，絕對不行。要珮彤在外頭看著戴斯蒙隨建築物被燒成灰燼，她不能忍受。

此時此刻，珮彤也終於眞正理解戴斯蒙兒時受到了多大的創傷。那股罪疚與悔恨，她光是想像便深刻得難以承受，年幼的他又是如何面對。

火舌與煙霧步步近逼。她拖著戴斯蒙腋下，盡量遠離火場一些，威廉爬過來倒在戴斯蒙隔壁，喘不過氣。他解開防彈衣，拿出檔案夾，說話的聲音嘶啞吃力。

「艾芙莉！」

她在三公尺外，距離火場濃煙更近。聽見叫聲，艾芙莉抬起了頭。

「地點在這裡，拿了快出去。」

艾芙莉雙眼發亮，看見檔案夾以後似乎體內爆發出力量，爬上前取走東西，淺淺吸氣後又開始咳嗽。

威廉搭著她肩膀。「快走。」

珮彤對戴斯蒙再做一次嘴對嘴人工呼吸，眼角餘光瞥見父親將艾芙莉向外推。「趁還來得及快點走。」

艾芙莉勉強站起來，跌跌撞撞地逃出建築物。

珮彤還蹲在地上，自己都快不能呼吸了，還是持續做CPR。淚水滑落她的臉頰，他馬上會死，而且就死在自己懷裡。

父女眼神交會。

「爸，有辦法找到AED嗎？找不到的話，他真的要死了。」

注：自動體外心臟去顫器，俗稱心臟自動電擊器。

91

威廉很確定自己的腳踝扭傷了，或許沒有骨折，但稍微施力就抽痛得很厲害。辦公區內黑煙瀰漫，珮彤堅持留在戴斯蒙身邊想救他一命。威廉跛行到辦公桌邊找到需要的東西：翻倒的檯燈，還有一卷透明膠帶。他迅速將燈拆解，以金屬支架固定自己的小腿。單是這樣觸碰傷處，就疼得讓他想哀嚎，但威廉咬牙苦撐，在小腿和腳踝纏上膠帶捆緊，避免滑動。

他動了動之後，覺得疼痛還能忍受。

緊接著他轉身在牆上尋找AED，走路時蹣跚得像老電影裡裝義肢的海盜。

☣

艾芙莉一步步遠離火場，呼吸逐漸輕鬆。到了樓梯間，她抽出檔案夾，讀了裡頭的內容。

☣

威廉穿過隔間，沿著牆壁一路找過去，片刻後看見俄文字母標示「AED」後趕快取下，迅速回到女兒身旁。珮彤依然爲戴斯蒙進行著人工呼吸，察覺父親返回時猛然抬頭，臉上全是淚水，看得他整顆心都碎了。

珮彤接過機器，扯開戴斯蒙的襯衫放上貼片，確定自己沒接觸到他以後，按下盒子上大大的綠鍵。

機器發出短促而尖銳的警笛聲，釋放電擊，戴斯蒙整個身子拱了一下以後，重重大吸了一口氣，大叫出聲的同時用力甩頭，但嗓音極度沙啞，彷彿大半輩子都在抽菸。

珮彤捧住他的臉。「嘿。」

戴斯蒙胸口起伏不定，眼睛幾乎沒法張開，嘴角露出疲憊笑容，只說了三個字。威廉聽起來覺得是「史卡利」但不懂意思，女兒倒是看起來很開心的樣子，一下子笑了起來，擠出了更多眼淚。還好是喜極而泣。

「該走了，」他出言提醒：「我自己能動，妳扶得了他嗎？」

珮彤咳了咳，用力呼吸，然後攙扶戴斯蒙起身，三人拖著殘破身軀，奮力逃離這棟建築物。

回到鋪滿砂礫的中庭，雪地上有兩列覆蓋灰燼的腳印。一道是珮彤前來時留下，另一道則是艾芙莉離去的痕跡。

她不見了。

92

康納坐在會議桌前，聽取情報更新：法國與希臘最先成為魔鏡盟國，大螢幕上是解藥在巴黎發送的畫面。「停，倒退五秒鐘，從那邊開始剪。」

有人從後面走過來，遞上字條。

有狀況，和修斯相關，很緊急。

康納表示要先走一步，回去辦公室時遇見帶著筆電等候的探子。雖然各國政府限制網路使用，但季蒂昂有自己的衛星連線，能維持運作。探子連線以後調出衛星影像：三個人影從已經封閉的七十九號實驗場鐵門走出來。

「放大。」

康納仔細端詳，確認是戴斯蒙、艾芙莉和威廉・摩爾。他真的找到那老頭了，真的想要聯手破壞自己努力的成果。

「多久之前？」

探子讀了時間標記。「十五分鐘前。」

「裡面有沒有監視器？」

探子又操作一陣，調出內部鏡頭一張張檢查，其中三張能看見他們在建築物內走動、搜查的模樣。

他們分頭行動了，康納覺得機不可失。「裡面有沒有裝炸藥？」

「有，按照魔鏡標準規範，實驗區和檔案區都必須安裝。」年輕探子遲疑地問：「要引爆嗎？」

「先按兵不動。」康納舉起手掌示意。「等待更好的時機。」

他們沉默地觀看了十分鐘。威廉已到了邊間，停在一張辦公桌前，盯著相框。攝影機配有夜視機能，看得見他臉上表情變化，顯然認得相片裡的人。接著威廉就跑向檔案櫃，開始翻找。

那是「誰的辦公室？」康納問。

「還不知道。」

「查出來。」康納沒好氣地說。

螢幕上，威廉打開最後一個抽屜之後，停下來仔細閱讀檔案內容，接著朝麥克風說：「找到目標了。」

康納起身問：「修斯在哪裡？」

畫面切換到隔離區病房，修斯揭開一片塑膠簾以後，露出作嘔的神情。

「女的呢？」

鏡頭切到機械室，艾芙莉試圖想要啓動發電機。

「引爆辦公室。」

「只有辦公室？」

「對，然後調出所有監視畫面。」

螢幕分隔爲三十個夜視影像窗格，偵測到動態就啓動，不連接電源也能持續三十小時不間斷。

其中六個攝影機沒訊號，兩個視窗只有走廊上的濃煙，還有一個是燃燒中的辦公室。

戴斯蒙疾步穿越走廊，接著是艾芙莉。康納向後一靠，等著看他要怎麼辦。

到了火場前面，戴斯蒙停下腳步。總不可能進去吧，康納對這一點很有把握。艾芙莉也扣住了戴斯蒙肩膀，但出乎康納意料的是：他居然甩開了艾芙莉，直接闖進起火的辦公區。

康納跳起身向外走。

「長官？」

他看不下去了。「我待會兒回來，你先待著。」

到了外頭，康納還是質疑自己的決定是否正確。

十分鐘後他再進去，手下還盯著螢幕。

這時建築外站著三個人，分別是珮彤、威廉和戴斯蒙。結果他最後還是活著離開，珮彤也跟在他身邊。問題變得複雜了。

「長官，下一步怎麼做？」

「想個新計畫，萬無一失的。」

93

漫天雪花紛飛中，戴斯蒙、珮彤、威廉眼看著實驗樓付之一炬，三人傷勢太重又體力虛弱，走也走不了多遠。

戴斯蒙啓動對講機：「艾芙莉，聽得到嗎？」

沒反應。

珮彤瞥他一眼。「艾芙莉她——」

引擎聲穿透寂靜，一輛汽車高速駛來。其實戴斯蒙看不見車體，只見到路面揚起大片沙塵。頭燈光線因風雪而搖曳朦朧。車子一路逼近，進入園區、穿過大門駛入中庭，輪胎颳起礫石，車頭筆直對準了三人而來。

但最後朝旁邊一撇，停了下來，駕駛座車門打開。

艾芙莉跳出來，站在車門前，隔著黑色的高爾基伏爾加二十一型（注）車頂望過來。引擎發出

注：高爾基是位於俄羅斯諾夫哥羅德的汽車製造廠，「伏爾加」為其著名車款，曾被視為前蘇聯工業的象徵和驕傲。

咔噠咔噠的聲響，像是快要壞掉的暖氣機。

「這應該不是適合散步的夜晚。」

戴斯蒙擠出一個微笑，三個站穩都成問題的乘客，快速地鑽進蘇聯時代轎車，一起逃離廢墟。

眾人的共識是立刻起飛，因爲無法判斷爆炸是觸發式機關或是遠程遙控，換言之，可能有敵手部隊正在趕來的路上。飛機升空後他們先往北，之後轉向東，又轉向南，用意在製造不同方向的衛星圖片，如果有人嘗試監控，也很難判斷準確。

到達巡航高度，威廉啓動自動駕駛，跛著腳走進客艙。珮彤急著要看看他腿上的傷口，可是威廉揮手拒絕。事實上，珮彤自己也在火場濃煙中待了很久，加上原本就感染病毒，身子虛弱，一連串的激烈活動對體能負擔很重，此刻她從頭到腳都在發疼。

威廉轉頭問艾芙莉：「先決定接下來去哪裡吧。檔案夾還在妳身上？」

艾芙莉遞過去，威廉翻開牛皮紙封面，一頁一頁查找。

「感覺有些蹊蹺。」他低語。

「上面有什麼？」珮彤問。

「採購單、出貨單。醫療用品、飲水、食物、帳篷、抗生素、補液鹽。」

「的確都是針對疫情會測試的項目。」戴斯蒙說：「但偏偏就沒有解藥或病毒嗎？之前是假設以紙箱膠帶和水爲媒介。」

「上頭是有水這一項。」威廉沉吟。「但出貨單未必要實話實說，病毒和解藥都可以標示成其他東西。」

不過珮彤看得出來，威廉覺得事情不太對勁。

戴斯蒙取出衛星電話。「最接近的地點是？」

威廉抬起頭，神情好像忽然意識到還有別人在場。「其實全部都送到同一個地方。」

「或許是轉運站？從那裡分散出去，畢竟島嶼七號在內陸又太偏僻。」

「或許。」威廉語氣顯然並不眞的相信。「不過地址在澳洲南部靠近阿得雷德，收件人是個組織，縮寫SARA，全名是『南澳州救援聯盟』。」他一邊唸，戴斯蒙一邊輸入手機。

珮彤、威廉、艾芙莉全圍到他身邊觀看。

地圖影像顯示了長條狀的金屬建築，旁邊一塊地面上架設了許多帳篷，附近還有沒鋪柏油的飛機跑道，讓珮彤聯想到達達阿布難民營。

戴斯蒙往右邊，然後再往南邊滑動。珮彤傾身過去。

他在找什麼？

畫面最後停在一塊褐色地面，上頭有個黑點。她明白了——這不就是戴斯蒙小時候的老家嗎？也就是迷宮實境軟體提示的另一個地點——可能是戴斯蒙失憶前的第二個備案——結果距離剛剛看見的營地才七十英里不到。怎麼回事？兩者是不是有關？可想而知，天下沒這麼巧合的事。

「另一個迷宮就在這裡。」他也開口了：「我個人當然想過去看看，現在也發現季蒂昂送了東西過去，就算只是個偶然，彼此沒有關聯也罷，但仍是可以一箭雙雕的作法。」

不過威廉繼續翻查，一頁頁仔細閱讀。

珮彤問：「爸，有什麼問題嗎？」

「感覺太奇怪了，目的地應該是個港口或集運中心，怎麼會是救援團體？」

艾芙莉瞥了一眼。「說不定逃出來的過程中掉了幾頁。」

威廉側過頭。「也有這個可能。」

「還是找錯檔案？」戴斯蒙說。

「可惜沒辦法回頭再找一遍。」艾芙莉接著說：「至少可以肯定對方送了某些東西到這個位置。」

「目前恐怕也只能過去一探究竟。」戴斯蒙說。

眾人沉默下來。

珮彤與戴斯蒙視線交錯，心中明白他很想看看老家，也記得當年兩個人一起回去的日子。那時候戴斯蒙心底明明很多情緒，卻裝作都不存在。她也同意目前沒有更好的選擇。

「就去看看吧。」她盯著戴斯蒙看。

「我也這樣想。」艾芙莉說。

威廉點點頭，模樣依舊是心思飄到很遠的地方。過了片刻，他才站起來回應：「好吧，我去設定航道。」

Day 13
59 億人感染
900 萬人死亡

94

米倫才休息兩小時不到，就聽見擴音器傳來公告。

「緊急行動指揮部輪值人員，請立刻前往A講堂報到。」語氣頗爲迫切。

他的寢室是大樓裡的小辦公室改裝而成，陰暗冰冷，唯一好處是夠安靜。

米倫打開檯燈、翻滾下床，緩步走到桌子邊，長褲還擱在上頭。他換好衣服，急急忙忙下樓。

講堂已經塞滿了同僚，菲爾在中央高臺上操作筆電。

「各位請注意，白宮再度收到來自季蒂昂的訊息，這次是一段影片。現在就播放，看完之後討論對策，請保持肅靜。」

菲爾背後投影幕出現畫面：病人們在某個大都市街頭排隊，隊伍綿延好幾個街區，鏡頭掃過時很多人都咳嗽不已，還有一部分人坐著輪椅。隊伍前端的人一一捲起袖子，穿著紅十字標誌白袍的男子，手裡拿著噴射式注射器，抵著病人肩頭後按下開關，然後換掉注射頭的拋棄式防護蓋。

另一張桌子那裡有個女人正詢問著接受過注射的人，接著敲打筆電鍵盤。看樣子是確認姓名，並給予一張貼紙。

鏡頭拉近到貼紙上。

上頭寫著X1 Guéri，意思就是「X1治療完成」。

鏡頭轉動，照到遠處的艾菲爾鐵塔。畫面又一閃，切換到下個都市，同樣是病人大排長龍、捲起衣袖，背景山丘上有座傾頹石頭遺跡。米倫一下子就認出是萬神殿雕刻，可見是雅典衛城。

旁白響起，是個男人聲音，帶著微微的英國腔。

「今天稍早，法國和希臘國民已經接受X1曼德拉病毒治療，免去性命之憂。我們願意提供解藥，但你們選擇拒絕。換言之，你們爲求維護自身權位，罔顧同胞性命。這支影片是給各位的最後機會。

「若心裡還有人民的話，你們就該做出正確抉擇，挽救他們的生命。

「我們要求的並不多，一切只爲世界和平，終止人類自相殘殺。轉動世界的引擎不是貪婪，不是戰爭，不是仇恨與自私，而是科學。

「如果還不相信，我們已經祕密運送一批解藥進入貴國國內，可供驗證。」

畫面再次切換。螢幕上出現一個四十多歲白人女性，旁邊坐著十幾歲少女和小男孩，背景全黑。婦女面對鏡頭，講話有南方腔慢條斯理的咬字。

「我叫艾美．崔維斯，住在田納西州約翰遜城。左右分別是女兒布芮妮、兒子傑克森，我們都生了病。但有位先生過來找我們，他說自己在叫作『季蒂昂』的研究組織工作，想爲特效藥做實驗。我同意試試看，現在錄製的影片是希望大家知道解藥眞的有效，我和兩個小孩就是活生生的證據。」

接下來換成年輕黑人男女，女方大腿上有個幾歲大的孩子。「我是羅傑．范尼，這是我妻子帕米菈、我們的兒子布蘭登。」鏡頭外有人講話，米倫聽不清楚。「唔、對，我們住在紐約上州，羅馬(注)過來一點而已。有人拿解藥來，只要塡個表格就好，我覺得反正沒損失，結果還眞的有效。我們當天晚上就好了很多，不會繼續頭痛發燒，醒來連咳嗽也停了。」

投影幕轉黑，再亮起時是美國各地景象：管制區街道上擺滿了鐵網、拒馬，巴士在休士頓NRG體育館與舊金山AT&T球場前來來去去，載滿民眾，帆布貨車裝滿補給品，國民警衛隊的車輛到處巡邏。

「各位的國家現在是這副德行，卻原本毋須如此。」

又一輪相片：巴黎和雅典人民接受解藥注射之後歡欣鼓舞，然後又是那兩個美國家庭。

「接受我們的要求，通過法案、迎接魔鏡委員會。若接下來兩小時內仍不配合，我們會直接對人民提出訴求，而他們將會推翻你們的統治。兩者結果並無不同，差別只在於流血多寡。仔細思考，做出正確、負責任的抉擇，法國和希臘已經做出示範。」

影像轉黑結束。

講堂瞬間嘈雜起來，叫聲此起彼落，有如玩沙灘排球般紛擾。高臺上，菲爾吹出一聲尖銳口哨。

「夠了！」

「是眞的嗎？」後排還是有人發問。

注：Rome，此指美國紐約州奥奈達縣的同名城市。

「都閉嘴聽我說！」菲爾叫著：「對，你們看到的都是眞的。」底下再度陷入驚愕、交頭接耳的騷動。米倫本來也以爲影像是造假的。

菲爾繼續說：「五小時前，法國和希臘政府都答應了季蒂昂的條件。季蒂昂就是那群恐怖份子的自稱，他們已經控制那兩國的軍事、電力和網路，也確實發送了解藥給當地人民。」

講堂裡耳語不斷。

「法國和希臘政府兩小時前用軍機送了解藥樣本給我們，目前研究團隊就在這棟大樓中十萬火急地進行分析。」

先前研究員從哈莉瑪、小天體內抽出抗體，米倫也帶了艾利姆和妲米莉亞的檢體回來，希望他們記得多方比較。

「各位應該還記得，我國已經針對武裝衝突預做準備。現階段生存者及生存機率較高的民眾，都已安置於亞特蘭大和其他管制區內，而我們在這裡要做的事情就是表態。請大家決定自己要協助政府保全城市，還是想加入季蒂昂、試圖推翻政府。」

米倫這才察覺，前後出口都有陸戰隊守著。

「好好思考，這個決定與各位的性命息息相關。」

95

紅十字飛機上，戴斯蒙、威廉、珮彤和艾芙莉討論著究竟該降落在何處。在島嶼七號時別無選擇，有跑道的就一處，也距離廢鎮和實驗園區都遠得夠安全。到了澳洲的狀況便不太一樣，那條泥土跑道鄰接著營地，擔心會直接遭遇敵人。

但另一個選擇在珮彤看來卻同樣危險。戴斯蒙提議降落在野外，但起落架可能因此折斷，導致之後離不開這塊大陸。艾芙莉則認為不如找附近的道路。三人從地圖篩選出幾個合適位置，然而威廉指出一樣有潛在危險：如果兩側有電線、路上有廢置車輛、路旁有郵筒，或者其他從衛星地圖看不到的物體，怎麼辦？

可是似乎想不出更好的辦法。四人查閱飛機手冊確認輪距、進行計算，結論是能夠在馬路落地——但只是剛剛好而已。他們挑好地點以後，先在上空繞行，確定應該沒有障礙物。

珮彤繫好安全帶以防萬一，她父親對準機首後開始下降。輪子與柏油路接觸時摩擦出吱嘎、刺耳的聲響，整個機體在猛烈晃動之中逐漸減速，隔著窗戶能瞥見長長延伸的黑色路面與閃耀晨曦。後輪拐了一下後，滑至泥巴路肩，但威廉的反應很快，一下子就拉回正軌，讓飛機完全停下。

這次換艾芙莉和戴斯蒙動身前往營地偵察。珮彤從機艙門望著兩人翻越褐色原野。他們都換上了防彈衣，肩上扛著半自動步槍。

讓戴斯蒙和艾芙莉單獨相處，她總覺得不太安心。珮彤直到現在還是不夠信任對方。彷彿能感應到珮彤的視線，戴斯蒙停下腳步、轉過頭，發現她真的站在門口露出淺笑。

「麥克風測試。」他開口。

「收到，」珮彤回答：「小心點。」

「知道了。」

珮彤還是提醒他們留意看起來沒感染病毒的人。

直到戴斯蒙和艾芙莉的身影消失在第二座山丘，珮彤才轉身探視父親。先前她盡量包紮了他腿上的傷口，處理過其餘部位的瘀青和破皮，不過威廉應該要照X光，也需要更強效的止痛藥，現在他們手邊只有布洛芬這種常備藥品而已。

但療傷也是次要項目。「我不信任她。」珮彤說。

威廉還在閱讀從島嶼七號取出的資料，翻來翻去好像在洗牌一樣。

「我也是。」

☣

距離營地兩百碼之處，戴斯蒙和艾芙莉俯臥於地面，輪流拿起望遠鏡。

戴斯蒙看見的景象很莫名其妙：一群健康的人走來走去。小孩上學、露天營火煮著早餐，一旁是混凝土地板四個角落，插著金屬支柱撐起的波浪板鐵皮屋頂。有人坐在一排排桌子邊吃了起來，約半數是原住民。

完全沒有病人。也完全沒有身穿防護裝的人。

難道這是季蒂昂的實驗地點？他們是實驗樣本，也是得到有效解藥的幸運兒？

戴斯蒙將望遠鏡對焦在最大的建築物上。建材同樣是金屬，不過四面密封，後側有個小小的貨物出入口。捲門上面牌子寫著「SARA」，底下兩行字注明「南澳州救援聯盟」以及「助人自食其力，而非簡單施捨」（注）。

門拉起一半，戴斯蒙看見底下鑽出一個女子，金色頭髮已顯花白，她正走向混凝土地板貨物口。南半球正是由春轉夏的季節，女子身上的長袖T恤在十二月的風中飄來蕩去。

戴斯蒙繼續觀察，看清楚對方長相以後，忍不住睜大了眼睛。她是添了不少歲數，但他絕對不會認錯。他絞盡腦汁試圖分析爲什麼會在這裡見到她，爲什麼季蒂昂實驗室裡的資料會指引自己來到此處，手中的望遠鏡因分神而脫手落地。

艾芙莉察覺狀況不對。「怎麼回事？」她拾起望遠鏡，掃視營地想知道他爲何如此震驚。「戴，你看見什麼？」

他站起來。

艾芙莉側翻過來，一臉慌張地盯著他。「快趴下。」

「走吧，我們進去營地。」

「瘋了嗎？大剌剌走進去？」

「對。這地方和我們以爲的完全不一樣。」

注：慈善組織「救世軍」的口號。

96

戴斯蒙緩緩步行穿過原野，艾芙莉緊追在他身後，兩人直朝一千白帳篷右側的建築物走去。

她快步上前，拉住戴斯蒙手臂。「你不跟我解釋一下？」

「我自己也還不清楚。」

「這又是什麼意思？」

「意思就是，有些事情我也不確定，只知道少了一塊拼圖。」

他望向前方，那女子依舊站在載貨處。她看見兩人接近，舉起一隻手在眉上遮住太陽，並且喊了屋內的人注意。

☣

飛機上，珮彤替父親重新固定腳踝，威廉疼得緊蹙眉心。

「抱歉。」他女兒低聲說。

「沒關係，一點點痛而已。」

他又拿起一頁檔案，讀了留在邊緣的注記，有了更加肯定的答案，於是對著手提式無線電發話：「請回報。」

他放開按鍵，卻遲遲等不到回應。

☣

戴斯蒙與艾芙莉靠近以後，建築物那頭的女子從貨物口下來，走過鋪滿礫石的車道，停在田地前面，瞇著眼睛想看清楚來者何人。戴斯蒙不確定她認不認得自己。

屋子裡走出一個男人，站到她身旁，問了句話，女子搖搖頭。

艾芙莉想取下步槍。

「不要。」戴斯蒙阻止她。

「這狀況很奇怪，戴，你得解釋清楚。」

「剛才說過了，我也不確定。」

外頭棚子下坐著用餐的人也察覺了異狀，有些人站起來張望，好奇爲什麼會有兩個穿著防彈衣的人突然出現。

他們接近到三十碼內，被叫出來的男人走進了田裡。戴斯蒙猜他三十好幾，褐髮隨風揚起的模樣像個衝浪手。而他一開口是熟悉的澳洲腔，語氣帶著懷疑：「兩位有何貴幹？」

艾芙莉的視線射向戴斯蒙。

「我想我應該是要找她才對。」

戴斯蒙繼續向前，直接穿過男子身旁，那人趕緊掉頭跑向女子。

她還站在原地，看不出緊張或恐懼，單純是好奇。

到了靠近她十碼距離，戴斯蒙停下腳步，認眞打量她的臉孔。

「好久不見了，夏綠蒂。」

☣

威廉嘗試了幾次，都無法以無線電聯絡到人，珮彤看得出父親越來越焦慮。

「怎麼回事？」她問。

「我不知道。」威廉說完就開始著裝。

「你要過去？」

「嗯——」

此時，人同時聽見貨車引擎聲掠過丘陵地。

珮彤起身要走向艙門，卻被父親拉住手臂。「待會兒有個重點：假如營地裡有妳認識的人，先不要張揚，私下告訴我。」

她點點頭。「好。」

珮彤走到飛機後面咳嗽起來，發燒和畏寒症狀仍在加劇。她拉起衣服檢查自己，紅疹範圍更大了。每次咳嗽的時候，手背上都會沾染些小血珠，珮彤總是偷偷用衣服內側抹乾淨，不想讓父親和戴斯蒙察覺自己的病況有多重。

過了幾分鐘，戴斯蒙從艙門探頭進來。「外面安全。」

「找到了什麼？」威廉問。

「嗯……和預期不同，你們自己下去看看吧。」

97

四人搭上一輛老舊Land Rover汽車，艾芙莉負責駕駛，戴斯蒙坐在副駕駛座，朝後頭的珮彤父女解釋情況。

「那裡確實是個人道救助營地，專門收容因天災流離失所的人，比方颶風、洪水、乾旱、地震等等，偶爾也救濟遭遇其他困難的人，目標是協助被收容者重新振作、自力更生。」

「會不會在這裡測試藥物？」珮彤問。

「應該不會，妳等會兒就懂了。」

「你認識這裡的人嗎？」威廉問。

戴斯蒙聽了有些訝異，仰起頭回答：「有，就是這裡的負責人夏綠蒂。一九八三年我的家人死於『聖灰星期三』的森林大火，夏綠蒂是災後的義工。她……很照顧我。是她幫我聯絡到我伯父，送我去美國。」

「之後你們還有見面或講過話？」威廉又問。

戴斯蒙想了想。「目前所知是沒有，但不能排除。」

「她認得你？」

「嗯，認得。」

威廉望向窗外，腦袋還在飛轉。「有意思了。」

營地的設施並不先進，錢得用在刀口上才能盡可能餵飽更多人、提供更多居住空間，唯一比較現代化的東西就是皇家阿得雷德醫院捐贈的二手X光機。珮彤堅持要父親照X光，他一邊嚷嚷一邊跛行穿越鋪了金屬浪板的建築，每回腳掌一觸地就做個鬼臉。

「沒這必要吧，珮彤。」

「當然有必要，爸。」

☣

戴斯蒙與艾芙莉去辦公室見夏綠蒂，她正拿著手機輸入資料。兩人保持距離，不與任何人肢體接觸。珮彤對於進入營地態度很保留，主要是因爲至今無法判斷病毒的人傳人途徑爲何，不過戴斯蒙和威廉都認爲目前取得情報比隔離檢疫更重要，適度冒險勢不可免。最後珮彤讓步，但要求四人留在室內，不與夏綠蒂及其副手之外的營地居民互動。

夏綠蒂招手要兩人進去，戴斯蒙和艾芙莉坐在她對面兩張七〇年代風格的木架布襯椅上——大概也是從政府機關淘汰的舊家具回收的。

「手氣如何？」他問。

「不怎麼樣。網路怎麼連還是轉到澳洲管制站，我每天會確認兩次。」她放下手機。「那你們回去叫朋友過來了嗎？」

戴斯蒙點頭，提起借用X光機的事。

「能幫得上忙就好，X光機是這裡最先進的東西了吧，骨折算是家常便飯。」夏綠蒂停頓一下。「再來就是燒傷。」

戴斯蒙點點頭。再次重逢、再次聽見她的嗓音，腦海便湧出一長串栩栩如生的記憶：自己躺在小學改裝的臨時收容所，夏綠蒂晚上爲他唸故事書直到熄燈。曾經她是自己黑夜中的燈塔，不知現在又會變成什麼樣的角色，與整件事以何種方式牽扯在一起。

「你有沒有收到我的信？」她問。

戴斯蒙一聽，挑起眉毛。

夏綠蒂露出一抹遺憾的笑容，似乎印證了埋藏心中已久的擔憂。「你過去之後，我每個星期都寫信，持續了大概一年吧。一年之後才少些，每個月一次之類。」

戴斯蒙能想像得出歐威爾半醉半醒、搖搖晃晃地經過信箱前面，隨手拿起裡頭東西就朝垃圾桶扔的模樣，他可能還會要郵差以後看到侄子名字的東西都別塞進去。「小伙子夠窩囊廢了，還要讓他學小女生整天哭哭啼啼嗎？」伯父一定會這麼說。

所以他告訴夏綠蒂：「我伯父性格有點複雜，不太擅長和人交際，也不怎麼讓我和外頭互動。」

「我有猜到你根本不能收信。你走了以後，我還是常常想著你不知過得怎麼樣，甚至考慮過去一趟探望。」

「可惜妳沒來。」

「很糟糕嗎？」

「不，不糟。」戴斯蒙沒老實說。

但夏綠蒂看得出來，她低下頭靜靜盯著桌子。

「妳呢？」他問。

「沒太多可說的。」

「不至於吧。」

她搖搖頭。「我所有心力都放在救援聯盟，還有這裡的人。」

「很適合妳。當初也是妳改變我的人生。」

夏綠蒂總算綻開一抹微笑。

「妳有沒有結婚？」

「沒有。」她淡淡說：「有次差點結了就是。」

「是我在小學見過的那位？」

夏綠蒂還想了想。「啊，你說他。不是，那個根本沒進展。」

艾芙莉在一旁按捺不住地說：「還是快點進入正題吧。」

戴斯蒙呼了一口氣。「嗯。夏綠蒂，我們會找到這裡，是因爲得知有些貨物送到這裡來，想跟妳確認一下狀況。但首先還是交代一下前因後果。」

☣

珮彤看了父親腳踝的X光片，沒有裂痕。

「扭傷而已。」她說。

「早就說了我沒事。」

「還是別用力，幾個星期才會好。」

「但是世界沒有幾個星期能等了。」威廉想起身，卻被雙手叉腰的女兒擋住前路。他嘆息一聲，坐了回去。

儘管他反覆說沒必要，珮彤還是拿了櫃子裡的東西做成夾板。固定好威廉腳踝之後，父女回到走廊，前往夏綠蒂的辦公室。兩人接近到能聽見戴斯蒙說話的聲音時，他正在描述一行人在哈薩克的島嶼七號上找到什麼。

珮彤推開門。

桌子後頭的女性看來五十出頭，身材苗條，臉上有些細紋。

她瞥了一眼以後，迅速關上門，隱藏內心的無比震驚。「抱歉，我得去拿個東西，我們待會再過來。」

退出去以後，珮彤拉著父親的手臂，又穿過走廊，回到醫療室，特地小心地關好門。

「珮彤，我真的沒事——」

「我認得她。」

「什麼？」

「那個女人，我認得她。竟然有這種事。」

98

珮彤與父親稍後再度重返夏綠蒂辦公室，戴斯蒙已經拿出檔案夾，在桌上打開了它。

「這是我們在哈薩克找到的貨運清冊。」

夏綠蒂掃視以後回答：「列得很詳盡。」

「但是沒有出貨方名字，只有貨運公司。」

她繼續讀。

「背後出資的是『芝諾基金會』。」

珮彤注意到基金會名稱。艾芙莉說過季蒂昂的創始人就叫作芝諾，是兩千多年前的希臘哲學家。

「妳對這個基金會知道多少呢？」戴斯蒙問。

「並不多。但他們很慷慨，有個網站能讓我輸入補給需求，食物、飲水，甚至錢都可以。」

「對方與妳聯繫的代表是？」

「譚納·顧文（Tanner Goodwyn）。」

珮彤對這個名字倒是一點印象也沒有。

「他們有沒有要求妳配合什麼事，例如對實驗中的疫苗或藥物進行人體實驗？」

夏綠蒂一聽，臉色都變了。「沒有。再怎麼需要援助，我也不會答應這種事。」

四個人詳細地從各方面詢問夏綠蒂，希望查明她和疫情之間有什麼連結，可是得不出任何有意義的結論。目前看來，季蒂昂似乎真的只是幫她做好扶助工作。

「但也有可能曾是我本人送貨過來，」戴斯蒙說：「只是不確定爲什麼需要偷偷摸摸。」

「說得對。」威廉開口：「夏綠蒂，不知道方不方便讓我們私下討論下。」

「沒問題，我先去外頭。」

等她關上門，威廉繼續說：「死胡同，我們快沒時間了。」

「附近還有個地點。」戴斯蒙說：「是我兒時老家，也是迷宮實境裡頭的第二個備案。」

「看來得過去一趟了。」威廉朝艾芙莉點點頭。「你們兩個過去探一探吧，我們留下來再試試看能不能從夏綠蒂那裡問出線索。」

☣

十分鐘後，珮彤、威廉與夏綠蒂站在貨物裝卸口，望著Land Rover駛過泥土道路，離開了營地。

「夏綠蒂，可以再打擾妳幾個問題嗎？」威廉說。

「無妨。」她伸手示意回去辦公室。

威廉進去以後，關上門說：「或許多瞭解妳，也有助於我們釐清妳與那個組織之間的關聯。」

夏綠蒂一挑眉。「嗯，好的。」

「戴斯蒙說，妳在八〇年代早期就已經參與人道援助工作。」

「沒錯。那時候我還是大學生，但有機會就會去做義工。」

「大學畢業以後呢？」

「進入醫學院。」

「專長是？」

「家醫科，也在公衛拿了碩士，我對這方面比較有興趣。」

「在哪些地方工作過？」

「畢業後嗎？世界衛生組織。」她臉上的笑意收斂起來，似乎不太願意提起這話題。

「在世衛期間，妳失去了一位很親近的人。」夏綠蒂聞言，瞪大了眼睛。「是吧？一九九一年的事。」

那年珮彤就見過了夏綠蒂。當時她才十三歲，就站在舊金山的墓園內。墓地位在郊區丘陵，俯瞰遠方高樓與港灣，濃霧瀰漫水面、入侵城市，在金門大橋紅色鋼樑與閃耀的銀色建築物之間遊走。

葬禮結束以後，那個三十出頭的女子朝女孩走去，臉上掛著一抹哀戚笑容。她先和珮彤的母親講話，接著是麥迪遜，最後才輪到珮彤。

口音是澳洲人，聲音很溫柔。

「珮彤，妳哥哥對我是很重要的人，他和我提過妳想當醫生。」

「現在不想了。」

女子自外套口袋取出小小的金屬物體，遞給珮彤。

「他十分以妳為傲。我相信他會希望妳留著這個。」

放在珮彤手裡的是個銀製別針。少女時代的珮彤看了又看。「我還以為它燒掉了。」

「我特別清潔過。」女子微笑。「希望交給妳的時候，就像以前在妳哥哥手上那樣。沒什麼不能修補的事，珮彤，只是有些事需要比較多時間。別讓一次悲劇奪走妳的夢想。」

☣

此時此刻，同一位女子就站在澳洲這個破舊辦公室裡，同樣望著珮彤。過了二十多年，她眼中有著同樣的溫柔，而且也認出來了。

「妳是安德魯的小妹，對不對？」

珮彤點頭。

「我還是常常想著他——真的很思念他。」

「我也是。」珮彤低聲回應。

「妳想再看看他嗎？」

99

戴斯蒙緩步走向燒毀的廢墟。他人生的頭五年就在這裡度過。此地的一些焦土已重新長出野草，遺留的只有石頭地基和壁爐，乍看彷彿黑色墓碑。

口袋裡的手機震動起來。他取出一看，是迷宮實境軟體發出訊息。

下載完成。

下載什麼？另一段記憶？

毫無預警地，戴斯蒙的視野開始模糊，整個人頭昏腦脹，身子一晃地失去重心，單膝跪下。我怎麼了？他單手扶著地面，噁心感湧出，想要控制但做不到。那道記憶像是在腦袋的一記重擊，擊垮了他的意識。

戴斯蒙看見自己站在盥洗室內，長條櫃前有兩個洗面盆，鏡中反射牆上的三個小便斗，都沒人使用。好像只有他一個人，地點不明，但他隱約感覺得到這並非陳年往事——恐怕就是在柏林醒來前不久。

他盯著鏡內自己的雙眼，認眞地說：「希望你已經查明眞相。這個地點只是備案。我沒能追蹤到季蒂昂製造解藥的地點，但確認已經送往世界各地。附近一定有倉庫，或許就在阿得雷德。快點找出來。我把與這個地點相關的記憶都放進去了，也許派得上用場，卻也可能會傷心。有得必有失。」

浴室場景消失，戴斯蒙回到了澳洲，不過卻是一九八三年家人死於森林大火那天。然而記憶是從早晨開始，母親還沒葬身火窟。他實在不明白自己看見的畫面代表什麼。

他同時感覺到艾芙莉來到身旁。

戴斯蒙閉上眼睛，懷疑自己下一秒就要吐了。

他再睜開眼，看見幾個穿著森林迷彩的人影迅速從樹林邊緣接近。有十二人。他伸手想取步槍時，卻發現步槍掉在二十碼外的地上。是誰拿到那邊的？

他撐著地板想要起身，一隻靴子踹上了他的胸膛。

「別起來，戴。」艾芙莉站在眼前，以步槍指著他的臉。

「艾芙莉……」

「我不想傷害你。」她盯著戴斯蒙。「你想起來了，對不對？」

「對。」

100

珮彤看著夏綠蒂在儲藏室的舊檔案櫃裡翻來找去。

「應該在這裡……我塞了一堆東西進來。」

父親與她眼神交會，顯然都想著：她到底打算幹什麼？

夏綠蒂從最下面一層抽屜拿出歷史久遠的ＶＨＳ錄影帶。

三人進入另一個小房間，裡面有小臺映像管電視機。夏綠蒂準備好機器，按下播放鍵。

「這是安德魯過世當天拍的。」她注視逐漸對焦的畫面。「他在烏干達，正要去最後一站卡普喬魯瓦區。」

珮彤看著哥哥坐在運動休旅車後座，車子在泥巴路上顛簸著，後頭揚起一條沙塵。能再看見他的臉，實在令她萬分感動。安德魯的髮色與珮彤一樣，不過五官上的亞洲風情淡得多，英國味比較濃厚，接近父親和外公。

「卡普喬魯瓦是位於烏干達東部的小鎮。」夏綠蒂解說：「和肯亞邊境只有大概二十四英里距離。鎮上居民才幾千人，但外地人過去了不少，因為那裡每個月都有露天市集，然後也有醫院。

「一九九一那年，」她繼續說：「大家才剛察覺HIV、AIDS（愛滋病）的問題有多嚴重，竟然幾十年沒被醫界留意到。八〇年代末到九〇年代初，感染率巨幅暴增，全球一下子有好幾百萬病患，而且大部分根本不知道自己已得病。頭幾年甚至幾十年都沒症狀，卻不知不覺傳染給下一代或其他人。感染者的死亡率是百分之九十九，所有療法都只能減緩病毒量增高。

「所以，更顯出安德魯的勇敢、仁慈。他願意前往這些村鎮、站在臺上對大家說眞話：他們的鄰居生了致命重病，而他們自己說不定也被傳染了。總得有人這麼做，否則沒辦法阻止病毒繼續擴散。」

「妳也參與了防治工作嗎？」珮彤問。

夏綠蒂點頭。「那天，我待在首都坎帕拉等他回來。」

☣

畫面切換到某個殘破建築內部。烏干達人坐在舊木頭長凳上，後頭牆壁上的白漆斑駁，天花板有兩盞吊扇嗡嗡作響，聽眾們等待時還不停搧著風。看見這種景象，讓珮彤聯想到美國棉花大州例如阿拉巴馬或密西西比的鄉村教堂。兩者確實可以類比：到場者都是所謂的門徒，不過影片裡的門徒是社區領袖，包括醫生護士、警察教師、家庭計畫組織的工作人員、異議團體成員以及地方耆老。他們齊聚一堂，只為了接收能夠決定追隨者生死的重要諭示。

烏干達衛生部不敢太直接敞開天窗說亮話，只告知他們這場合的演講內容對公共衛生和安全有重大意義。安德魯造訪過的地方都是一樣的場景：卡普喬魯瓦居民熱烈參與，超過百人擠進小房間，太晚來的人沒位置坐只能站在後面。安德魯等聽眾就緒，安置好隨身攜帶的折疊式講桌——他傳教布道的地點。這裡的群眾算是比較客氣，直接盯著他看的人很少，視線只停在高大白人身上一、兩秒而已。大部分人察覺他的左前臂是義肢時，還會刻意別開眼睛。

區長走到麥克風前清清喉嚨，底下群眾安靜了來來。他叫作阿奇亞，英語的非洲口音很重。「各位先生女士，」阿奇亞稍微停頓一下，盡可能與底下聽眾目光接觸。「謝謝大家撥冗前來。待會兒聽見的內容會讓不少人震驚，有可能……會改變大家對待身邊每個人的態度。各位會不安是正常的，我自己就嚇了一大跳。但希望大家明白一點，那就是烏干達政府竭盡所能對抗這種致命疾病，我們一定能夠戰勝病魔，你們就是勝利的關鍵，往後世世代代子子孫孫會記得這份努力。現在，歡迎我們的客人，來自世界衛生組織的安德魯．蕭先生。」

現場響起零零落落的掌聲。或許是因爲很多人拿著扇子，也或許是因爲剛聽完駭人的開場白而不知道是否該鼓掌。

安德魯上臺後開始報告，之前他有過十幾回經驗，已十分熟練。他小時候在倫敦長大，說話自然是英語口音。

「八〇年代初期，美國疾病管制與預防中心開始追蹤一種致命但怪異的病症。它會攻擊人體的免疫系統，受到影響的人體連普通感染也無法對抗。免疫缺陷一開始很輕微，但會隨時間發展並達到致命程度，本來能正常抵抗的感冒、痢疾、瘧疾等等，將能奪走病患的性命。我們將這個情況稱爲『後天免疫缺乏症候群』，縮寫爲ＡＩＤＳ，造成這種狀況的病毒則叫作ＨＩＶ。

「我們已經針對ＨＩＶ開發出測試方法，對烏干達各醫院以及社會大眾的血液樣本做隨機檢測。根據檢查結果，烏干達衛生部估計貴國人民有百分之十四已經感染ＨＩＶ，換言之，每七個人裡有一位，等於這個房間裡就有十五人。」

聽眾立刻東張西望、十分惶恐，大家下意識地保持與隔壁同伴的距離，甚至有人不敢呼吸。接著就爆發一連串提問。

「有藥嗎？」

「怎麼治療？」

「能不能打預防針？」

區長阿奇亞高舉手掌，眾人見狀安靜下來。

「目前沒有疫苗或特效藥，」安德魯回答：「但透過治療可以延長感染者壽命。『疊氮胸苷』（AZT）這種藥物很快就會出口到烏干達和全非洲。此外，世界上最聰明的研究團隊也正在積極開發各種藥物和疫苗，相信很快會有進展。只可惜現階段這種疾病還沒有辦法根治，唯一切實的作法是隔離。唯有隔離病毒，才能避免感染比例增加，如果沒有地方繁衍，病毒最後就會消失。我們有這種能力，在座諸位就是阻止病毒擴散的先驅。透過教育和生活型態的改變就能達到目的，這也是我今天來此的原因，希望各位將相關知識帶回去，傳授給身邊的人們。」

阿奇亞開始發放衛教講義，安德魯在臺上繼續說：「首先要瞭解的就是，坐或站在感染者隔壁完全沒有傳染風險。」有些躁動的人聽見之後鬆了口氣。「ＨＩＶ不透過飛沫，也不會經由握手、擁抱等各種肢體接觸傳播。主要感染途徑有四種，分別為分娩、輸血、針頭和沒有防護的性行為，基本上就是血液和精液。

「目前我們對分娩部分無能為力，母親感染的話一定會傳染給新生兒。然而其他三種傳染管道都能夠有效預防。

「為了對抗透過輸血傳染的ＨＩＶ，世衛組織與烏干達衛生部在全國各級醫院診所已加強血液檢驗，以期提早發現問題。

「而需要民間力量協助的就是防範針頭使用，以及不安全性行爲。病毒傳播以性行爲最大宗、最令人憂心。

「性生活活躍的人受到ＨＩＶ感染的風險特別高。舉例而言，我們預估貴國性工作者有八成六是ＨＩＶ陽性。」房間裡一些男人立刻肢體僵硬、瞪大眼睛。「卡車司機有三分之一比例，長期經由靜脈注射藥物的人也屬於高風險群。

「如我剛才說過的，當前已經有因應之道。烏干達發展了一套預防病毒傳播的辦法，叫作『ＡＢＣＤ』。Ａ是Abstinence，節欲。Ｂ是Be Faithful，忠貞。Ｃ是Condom，使用保險套。Ｄ是Die，死亡。還沒結婚的人請節制慾望，結了婚的人請對伴侶忠貞，如果無法忠貞就切記使用保險套，要是連保險套也不用，那只能面對死神。

「我希望大家經過今天的講座，能夠帶著另一樣東西回去：同情心。即使感染病毒，他們依舊應該得到愛、理解和關懷，而不是受到他人歧視。感染者對我們沒有惡意，與我們都是一樣的人。請別對ＨＩＶ感染者投以異樣眼光。先前也提到過，往後會有許多孩子一出生就被感染，而孩子並不能選擇父母。」

最後那句話，吸引不少目光集中在他的左手臂上。安德魯第一次上臺進行宣導時，就明白了爲何這個使命會落到自己頭上。

後續討論了將近兩小時，最後請大家有任何疑問就聯絡阿奇亞以及區政府，聽眾們才拿著衛教小冊子魚貫而出。

負責隨行護衛安德魯的烏干達軍人著手拆卸講臺，他則整理文件，塞進背包。

阿奇亞看看名單。「很不錯，只有兩個人沒到。」

「你認識嗎？」

「認識。他們在同一個地方，卡瑟薩村。」

「在哪裡？」安德魯問。

「埃爾貢山國家公園，接近肯亞邊界，離這邊大概二十公里。我會過去一趟，得讓區裡的人全都曉得才行。」

安德魯將背包往肩膀一甩。「一起去吧。」

「不好吧，滿危險的。」

「我一起去，阿奇亞。你覺得很重要，我也一樣，所以我們一道去。」

對方臉上綻了個大大微笑。「好吧，那就趁天還沒黑時趕緊去。」

☣

機器咔嚓一聲，螢幕暗了下去。

夏綠蒂凝望電視機好一陣子。「攝影小組先回去姆巴萊的地區指揮站，他們是最後看過安德魯的人，後來找到的就是焦屍了，與阿奇亞和上百位村民混在一起，倒在埃爾貢山國家公園深處。

「他眞的很勇敢。HIV和AIDS在現在社會已是常識，但那時候還令人聞之色變。烏干達對抗愛滋病很成功，是世衛組織第一次的國家規模計畫，得到其他成員國大力金援和當地政府的支持。我們居中協調、整理資訊並聯絡所有相關人士，改變當地人的生活習慣是唯一手段，結果也獲得很好的成效。美國人口普查局和聯合國愛滋病聯合規畫署估計，從一九九一到二〇〇一年烏干達的感染比例下降百分之六十七，換算起來是幾百萬條人命。原本很多小孩一出生就會染病，在那個年代等於被判死刑，但他們得救了，可以健康長大、過正常人生。

「我想安德魯一定會說，這是値得奮鬥……死而無憾的目標。」夏綠蒂安靜了片刻。「前往烏干達之前，其實我們已經論及婚嫁，我常常想像我們會過著什麼樣的生活。」她又瞥向錄影帶。「現在再看這些畫面……好難過啊，往事一下子都回來了。」

珮彤也忍不住想像起不同的人生際遇。要是夏綠蒂這樣善良、認眞的人能成爲自己的嫂嫂，該有多好。這念頭又喚醒她心底對哥哥的無盡思念。

「嗯……」威廉開口：「看了眞的很心酸，對我們大家都一樣。謝謝妳，夏綠蒂，它意義非凡。」

「別客氣。」

三人沉默地回到辦公室，聽見裡頭有人翻閱文書，似乎正在等候他們。

夏綠蒂推開門，竟看見三個穿著叢林迷彩的士兵站在裡面，兩人立刻持著步槍瞄準他們，另一人還在閱讀島嶼七號取來的檔案夾。

珮彤回頭，驚覺走廊另一端也有兩名士兵堵住退路。

「別做傻事，」看資料的那人開口說：「就不必有人送命。」

101

艾略特又一整天沒再看到或聽到政府的任何動靜，連生物防禦行動分發食物的車隊也沒來。和昨天一樣，基石量子科技的應用程式一樣沒要求他做每日問卷。

謠言四起，最流行的陰謀論是政府開發出解藥，卻藏起來不給人民；另一個想法是美國想發動世界大戰，因此徵召了生存者，生病的人只能等死。缺乏食物醫藥的狀況持續越久，這些傳言就顯得越眞實。

艾略特坐在書房思考近日處境，心裡浮現重病的蘿絲獨自一人在喬治亞巨蛋內，孤伶伶地裹著毯子，猛烈咳嗽、忍受高燒。沒人有空照顧她，工作人員前往市區據點與暴民對壘，社會從內部被分化、撕裂。兒子萊安身爲醫師，恐怕也已顧不得安危，前去照顧傷患。孫子亞當咳得越來越厲害，布洛芬這種普通抗炎藥已經無法控制他的體溫，於是小珊必須全心陪伴，也不在意自己會不會被感染。

艾略特望向窗外，看見一隊卡車緩緩駛來，後面坐著不少人，有男有女且持著步槍。他們跳下車，挨家挨戶地敲門，與鄰人交談。

輪到他家了。艾略特前去應門，但門不敢開得太大。

站在門外的是個三十幾歲男子，面容滄桑、留著黑色長髮與鬍鬚，步槍留在車上沒帶過來，雙手在身前微微舉高，示意自己沒有敵意。他說他的名字叫作謝恩，與妻子一塊兒過來，女兒被拘留在市區。

「我們要去找她，很多人都要過去。大家並不是想滋事，只是想找回親人朋友，就會和平解散。我們到處宣傳，希望有更多人響應。如果你有興趣的話，就一起來吧。」謝恩瞥向休旅車。「能多帶些夥伴更好，人多力量大，對方比較會讓步。」

艾略特想了想之後問：「聽說道路都已封鎖，軍方設下了哨站。」

謝恩回頭望向卡車。「嗯，我們已有對策。」他退後一步又說：「請你想想要不要一起吧，無論加入與否，都祝你好運。」

回到書房，艾略特看見幾位鄰居打開車庫、跳進駕駛座，開車出去與隊伍合流。

等車隊離去，幾天前他召集的那群友人也再度集合。艾略特要大家進書房開會，坐下以後，眾人爭論不休。

最後他開口說：「好，先停一下。有家人被困在市中心隔離區的舉手。」

四個人舉手。「家裡有病人的舉手。」這次三個人。

他靠著椅背。「那我們這麼辦吧。」

☣

疾管中心總部內，米倫坐在七樓窗戶邊，看著同事們與生物防禦行動其他人員走出大樓，進入徵召來的公車與校車之中。

菲爾走過去站在他旁邊，卻沒講話。

「要帶去哪裡？」他先開口問。

「管制區外，希望遠離衝突前線。」

米倫又盯著身穿聯邦緊急事務管理署外套的一群人，將食物一箱箱地送進貨車。

十分鐘前傳出消息：美國總統死亡，而死因是X1曼德拉病毒還是遭到暗殺，不得而知。

「是眞的嗎？總統死了？」

「是。」

「那誰接大位？」

「反正會有人接。但我覺得，大權其實在季蒂昂手上。」

☣

三十分鐘後，米倫換上正壓衣，防護等級四實驗室的門嘶一聲在他眼前開啓。哈莉瑪躺在床上繼續看DVD，小天手上拿著掌上型電動。

女孩朝他微笑，將播放機擱在一旁。「大家都走掉了，我還眞擔心。」

米倫放了些食物在不鏽鋼輪桌上。「餓了吧？」

「餓死啦。今天下午沒人過來，那些研究員一溜煙都跑光了，也聽不到在說什麼。」

米倫努力讓聲音聽起來冷靜：「沒事，有緊急會議而已，之後由我送餐，可以吧？」

她點點頭，咬一口三明治。

「嗯，那我幾個鐘頭後再過來喔。」

米倫對自己發誓要好好照顧這兩個肯亞孩子。他是認眞的，從小父母就教育他要重信諾。不知道爸媽現在在哪裡、是否安好？但他目前也無能爲力，只能先顧好亞特蘭大居民以及自己帶來的這兩個孩子。

上樓回到指揮中心的座位，米倫觀察衛星影像，戴上耳機以後輸入：

醫療運輸單位二二七請注意，戰鬥單位集中於米契爾路與中央大道準備因應敵方，估計重裝部隊兩百人以上即將抵達，建議各位盡速回到代號Gamma-Bravo集合點。

艾利姆．基貝從貨櫃車乘客座位向外望去。奈洛比街道上一片狼藉，建築物被燒毀，汽車在廢墟間停得亂七八糟。路旁有不少臉上殘留血跡的孩童，目送著貨車經過，他們搭配火焰與焦煙的背景是令人看了心痛的一幕。

他實在很難接受，祖國首都竟落得如此下場。

只希望在混亂中找得到能救回來的人——還要找到靜脈注射用的抗生素。漢娜仍在後頭休息，不治療的話時間有限。

交通號誌毫無生氣，車隊在路口停下，帶頭的司機盯著前面，橫向道路上兩輛燒掉的車子構成了路障。艾利姆看到這畫面，心裡忽然緊張起來。

果然燒壞的車子後頭探出一顆頭，瞥了車隊一眼就縮了回去。

「快走！」艾利姆大叫。

司機立刻油門踩到底，但還是遲了一步。

前面冒出兩輛運兵車，武裝士兵持槍衝出。
他從側鏡看見，後面也被對方截斷了退路。

102

戴斯蒙躺在貨櫃金屬板上，裡面近乎伸手不見五指。

他在自己兒時故居被人綁住雙手、用黑布袋罩頭，直到押進貨櫃裡才取下頭套。

這間小牢房架在離地大約三十公分高度，有六個圓孔，直徑才二點五公分左右，戴斯蒙猜測是用來透氣，或者讓倉庫工人不必打開就知道裝了什麼。他將眼睛湊過去，卻只看得到混凝土地板上還有一列列同樣的貨櫃。梭巡幾分鐘以後，他又在波浪形金屬板上找到一個突起處，就著微弱光線用力來回摩擦塑料束帶，費了一番工夫爲自己鬆了綁。

接著他聽見其他貨櫃傳出敲打牆壁的聲音。有規律的節奏，應該是摩斯密碼，所以還有別人在這兒？戴斯蒙不懂摩斯密碼，只好敲三下表示自己聽見了。同一個方向傳來三聲回應，然後另外兩個位置也傳出同樣訊號。

換句話說，總共有四個人。可想而知艾芙莉必定會帶走威廉與珮彤，其中會運用摩斯密碼的應該是威廉。最後一個人是誰呢，夏綠蒂嗎？她知道了太多？

不知誰開始擊打另一種節奏，感覺不是摩斯密碼，而且戴斯蒙聽著覺得很耳熟。他微閉眼睛仔細聆聽，而後笑了出來，居然是《X檔案》主題音樂的拍子，結尾一聲特別大。戴斯蒙翻滾到那一側，擊打同樣的旋律回應。

二十年前每個星期五晚上，他坐在帕羅奧圖小房子的布沙發上看影集時，珮彤總是陪在旁邊，手裡會端著一杯茶，要是那週醫學院課業壓力太大則會換成紅酒。戴斯蒙願意付出任何代價回到那時，從頭來過，卻也不禁懷疑兩人之間是否已經回不去了。他知道珮彤的病情越來越重，卻總是故作堅強。他們還剩下多少時間？想到這裡，戴斯蒙振作起來，得設法快點逃出去。

☣

康納．麥克廉坐在會議室主位等候視訊接通。他的情緒萬分緊繃，季蒂昂即將完成偉大實驗，累積兩千年的心血會在往後幾天內開花結果……或者化為泡影。

最後一片必要的拼圖已經在手中：戴斯蒙．修斯。只要艾芙莉完成任務、讓他恢復記憶，就能知道如何取得「具現」。當初放他走算是一次豪賭，不過沒有風險就沒有回報。

視訊接通後，螢幕上顯示一個工業風辦公室，擺了一堆廉價家具，有一片大玻璃窗眺望裝滿貨櫃的庫房。厚實木頭書桌上滿布刮痕，上面零散地擺著文件，穿著迷彩服的男子站在旁邊。他隔壁則是艾芙莉，雙臂交叉在胸下，金髮自然垂落，灰藍色眸子閃耀寒芒。

影像上的男子先開口：「逮到他們了。」

「為什麼去澳洲？」

「找一個女人。」艾芙莉回答：「夏綠蒂．克里斯坦森（Charlotte Christensen）。」

康納完全沒印象。「她是誰？」

「『聖灰星期三』火災之後，照顧戴斯蒙的義工。」

「有意思。」

「預防萬一，就順便帶上了她。」艾芙莉靠上書桌。「我們正要過去會合。」

「不。」

「我們得——」

「我待會兒會過去。」

艾芙莉的眼神閃爍。康納不確定這代表什麼，猜測是惱火。

「明明說好的。」她的語氣強硬。

「交易還算數。」

「我要加入。」

「等我同意就可以。」康納刻意停頓一下，強調自己的權威。

艾芙莉呼了口氣，朝書桌後退了些，側過臉不繼續瞪著他。

「看好他，」康納吩咐：「你們清楚知道他有多狡猾。」

103

艾利姆打開卡車車門，駕駛吼叫著要他別出去，但他知道沒有別的辦法，整個車隊的性命都操在自己手中。他用無線電叫所有人留在車子裡。只有身上這襲醫師白袍，比較能阻斷後方的士兵開槍射擊。

他走出車廂以後，舉高雙掌前進。自裝甲運兵車出來的士兵視線集中過來。看清對方制服之後，艾利姆算是鬆了口氣：幸好歹是原本的肯亞陸軍。之前他擔心最糟的情況是首都已經被非軍方武力把持。

一名軍官走近。他也不停咳嗽，制服領子已染紅，眼睛充血泛黃。不過聲音倒是比外表有力。「你是？」

「我是醫生，叫作艾利姆．基貝。這裡都是好不容易存活下來的人，我們來首都是希望能幫得上忙。」

☣

肯亞衛生部也殘破不堪，緊急指揮中心已沒幾個人，電話卻響個不停。艾利姆對妲米莉亞說：「找些人來幫忙接電話，跟對方說會過去幫忙，但他們一定要撐到那時候。難民得聽到這些話才能安心。」

肯亞塔國立醫院的狀態更淒慘，有些病人死在輪床上，候診區人滿爲患，牆壁地板到處可見血跡斑斑。醫護人員黃疸的眼睛底下還冒出大大的眼袋，能看見的人大部分都是行屍走肉，連續工作了太久，根本無法好好思考。艾利姆堅持要大家休息片刻，將所有醫師與大半護士趕到待命室和附近的旅館。還好他們也太累了，沒力氣與新面孔爭執不休。

他再請與自己一起前來的民眾幫忙清潔醫院。經過四小時努力，肯亞歷史最悠久、規模最大的醫院終於不再是個汙血紛呈、亂七八糟的鬼地方，回復了基本醫療功能。

艾利姆到病房看望躺在床上的漢娜。在掃地拖地、朝牆壁噴灑消毒液之前，他就趕快爲女孩找到了床位，掛上了抗生素點滴。感染部分已控制住，但病毒還在她身體裡肆虐，因此已出現器官衰竭的跡象，她被抬進來時居然都沒醒，恐怕隨時會斷氣。他一想到這裡就很心痛，又憶起另一個沒能救回來的美國年輕人盧卡斯·特納。

他站在那兒好一陣子，爲漢娜將白色薄毯拉到下巴蓋好，走到窗邊，望向醫院外排隊的民眾。排隊是好現象，代表還有走到這裡的體能。

接下來有得忙了。

美國疾管中心陷入一片混亂，緊急行動指揮部內，接線員紛紛掛斷電話、起身逃離，米倫也不例外。大投影幕上一幕幕亞特蘭大淪陷場景像是無聲電影，抗議群眾靠人海戰術逼近，生物防禦行動這方的部隊由三軍、陸戰隊、國民警衛隊組成，但許多穿著制服的人放下武器，投靠對面陣營。他們或許曾經立誓守護美國憲法，對抗國內外敵人——但問題在於，自己的父母、手足、鄰人只是病了需要幫助，怎麼稱得上是敵人呢？米倫覺得誰都沒錯，換作自己穿著鎮暴重裝站在前線，也不知道該怎麼辦才好。

菲爾走到他身後。米倫以為他是要責怪自己怎麼耳機狂叫還不接電話，但他卻要米倫跟他過去。

兩人到了七樓一面大落地窗前，低頭俯瞰克里夫頓路。原本佔滿五線道的人群已讓出位置，三輛大卡車開了過去——車上載著持半自動步槍的人，目標是在疾管中心前方圍成半圓陣形的生物防禦行動護衛部隊。此時此刻就像引信已點火的炸彈，雙方正面接觸之後會如何？爆發槍戰？

「衝突一觸即發啊。」米倫說。

菲爾點頭。「你是不是也有什麼事情得出去一趟？」

米倫會意之後，轉身狂奔。

他衝進餐廳，拿了一堆吃的塞進大垃圾袋，選的都是不會腐壞、足夠保存至少四天的東西。走廊上滿滿都是人，大家爭論著該怎麼辦才好。每個人都如此害怕，米倫也一樣。

他衝過去四級防護實驗室，裡面依舊沒人。米倫換上防護裝，進去將食物擱在裡頭桌上。哈莉瑪正在睡覺，儘管很不想吵醒她，終歸得交代一下。

輕輕推了三次以後，女孩睜開眼揉一揉，臉上漾起微笑。

可是她立刻從米倫的神情察覺到恐懼，「怎麼了？」

「我得離開一陣子，你們先留在這裡。很重要，明白嗎？」

女孩點點頭。

「要是東西都吃光了而我還沒回來，你們就先出去吧。但要小心點，尤其別把你們從肯亞來這件事說出去，就對別人說和家人走散了，父母交待不可以和陌生人講話。」

哈莉瑪看來很困惑，但答應會照辦。

出了實驗室，米倫迅速脫裝更衣。他抵達一樓時，卻聽見槍聲響起。

104

疾管中心一號講堂又再度客滿。米倫與大家集合起來，聆聽菲爾擬定的撤離計畫要點，設想十分聰明：既然索討解藥的群眾聚集在大樓前方，人員就利用位在後側的軌道脫身——電車只要十分鐘就能將大家送到安全地點。

「講堂後面會有人帶大家到出口。」菲爾指示。

米倫排隊隨眾人快步離去，經過前廳時，聽見遠處傳來更多槍聲。

他沒繼續前進，反方向擠過了人潮，下了階梯來到實驗室樓層。這回他懶得再穿防護裝，無論未來發展是好是壞，防護就快失去意義了。

進了實驗室，哈莉瑪還在看劇集。她摘下一邊耳機問：「怎麼沒穿隔離衣？」

米倫搖頭。「要不要一起看？」

他心裡做了決定：留在實驗室裡保護兩個孩子，直到事情落幕。一走了之等於只顧自己死活，那樣不對。

亞特蘭大街道上車水馬龍，很多人往外逃，也很多人湧入市區，尋找被生物防禦行動拘留的親友。艾略特和鄰人的計畫也一樣，大夥兒分頭行動。

一組人驅車出城，避開淪爲政府部隊和人民之間戰場的市區，艾略特和幾個人則開另一輛車朝亞特蘭大市中心前進。事前準備好的大車有三十呎長，以前他出差時曾經駕駛過巴士，而且是開在第三世界國家的泥巴路上，不過現在這種手感又是全新的境界。他努力在車陣中穿梭，閃躲滯留於七十五號州際公路的車輛，卻看見前方高速公路完全被棄置的車輛堵住。

艾略特轉了彎，進入豪威米爾路，此刻實在不太確定是他在開車還是車在開他，車子就像出了水面的魚般蹦蹦跳跳、扭個不停。十二個乘客紛紛抓住餐桌、牆壁或任何能穩住身子的東西。

「抱歉！」艾略特朝後頭大叫，同時將車停在下坡路頂端。

他已經盡可能找路鑽，但到了瑪麗埃塔街時，道路還是完全被堵死。艾略特將大型休旅車停進一條巷子，車上半數人起身下了車，小珊和亞當則留在車上等。要是行動順利，艾略特很快就會回來，一家人再平安離開。

他看看身邊，鄰居帶著十幾歲的孩子上陣，艾略特很擔心接下來要面對什麼情況，大家是不是眞的有所準備？他不知道，但肯定別無選擇。

「棒子帶好了？」

一行人點頭稱是。

「好，保持團體行動。」他高舉一罐橘色噴漆。「記住走散了要留記號。」

其餘人先下車，他走到後面探視小珊與亞當。孫子與其他幾個生病的朋友躺在車內床鋪上，玩著掌上型電動，艾略特對小珊說：「待會就回來，別擔心。」

淚水在媳婦眼眶裡打轉。艾略特給了她一個大大的擁抱，也伸手順了順亞當的頭髮，接著轉身出發。

他與比爾拿了幾塊防水布蓋住大車。今天早上自己只是低燒，現在狀況不算差，所以艾略特稍微寬心。或許是腎上腺素幫了忙吧。

接著艾略特將所有人召集在一起。巷裡很冷，他一開口就冒出白色霧氣。

「再說一次，敲門暗號是三下、停，兩下、停，最後一下。三二一。會等到所有人都回來才走。車子裡有吃的也有毛毯，還有攜帶式電瓶和電暖爐，不過沒必要用的話會盡量節省資源。」

艾略特望進每個人眼底。「那麼，祝大家好運。」

他動身前在巷口旁邊建築物上用噴漆標了大大的「E」，之後也定點在途經的房屋上做記號。明明是亞特蘭大，自己卻到處塗鴉的感覺好怪，但爲了幫自己人找到回去的路，也只好出此下策。參與這種行動，恐怕有些夥伴回程時的精神狀態會很差，注意力無法集中。

路上有很多行人一樣朝著喬治亞巨蛋前進，都是要去救親人、討解藥。不少人拿著槍械或刀子，其餘則是手插外套口袋中禦寒。

到了瑪麗埃塔街和北面快車道交叉口，艾略特聽見了機器運轉的巨響，發現右手邊有兩輛推土機將汽車撥開、清出通道。接著一輛工程裝載車進來，後面跟著兩輛大貨車，車斗上都是拿著步槍的男人。

其中一個朝著底下行人大叫：「他們投降了，大家快跟上！」

人群一陣鼓譟後，慢慢形成隊伍。

艾略特加快腳步跑到北面快車道，推土機在人行道上留下轍痕，變相成了路標，引導眾人前往喬治亞巨蛋。四處可見身穿橘色背心的人指揮交通，確保不再有車輛前來擋住清出的動線。

後來又有兩輛大型拖車駛來，艾略特和鄰居被逼得只能靠路邊行走。拖車後頭的門開啓，裡面有人探頭向外望，還有好幾個正在抽菸。艾略特看了片刻後，終於明白為什麼需要調動大拖車——他們讓政府繳械了，得找地方容納沒收來的武器。

過了幾分鐘，有校車巴士從喬治亞巨蛋方向進入市區，就是當初載走自己與蘿絲的車子。不同的是現在車內的人都穿著制服——國民警衛隊、陸軍、聯邦緊急事務管理署的士兵，都是那些之前將艾略特等人帶上車的人。街邊有人開始鼓掌叫好，更多人則像他一樣覺得眼前的光景太不眞實。群眾裡傳出叫聲，嚷嚷親友名字的人朝著車輛衝過去，卻被橘色背心的人攔下。見了這一幕，艾略特驚覺自己的盲點：也有人進入市區是爲了替穿制服的親友助陣。

車隊過去以後，他又踏上馬路加速奔跑，十二月初的冷風吸進肺裡，帶來刺痛感。艾略特不止年紀大，以同年齡人而言體能也不算好，歲數小些的鄰居一下就會超前，自己成了累贅。

「你們先去吧，」他氣喘吁吁地說。

比爾笑著說：「有個聰明人叫我們別分散啊。」

艾略特搖搖頭，但有人陪著當然是好事。

到了離喬治亞巨蛋三個路口的地方，人群密集到已無法再用跑的了。一行人放慢腳步，艾略特也終於能夠緩口氣。

他抽出綁在腰帶上的長棍，小心地攤開預備好的海報黏上去，之後膠帶再傳給別人輪流用。大家紛紛高舉看板，艾略特的板子上面寫著：蘿絲．沙丕洛。

成千上萬看板在半空揮舞，隨著群眾齊湧向巨蛋。

105

戴斯蒙還在思考怎麼逃出貨櫃牢房，卻聽見一群人踏過混凝土地板走近。腳步聲在偌大空間中迴蕩，最初很雜亂，後來變成尖銳摩擦聲，以及模模糊糊的對話。他只能認出一個人的嗓音。也只有一雙腳繼續靠近。

貨櫃門打開，原來尖銳摩擦聲是這樣造成。

本來黑暗的牢房一下子湧進太多光線。戴斯蒙瞇著眼睛，伸手遮眼。

但他還是看見了。艾芙莉。

金髮美女的輪廓還很朦朧，不過戴斯蒙多少捕捉到一些線條。她還穿著合身防彈衣，模樣像是電影裡的超級女英雄，雖然拿著手槍但並非指向自己，臉上的表情懊惱，甚至帶著歉疚。

「我是不得已的。」她開口。

戴斯蒙一臉木然。

「在那個救援聯盟毫無進展，乾耗下去也不是辦法。」她說完等著戴斯蒙回應，可是戴斯蒙只是瞪著她。

「這是我的備案。我們得回去季蒂昂內部調查。我事前就知道有特種部隊在那裡等著。」

「妳可以先告訴我。」

「得讓大家眞實演出。」

「就像當初讓我們以爲妳是眞的來救人。」

艾芙莉沉默。也等於默認了。

他早就猜測過，自己能夠從健太郎丸號脫身是季蒂昂的安排，在這一刻終於篤定，但還是想知道原因。「放我走，是希望我能指引他們，或者說指引妳，找到『具現』對吧？」

「他們只差這個就能完成『魔鏡』。」艾芙莉從牢房門口退開。「我承認這樣很冒險，不過讓大家開會辯論可不可行太浪費時間，我很肯定這是唯一的辦法。現在看來不僅有效，效果還比我預期得更好。」她指著一旁。「不如你跟我過來親眼看看。」

走道另一頭有別的貨櫃打開，金屬門內的貨盤上堆著很多紙箱，其中一個被撕破，裝了好幾百組單手就能拿起的橢圓形裝置，約手機一半大小，稍微再厚些。

艾芙莉拿了一個給他。「這是注射器。」

她又指著另一個箱子，裡面是二氧化碳匣，形狀又小又圓，與戴斯蒙小時候的玩具子彈很像。

「注射器要用二氧化碳推動。」艾芙莉再拉了另一個箱子過來，有許多小瓶子在裡頭。她拿起一個小瓶，將一個二氧化碳彈匣插進注射器。「這樣就做好解藥了。我的預測是只要在澳洲逮人，他們就會直接轉移到存放解藥的廠房。」她顯然等著戴斯蒙開口說話，可是戴斯蒙遲遲不回應。「戴，沒別的辦法，這是唯一選擇。」

戴斯蒙接過注射器，怔怔地看著。找到了。手裡的東西可以拯救珮彤，拯救幾十億人。無論如何，自己終究先想到她，於是戴斯蒙也明白了內心的憂慮恐懼究竟有多深——他無法忍受再次失去珮彤，無法放棄好不容易得來的第二次機會。這兩星期裡發生太多事情，戴斯蒙一直沒時間釐清的思緒，但在這一瞬間排山倒海地湧入心中。找到解藥，可以阻止季蒂昂的陰謀了。抹除自己記憶可謂置之死地而後生，事前種種安排就算誤打誤撞，也終究領著他走到此時此地，經過這個轉捩點，能夠絕地反擊。

艾芙莉又湊近他。「我是認眞的，戴。除了這條路沒別的辦法。你不肯相信我嗎？」她要的是原諒。兩個人之間應該有更深一層關係，可惜自己還沒想起來。這種感覺不太好。

戴斯蒙注視她，還是沒講話。

「當初若不配合對方，沒辦法帶你離開那條船。」艾芙莉繼續解釋：「現在也只有配合對方才能來到這裡、找到解藥。我賭了一把，做了我知道必須做的事，但都是爲了你，爲了完成自己的使命。希望你能諒解。」

一聲咳嗽劃破他的沉默，單這麼聽就能感覺到發聲者已病入膏肓，並非普通感冒，而是再咳下去會出人命的喪鐘。戴斯蒙也驚覺時間緊迫。

「嗯，我懂。」

艾芙莉沒有露出笑容，只是別過頭去，似乎察覺他並非全心接納自己。

事實上，戴斯蒙也眞的無法完全原諒，不知道自己究竟能否眞正信任她。現在他心裡全都是珮彤，不想再多等半秒鐘，他要立刻替她注射解藥。

「有人正等著這個。」他說。

戴斯蒙順著咳嗽聲找到另一個貨櫃，解鎖以後拉開金屬門，又是一陣吱吱嘎嘎刺耳聲響。珮形躺在裡面，被光線照得睜不開眼，也沒力氣站起來。

戴斯蒙將注射器先遞給艾芙莉，自己走進去像捧娃娃般抱著珮彤回到光線下。先前她在飛機上睡得斷斷續續，到了澳洲又是一番折騰，又餓又累的情況下，她的身體很難抵抗病毒的快速侵蝕。

陽光從天窗灑落，戴斯蒙將她輕輕放在倉庫的混凝土地板，雙手捧起她的臉龐細看。珮彤眼皮下垂，頭髮全是汗珠，或許是發燒，也或許因爲澳洲南部才剛開始的夏天。

艾芙莉捲起珮彤衣袖，但要注射時卻被戴斯蒙打斷。他取走解藥，要自己親手施打。在這當下，他明白了珮彤對自己多重要，也想通了原因。二十年前因爲有她陪伴，他才熬過最關鍵的一段歲月，或許之於珮彤也是同樣的道理。經由珮彤，戴斯蒙認識眞正的自己，兩人相遇前他從未察覺童年留下的傷口多深刻、心靈多殘破。最後他不願等待傷口癒合，選擇直接離去，以爲可以保護她、還她應有的人生，經過這些年才意識到自己錯得離譜。

他拿著注射器，朝珮彤肩膀按了下去。

啪嚓一聲與皮膚的微痛感驚醒了珮彤。她先看看艾芙莉，又看看戴斯蒙，然後發現他手裡拿著注射器。

「嗨。」他說。

她虛弱地微笑回應：「嗨。」

106

艾略特無論望向哪裡，看到的都是死亡。已死的、瀕死的，躺在床上、毯子上，一列列倒在喬治亞巨蛋裡。氣味很可怕，他乾嘔了兩次才逐漸習慣，繼續舉高牌子前進，尋找妻子的臉孔或聲音。恐懼一步步加深，儘管他試著不去亂想，但眞不曉得若面對蘿絲的遺體時該怎麼辦。

過去幾十年，艾略特在前線醫院工作時常接觸疫情受害者，也就是此刻環繞身旁的人。即便如此，立場調換後的他還是無所適從。身爲感染者的家屬、害怕她的性命或許已被病原奪走，內心只有無止境的淒涼。兩行淚水滑落他的臉龐，無論如何很快就會得知此生摯愛是否已不在人間。他不想知道，卻又巴不得快點知道，只有確定妻子是活著受苦，或在死亡中得到安寧，才能放下懸在心上的大石。

一個熟悉的聲音傳來：「爸！」

三十歲的醫生跑到他面前，艾略特緊緊擁抱他。

「你媽呢？」

萊安點頭。「還活著。」

艾略特從兒子神情知道他藏了一句：但奄奄一息。

「小珊和亞當和你一起過來？」

「在車上，他們都平安。」

「感謝上帝。那他們……？」

「小珊還沒有症狀，但亞當感染了，不過還是初期。抱歉，孩子——」

萊安掐掐父親肩膀。「不是你的問題呀，之後再想辦法吧。先把媽帶出去再說。」

他吞了吞口水，打起精神，隨萊安往喬治亞巨蛋辦公室那頭走過去，對於和妻子重逢既期待又恐懼。

蘿絲躺在小房間的床上，閉著眼睛、心跳微弱。艾略特迅速檢查，紅疹已轉為深紅，並由腹部擴散到頸部。她的臉色蒼白、眼袋非常重。但還活著，能再見面，他就謝天謝地了。蘿絲的手還有溫度與脈搏，至少有機會好好道別。

他轉頭吩咐兒子接下來如何行動。

一小時後，三人抵達停在瑪麗埃塔街的休旅車旁，敲了三下、兩下、一下，等待三、四秒以後，車門開了條縫，鄰居從裡頭向外望。

萊安拿了幾條毯子裹住母親，然後將她從輪椅搬進這輛移動住家裡。本來佔據床鋪的小孩子看見了立刻跳下來，騰出位置給萊安輕輕將母親放下。他才剛安頓好，莎曼珊便撲進他懷裡，兩人擁抱彼此、顫抖啜泣。亞當過來抓著爸媽，三個人摟在一塊兒，艾略特從旁邊環著兒孫安撫片刻後，爬上床鋪守著蘿絲。車裡備有藥物與口服補液鹽，但現在只能等待奇蹟。

艾略特將她發涼的身子拉近，眼淚冒得更多更快了。「沒事的，蘿絲，我在這裡。我會想辦法，妳別怕，知道嗎？」

蘿絲沒回答，但艾略特感覺到妻子一滴眼淚掉在自己臉上，因此他抱得更用力。「拜託，妳一定要撐下去。」

107

戴斯蒙替珮彤注射解藥以後，與艾芙莉在另一個貨櫃找到威廉，也為他進行治療。

如先前所料，還有一個被關起來的人正是夏綠蒂。

艾芙莉看得出他有疑問，直接開口解釋：「我要駐守在救援聯盟的人將夏綠蒂也帶來，感覺她和整個事情應該脫不了關係。」

「想得很周到。」

兩人也為夏綠蒂鬆綁、注射，她開口對戴斯蒙道謝。

倉庫很大，幾乎等同一個足球場，海運貨櫃堆了三層之高。聽艾芙莉說建築物位在阿得雷德港口，也就是澳洲阿得雷德市西北郊區。她帶大家離開貨物區，上樓到辦公室。貨倉裡頭倒了兩個迷彩服士兵，失去生命力的眼珠盯著天花板，胸口中央都被子彈開了窟窿。

「其他士兵呢？」戴斯蒙問。

「集中在一個貨櫃，」艾芙莉回答：「他們比較乖。」

戴斯蒙還是不知道該如何看待這女人。她的手段太俐落，也太致命。

五人圍著一張大桌，這應該是貨運公司規劃路線、審核單據的地方，有一片大玻璃窗俯視底下倉庫中的一排排貨櫃，隔壁牆上還有一扇窗戶面向貨船停泊的港口。

威廉盯著戴斯蒙。「被抓來之前，你找到迷宮位置了嗎？」

他眼角餘光察覺艾芙莉也望著自己。「嗯。」一回話他就停頓了，仔細想著接下來怎麼說比較好。

「所以？」威廉追問：「有什麼發現。」

「一段記憶。」

珮彤也蹙著眉頭打量他。

「不是……」戴斯蒙字斟句酌起來，說出眞相的話，主題大概又會轉移到他自己身上，但現在首要之務是阻止季蒂昂，不該分心到別的地方。「森林大火之前的事情，是我個人的生活點滴，和季蒂昂或這次疫情沒關聯。」

威廉目光狐疑。「確定？」

「嗯。」

「既然如此，」艾芙莉打開筆電。「這裡有些東西，大家都該看看。」

戴斯蒙看不穿她表情底下的意思，但很感激有人轉移了話題。

艾芙莉說電腦是季蒂昂士兵的配備，而她「說服」對方提供密碼，接著播放季蒂昂發給包含美國在內各地政府的訊息。

夏綠蒂和珮彤聽完一臉錯愕，戴斯蒙陷入沉思，威廉則是轉身凝視一排排貨櫃，彷彿自言自語般說了起來。

「看來沒錯，他們早就大量生產好解藥，配送到世界各地的祕密據點，需要的時候才能立刻發放。」他回頭告訴四人：「各國政府要立刻搜索港口及貨運站，找到跟這裡一樣的儲藏點。」

艾芙莉又敲了幾個鍵。「恐怕有難度。」

影像出現無人機在主要都市街道拍到的畫面。戴斯蒙從其中一段看到金門大橋，群眾聚集暴動，朝AT&T球場進軍。類似情況也發生在芝加哥、紐約、倫敦、莫斯科、上海等地。

珮彤雙手抱胸。「世界性的內亂。」

贏家是季蒂昂，戴斯蒙不免這麼想。發動瘟疫的人控制各國政府，下一步又是什麼？什麼事都做得到吧，但目的呢？

他轉身問威廉：「對方的目的就是奪取所有政權而已嗎？」

「我不確定，只是有一些推論。如果追溯一九八三年提出的『魔鏡』計畫，確實需要超級龐大的能源與資料傳輸網絡——例如全球的網際網路，將各國納入囊中就滿足這兩個需求，而社會動亂則帶來另一層掩護，能避免政府有效動員、找出藏匿解藥的地點。就算來得及找到一、兩個，也來不及找到足夠份量。」

「得設法推他們一把，總該有份名單之類的。」戴斯蒙望向艾芙莉。「可以搜索看看？」

她早已拚命敲鍵盤查詢。「沒有，這臺電腦上只能找到這個場地的資料。區隔化是季蒂昂一貫的保密措施。」

威廉穿過房間，走到朝向碼頭與港灣的窗戶前。「對方確實不會那麼粗心大意。他們是一群絕頂聰明的人，做事也十分講究效率。」他指著海港以及停泊的貨櫃船。「不過，如果我們知道是哪條船送藥過來，再調查它之前去過的地方，或許能分析出解藥究竟在什麼地方製造。製藥工廠總應該要有各國儲藏據點的位置。」

他轉頭看著艾芙莉。「電腦上有沒有船隻的航行記錄？」

她操作後回答：「看起來航線圖會在船隻靠岸時自動下載，可是員工檢查過就刪除……」艾芙莉挑眉。「等等，最近一條船的紀錄還沒刪掉，叫作高升號。」她的視線在螢幕上來回移動。「它還在碼頭上。」

戴斯蒙心中燃起一絲希望。「看看它停過哪些地方。」

「香港、新加坡、巴生港、深圳、胡志明市、高雄。」艾芙莉查詢之後說：「太奇怪了，它每次靠港都是滿載，卻完全沒有上貨紀錄。」

威廉走過去。「看看有沒有重複的地點，每次離岸之後都會有才對。」

艾芙莉調出資料，「找不到，但是有個叫作Speculum的港口。」

「就是這個了。」

「沒聽過。」戴斯蒙說。

「是拉丁文，翻譯過來就是『鏡子』。米格魯號船員用這個字來代稱季蒂昂島。」威廉想了想。「嗯，說得通。」

「什麼東西說得通？」珮彤問。

「病毒大概是在島嶼七號製造。」威廉解釋，然後轉頭看著戴斯蒙。「你在試驗區看見活體樣本了。不過我猜，解藥工廠在別的地方。」

「爲什麼？」

「從運輸角度分析就能明白。病毒具有高度傳染性，能夠自己繁殖散播，所以需要的量沒那麼大，應該幾百份、至多幾千份就足夠涵蓋全球用量。島嶼七號要製造和運送這種程度的物資出去引發疫情沒問題。相反地，要製造解藥並配送到全世界……規模可是天壤之別，需要的劑量可是幾十億人份，只有海運的成本和運量能負擔，也可以在短時間內送到各國港口。」他自顧自地點頭。「所以終究還是季蒂昂島，現在我可以肯定那裡就是製造解藥的地方，甚至依舊是對方的大本營。」

「等等，」夏綠蒂插嘴問：「那爲什麼多年來一直送物資到我們那邊呢？我們又沒有病人？」

威廉搖頭。「這我也不懂，還看不出妳和南澳州救援聯盟在這件事情裡扮演的角色，彷彿完全獨立在疫情之外。或許我們在島嶼七號拿錯了檔案？抱歉將妳捲進這場渾水，夏綠蒂。」

「我不介意，只怕聯盟眞的和這個季蒂昂有什麼關係。如果被他們利用，我想知道原因，也怕收容的人身上出什麼問題。」

「我明白。」威廉轉身對其他人說：「總之得趕快行動了。先假設島上可以找到藏匿解藥的倉庫清單。」

「好，」戴斯蒙跟著說：「但你之前提到季蒂昂島戒備森嚴，有什麼對策嗎？要不要聯絡美國軍方，請他們派特種部隊過去掃蕩？」

「我們還是要一起去。」威廉朝艾芙莉揮了揮手。「至少她和我應該過去。我清楚地形，她熟悉對方的電腦系統，兩個人只能悄悄潛入，正面闖關絕對沒機會。」

戴斯蒙立刻說：「我不會在這裡空等。」

「我也一樣。」珮彤跟著說。

「不行，珮彤，妳身體還沒好，我看得出來妳一直在忍耐。」

珮彤盯著父親雙眼。「或許還沒百分之百恢復，但應該差不多了。對方殺了我很多朋友，也害死那麼多我一輩子努力想保護的人。」

威廉凝視女兒。「太危險了……」

「爸，我這份工作一直都很危險。但是我已經長大了，能夠爲自己做決定。」她的視線在戴斯蒙與父親身上來回。「反正我也要去。」

「我也一樣。」夏綠蒂也開口。

戴斯蒙搖搖頭。「夏綠蒂——」

「這些……恐怖份子不知爲了什麼理由贊助我們，偷偷運送可能有問題的物資連續好多年，我想瞭解究竟怎麼回事。更何況也許我知道什麼內情，等到了那座島上，說不定就會派上用場。只要有一丁點機會能幫上忙，我都想試試看。這是牽扯幾十億人命的大事，所以我也要去。我完全明白風險，願意接受後果。」

戴斯蒙望向威廉，但年紀大了一截的他只是搖搖頭，顯然意識到絕對爭不過這兩個心志堅定的女人，無論如何珮彤和夏綠蒂是跟定了。

「好吧，」戴斯蒙說：「總之現在過去季蒂昂島，最有機會查出解藥儲藏地點。」他左顧右盼，眾人默默點頭。「問題是怎麼過去？總不能直接開飛機，降落的同時這場小冒險也會胎死腹中。可是坐船過去，等到了目的地的時候，人類也沒救了。」

「我應該有辦法。」艾芙莉從口袋掏出手機，裝上衛星電話背蓋。戴斯蒙注意到她開啓了名爲「北極星」的app。她露出一個狡黠笑容。「我大概也沒多信任你。」

應用程式嗶了一聲，之後嗡嗡響，才傳出男子聲音：「指揮中心。」

艾芙莉笑著說：「找到了。」

108

戴斯蒙駕駛二十呎長廂形大卡車，將油門催到極限，努力跟上前面艾芙莉開的另一輛車。她在阿得雷德港橫衝直撞，反正道路空空蕩蕩什麼也沒有。戴斯蒙比較小心，還是怕撞到人。乘客座上的珮彤緊緊抓住車頂把手，神情也很緊張。

「她可以開慢點吧！」珮彤大聲叫著，否則會被引擎噪音蓋過去。戴斯蒙點點頭，卻暗忖時間對我方並不友善。

每分鐘都會死很多人。

威廉開第三輛車跟在後面，也是拚命追趕。隔著照後鏡，戴斯蒙看見夏綠蒂臉上的表情與珮彤同樣驚恐。

先前艾芙莉在倉庫透過北極星，連接到盧比孔指揮中心，盧比孔則迅速接洽美國與澳洲軍方謀求對策，最後指示他們在能力所及之內，盡量運送解藥前往位於南澳愛丁堡的皇家空軍基地，屆時會有進一步行動計畫。

抵達空軍基地時大門已敞開，跑道上戰鬥機的玻璃頂也沒闔上。艾芙莉跳下卡車時正在講電話，掛斷之後馬上對其他四人解釋：「美國海軍的航母在附近，我們搭飛機過去之後會有作戰計畫，上頭已經開始組織特攻隊。」

一行人進入軍營，沒想到裡面竟像個醫院，能活動的一半人照顧失去行動力的另一半，看上去其實全都感染了。

佩戴指揮官徽章、名叫穆林斯的男子出面調度：「上級說你們可以徵用任何飛機和最優秀的飛行員。」

經過討論，他們選定航程範圍符合要求的小型運輸機，將解藥塞滿貨艙以後立刻升空。在飛機上，戴斯蒙看著窗外的澳洲士兵們正從卡車搬出一箱箱注射器與藥瓶送進營房。

這裡的人得救了。

接下來行動成功的話，還能救更多人。

珮彤在飛機上睡覺，或者說試著睡會兒，可惜神經無法放鬆，腦袋不斷繞著自己無法釐清的情感和思緒。原本她已經將戴斯蒙．修斯從人生中剔除，強迫自己忘記。如今他又回來了，而珮彤也明白自己依舊對他有感覺，那份心情並沒有因爲戴斯蒙離開而眞正消逝。

還有父親也一樣。沒想到他根本還活著，只是不敢聯繫自己。珮彤一想到就覺得好心痛。

最後則是季蒂昂島。假如父親料中了，可以在那裡找到終止瘟疫的關鍵——對珮彤來說那優先於自身幸福，比什麼都重要。但如果他們遭到季蒂昂算計，她可能必須在拯救世人、父親或是戴斯蒙之間，選擇一邊……

駕駛艙內，威廉低頭望向巨大的航空母艦。尼米茲號是美國目前服役最久的航母，但艦體依舊令人望而生畏：長度超過三個足球場，寬度也有兩百五十英呎，飛行甲板面積逾四英畝，艦上人員將近五千人。這座海上都市進入視野時，太陽已經在運輸機後方西沉。

他啓動艙內對話系統：「目標接近中，準備降落。」

澳洲飛行員點頭示意，啓動無線電通知航母塔臺：「『救援鳥』呼叫『老水手』，請求准許降落。」

☣

尼米茲號的情況與愛丁堡空軍基地類似，不過規模更大。他們在飛行甲板找到一個高個子軍官，在他身後二十呎外，約有兩百名身著美國海軍卡其服的男女軍人稍息待命。對方表示在場眾人或者免疫、或者病情尚未影響活動力，都自願參與本次作戰，已經準備就緒，隨時可以登機。

幾分鐘以後，直升機隊起飛，艾芙莉、珮彤、戴斯蒙、威廉和夏綠蒂，隨兩百名美國海軍自願者出發。其他航母士兵忙著從運輸機搬出一箱箱解藥，他們總共帶來五千劑，足夠挽救尼米茲號所有人。

☣

機隊降落在拳師號上。對珮彤來說，拳師號似乎就是小一點的尼米茲，不過她很快得知拳師號屬於美國海軍遠征打擊群（ＥＳＧ），負責透過陸海空各路線部署快速反應部隊。

他們進入艦橋旁邊的會議室。第十一遠征陸戰隊上校納桑．傑米森進行簡報，自艾芙莉通訊後已經過了五小時，這段期間內軍方與航母完成了大量偵察工作。

螢幕上是個港灣，搭了大型天篷。

傑米森上校講話聲音像是低吼：「一直沒發現船隻進出。」

威廉與他站在白板旁邊。「很正常。」

珮彤看見窗外有更多直升機載著士兵降落。拳師號召集了太平洋各處船隻裡還能行動的海軍與陸戰隊成員，上校表示通常能調動兩千兩百人，然而Ｘ１曼德拉病毒大幅削減了可用兵力。她十分好奇季蒂昂如何將病毒送進這麼多船艦，真的只是靠島嶼七號找到的飲水、膠帶和紙箱？還是針對軍隊和遺世獨立的區域有特殊手法？

她父親在白板簡單畫出季蒂昂島上的建築物與道路配置。「這是六〇年代中期的地形，後來我就沒再去過了。」威廉停頓了幾秒，珮彤猜測他被勾起了回憶，不知什麼內容。

威廉指著內陸一棟建築的位置，和主幹道有段距離。「行政樓應該在這裡，也是島上辦公室最集中的區塊，我猜季蒂昂的主管階層還有伺服器農場就在裡面。只要進得去，艾芙莉侵入網路後，就能直接取得季蒂昂所有檔案，沒意外的話將包括全球各地儲放解藥的倉庫位置。」

傑米森上校開始說明作戰計畫，戰術包括傘兵空襲行政樓、兩棲軍艦從距離港口幾英里的無人海岸登陸、送上數千士兵，立刻展開掃蕩。傘兵落地後空軍會立刻支援，珮彤等人則待前鋒確保安全以後才出動。

等上校說完，威廉開口：「很好的計畫，正常情況下以優勢火力壓制敵人是正確決定。」

傑米森盯著他瞧。

「只不過，現在我們有個優勢可以利用？」

「是什麼？」上校低吼。

「出其不意，以及對地形的掌握。然而不利於我方的因素則在於敵人都聰明絕頂，恐怕對正面攻擊早有準備，並且手法出乎我們預料。一旦交戰，傷亡將會很可觀。」

「任務失敗的代價更高。」傑米森提醒。

「當然，不過我認為可以考慮修正一下計畫，只要調動順序就可以。我建議由我們五人先降落在指定的入侵點，偵察目標區域，同時朝行政樓移動，有機會的話就直接入侵，並且下載目標資料。」

傑米森搖頭。「風險太大，你們被發現的話，就沒有任何先機可言了。」

「我覺得上校的安排風險才比較大。直接在港口和海岸投入部隊，等於給季蒂昂足夠時間刪除目標檔案，任務注定要失敗。」

兩人唇槍舌劍起來，旁人完全插不進話，吵到後來威廉忍不住大聲說：「我可不是你嘴裡的平民百姓！我以前是英國情報局的人，我們才眞正懂得怎麼應付這種情況。」

儘管他這麼說，但傑米森絲毫沒有動搖，反倒怒氣更盛。幸好僵持一陣子後，兩人決定各退一步，達成協議：五人從海岸登陸，但有小規模海豹部隊隨行，主攻擊部隊與空中支援待命，隨時出動。

走出會議室，威廉在女兒耳邊說：「我們談談。」

兩人獨處時，他開口：「到了島上，妳要跟緊我。」

「好。」

「也帶好夏綠蒂。」

「難道她……」

「相信我，珮彤，可以嗎？」

「嗯。」

「有些事情妳可能寧願……別知道得好。」

「爸，這是什麼意思？」

「要妳先做好心理準備而已。記住，專心在任務上，以找到解藥爲優先。」

戴斯蒙站在飛行甲板上，任風吹拂臉頰。

越來越多直升機降落，官兵爲一場惡戰集結動員，一小時內就得上路。

艾芙莉走到他身旁，安靜了好幾分鐘。

「該談談你在老家想起什麼。」她開口。

戴斯蒙沒轉頭。「不需要吧。」

「至少說說你有什麼打算吧，戴？」

「我也不知道。」

109

戴斯蒙在一間食堂裡找到珮彤。她一個人坐著，面前那盤食物幾乎都沒動。戴斯蒙也拿了餐具，取了燉牛肉、玉米麵包以後坐在她對面。

「不餓？」他問。

「餓死了。」

「我也很緊張。」

珮彤撥弄餐盤邊的豆子。「危險倒是習慣了，工作上常得面對。」

「但這次不一樣。」

她點頭。「嗯……而且還有一件事。」

「是？」

戴斯蒙心想珮彤是不是要聊關於自己、關於兩個人的事情。

「夏綠蒂。」珮彤卻這麼回答。

他忍不住挑眉。

「夏綠蒂和你有關，但也和我有關，不覺得很奇怪嗎？再加上，爲什麼會有人一直送物資去幫她呢？這未免……太多巧合。一定還有什麼環節沒串上，很重要的一環。」

戴斯蒙沉默一陣。雖然與自己預期的話題不同，但這點也很重要。此外一如往常，珮彤說得很對。

「我想通了另一件事情，還不確定代表的意義，只是已經花了夠長的時間。」

珮彤沒講話，眼神在他臉上尋找線索。

「十五年前，我在帕羅奧圖離開妳。那時候我以爲自己的決定是對妳好、對兩個人都好，少了我的話，妳能過更好的人生，找個正常的丈夫、生小孩，生活更幸福快樂。」

珮彤想開口，戴斯蒙趕緊打斷：「先聽我說完。我想說的是，當初我以爲時間能夠治癒一切，結果並沒有，我一個人也沒好起來。現在告訴妳，是希望妳知道妳才是對的，我眞希望那時候自己沒有離開。」

「戴，都過去了。」

「我想先說出來，免得……」

「擔心我們未必回得來。」

「嗯。」

「那麼，答應我一件事吧。要是兩個人都回來了，就再也別提過去，心思放在未來和當下就好。」

「好。」

Day 14

61 億人感染

1800 萬人死亡

110

艾利姆為一個年輕女孩縫合手臂傷口，檢驗室擴音器傳出聲音：「基貝醫師，請撥總機，衛生部有急事聯絡。」

應該說是衛生部的殘骸吧。

護理師瞥了他一眼，但他繼續為女孩治療。

「妳很勇敢。」艾利姆朝女孩低聲說。

女孩笑了。艾利姆沒多問她為何受傷，只請護理師先確認她有地方能住，才讓她出院。

擴音器又叫喚一次，他走回辦公室。

總機為他轉接到衛生部，聽見妲米莉亞的聲音時，他心情好了不少。兩人都幾乎不眠不休，實在很希望能抽空見面。

「艾利姆，將軍那邊剛才打過電話來。」

他聞言坐直身子。目前軍方是肯亞最接近政府的組織。

「聯合國與他聯繫，已和透過希臘與法國達成協議，取得少量解藥分配給其他國家，兩小時後會有七劑解藥從希臘空運過來。」

有過承諾和必須償還的恩情。

事實上，他們並沒有對應水準的設施能進行研究生產，但艾利姆確實用得上能救命的藥。他

艾利姆笑著說：「眞聰明。」

「原本將軍想全部留著，但我們說至少留一劑下來研究，或許能複製。」

「太好了。」

☣

解藥送到以後，艾利姆親自前往位於奈洛比赫靈漢姆區的國防部基地。一份解藥已經施打於目前領導軍方的將軍，其餘五份則被將軍做爲測試部下忠誠的工具，目的是先除去想作亂的人。計謀非常有效，當天早上就有另外兩位將軍、三位上校遭到刺殺——他們早就對當前領導機制充滿怨懟。新的秩序慢慢形成，連艾利姆也能感受到基地內部的氣氛轉變。

取得解藥以後，他趕回肯塔雅醫院，盡速穿過走廊，身邊有五名達達阿布存活者跟隨——保護的不只是他，還有藥物。五人和院內病患一比，顯得凶狠難纏，發揮了預期的效果。

進入病房後，艾利姆馬上爲病患注射藥物，心裡只盼能來得及。

後來他繼續巡房看診，盡量放寬心不多想。然而幾小時過去都沒消沒息，他還是忍不住擔憂解藥治癒率是否爲百分之百。

診治罹患E型肝炎的中年婦女時，終於有人通知他病患已甦醒。好現象啊。

☣

他推開房門，看見漢娜已經坐起身，惺忪睡眼下方冒出黑眼袋，稍微挪動一下手腳似乎都會用盡她的力氣。艾利姆親身體驗過甫戰勝病毒、撿回性命時的疲憊虛弱，眞的就像重獲新生，所以連操縱肌肉、動腿走路都不得不重新學習。漢娜也得經歷那段艱辛過程，幸好她眼中閃著足夠的意志力。

「聽說我能康復，是你的功勞。」

艾利姆搖搖頭。「我只是當了一下快遞。」

「做決定的是你。」

「是啊。『要救誰的命』，這永遠是最困難的抉擇，對於醫生尤其如此。」

「你卻選擇了我。」

艾利姆打算直接切入漢娜心中眞正的疑問——爲什麼？他明白年輕人接下來的心理過程必定是倖存者的罪惡感：身爲醫生、流行病學家，她理當奉獻生命、拯救別人。然而艾利姆竟然將她擺在別的病人之前優先治療。

「兩星期前，有一群很勇敢的外國人過來我國，幫助了我的同胞。我們命在旦夕，他們卻願意冒生命危險解救我們，還帶了有可能救命的藥來對抗病毒。原本他們帶 ZMapp 來是爲了自己人，卻答應將其中一劑贈與我國政府，並輾轉用在我身上，我也因此撿回一命。」

「一開始，我也有罪惡感，懷疑他們的決定並不正確。我問了原因，他們卻說我的命值得。」

「那你覺得我的命也値得？」

「我十分肯定。」

「爲什麼？」

「妳就是那群外國人之中的一個。妳冒著生命危險來幫助我們。更重要的是，我知道妳現在腦袋裡有什麼念頭，那證明了妳値得。」

漢娜低下視線。

「妳想要趕快下床，走出醫院，繼續救人。」

那雙眼睛默認了。

「華生醫師，世界需要妳這樣的人。抉擇很難，但有時候我們得先保住能幫助其他人的人。我去了難民營，之後來到這裡，期間領悟我國政府的決定其實非常睿智。

「死門關前走一遭，人都會改變，善良的人會更善良、更感恩，爲了重要的事情更努力。

「妳已臥床了很多天，要徹底復原還需要一段時間。別心急，時候到了，我們不會吝於開口請妳幫忙，現在請先好好休養吧。」

111

月光皎潔明亮，船隻無聲無息，乘客一身黑衣，臉上都抹了綠色、褐色的叢林迷彩。海風帶著鹽分擦過珮彤髮梢，髮絲隨著船身搖晃。戴斯蒙坐在她隔壁，視線眺望前方。南太平洋正是初夏時節，迎著海風的珮彤心情寧靜，回想這兩週的一切，簡直不可思議。父親和戴斯蒙回到了她身邊，卻又隨時可能再度離去。

艾芙莉坐在對面。她將頭髮塞進頭盔，整張臉都是顏料，只有那雙眼睛明亮得古怪，彷彿叢林猛獸盯著獵物，時機成熟就會飛撲而上。她的視線在珮彤和戴斯蒙之間來回，眼神顯然問著：你們又搞在一起了？

珮彤很想一腳將她踹下船、讓她跌進海裡。但一方面任務需要她，另一方面是對方恐怕能夠扣住自己的腿當作樹枝折斷。

她父親應該也瞧見了兩人間氣氛變化，偷偷挑著眉毛，瞄了戴斯蒙幾次。珮彤覺得自己臉紅了，感覺好奇怪，彷彿少女時代濃縮成眼前這幾分鐘。

連夏綠蒂也觀察起戴斯蒙和珮彤的相處情況。她嘴角泛著笑意，明顯很欣慰，畢竟是前男友的妹妹和曾經關懷過的孤兒。沒能捕捉到微妙氛圍的，只剩下前後兩端的海豹部隊成員。目標沙灘上空無一物，可是逐浪而行時，珮彤依舊忍不住屏息以待。

船底觸到沙子時發出輕微噠噠聲。岸邊有很多貝殼、浮木與樹頂落下的椰子，景色美過純淨的觀光海灘，一點人工開發痕跡也沒有，留存大自然賦予的原始風貌。

士兵們朝前揮動手臂，催促五人下船。幾秒後，珮彤踏上了季蒂昂島。

112

海豹部隊與武裝偵察部隊人員悄悄扛起兩條船，小跑步進入森林，利用地形掩藏，之後帶珮彤等五人深入這片南太平洋島嶼叢林。

軍人在他們身邊繞成一圈，大家微微蹲下行動。地上落葉繁多，周圍有棕櫚樹和茂密蕨類生長，空氣濕潤得近乎黏膩。林中悶熱，幸好每隔幾秒會吹起一陣海風緩解。

珮彤覺得這片樹林彷彿活生生的，如同有機體規律吸氣、吐氣。各種樹木植物在風中搖曳，陌生的動物吱吱喳喳不絕。植被太濃厚，要看清楚前方十呎都有難度。

每個人都很緊繃。好幾次大家停下腳步，蹲伏隱藏、靜靜等待，確定是否還有他人也蟄伏在林子裡。

因為工作時常與軍警、消防、航空人員配合，珮彤受過基本的雙向無線電通訊訓練，現在也派上了用場。

她父親最早開始透過對講機說話：「偵察前方三百碼丘陵。」

所有人停下來，只有三個士兵迅速移動。

他們回來時，招手要大家跟上。

出去就是空地了。珮彤躲在丘陵上，隔著樹木觀察底下一列列加勒比海風格小屋：外牆是水平重疊的防雨木板構成，屋頂爲金屬，加裝防範颶風的遮板，前門廊很寬；巨大天篷懸掛在這些小屋上，四根金屬支柱以混凝土底座固定。一輛類似高爾夫球車的電動載具，正從其中一棟駛離。

耳機傳來陸戰隊員聲音：「呼叫總部，B隊、Z隊就定位，計畫開始。」

「收到，各隊依計畫行動。」

威廉與四名士兵脫隊跑到一角，拿出望遠鏡觀察。其餘人留在林中散開，並找到適合狙擊的位置，大部分人趴在地上，以步槍瞄準鏡監視下面情況，槍管在房屋之間來回。

先前在航母上，他就堅持要負責帶隊。傑米森上校很反對，但威廉認爲自己對地形和敵人有第一手情報，最爲合適。後來他在醫務室要珮彤再次固定他的腳踝、注射可體松，也拿了一些口服止痛藥。他把藥收在口袋裡，目前還沒吞過。

威廉和隨行四人竄向最近一間小屋，由後門入侵。他殿後，因爲腳傷還是動作比較慢，但珮彤現在看起來認爲狀況已經算不錯。

數了幾秒，沒任何動靜，接著好幾分鐘過去，兩個士兵從後門出來、繞回樹林邊緣，再找了距離角落第四間屋子進入，手法跟先前一樣。

忽然有個士兵在無線電上語氣焦急地說：「二號位置請求Z隊支援。」

一陣命令和回報交錯。

六名隊員起身沿著森林線衝向第二個入侵地點，速度之快令珮彤嘖嘖稱奇。她吞了吞口水，心想父親還在頭一間小屋，應該沒事吧？得而復失的可能性太可怕，直到現在她才清楚意識到父親是賭上性命在進行任務。

戴斯蒙望過來，朝她輕輕點頭。珮彤明白他的安慰與支持。

艾芙莉爬到Z隊隊長旁邊耳語，音量很低，珮彤聽不見內容。對方搖搖頭，還想將她推回去，似乎覺得很不耐煩。

但艾芙莉不放棄，幾秒鐘以後逕自起身跑下丘陵。隊長從無線電厲聲叫著：「『梅杜莎』，快回到集合點。」

她完全沒搭理。

「F隊請注意，『梅杜莎』朝你們位置移動。」

Z隊隊長轉頭望向戴斯蒙，他卻只是聳聳肩，讓對方明白這是常態。

一輛電動車從林間小徑出來，停在未受士兵入侵的屋子前面。接著又有兩輛停在另外兩間小屋。附近忽然冒出幾個黑衣人，顯然是傭兵。他們逐步朝士兵所在的兩個位置逼近。

珮彤很想知道這是什麼情況，但她盡力克制不多話。

無線電傳來士兵沙啞聲音，珮彤懷疑他受了傷。「Z隊、B隊進來，快點！」

113

第二棟小屋拉開了百葉窗，寬條硬木地板上似乎濺了血，珮彤看了一愣，放慢速度繞過去。不過陸戰隊與海豹隊員絲毫不爲所動，每個房間搜了遍，都回報「安全」以後，才重新集合在中央走道。

聽見父親聲音自餐廳傳來，她總算鬆了口氣。進去一看，威廉、艾芙莉和兩個士兵站在一塊兒，已取下牆上油畫，正用背面空白簡單勾勒出季蒂昂島的地圖。

他用對講機宣布下一步計畫，不止在場部隊聽見，拳師號上戰鬥資訊中心也能收到。

原來威廉和士兵們從兩間小屋的住戶口中問出不少了情報，島上地形從六〇年代到現在還是有變化。靠近港口的營房大約有兩百名傭兵守衛，各處裝設高性能防禦系統，包括簡短的聲納聲納與雷達，技術等級足夠在大型兩棲船艦登陸前察覺。無法確定他們能否偵測從沙灘上岸的小艇，只能祈禱對方仍不知情，幸運的是，偵測裝置主要針對港口所在方向。

麻煩之處在於季蒂昂島竟然有地對空、地對海的防禦設施，拳師號若想進行空襲不可能得逞，反而會使遠征打擊部隊的船艦暴露於飛彈威脅之下。

威廉趕快提醒艦隊不要過快撤退。要是對方已經掌握到艦隊位置和排列，突如其來的劇烈變動會引發疑心，也許季蒂昂就會開始全島搜查。

他指出兩處特別值得調查的地方，分別是實驗樓與資料通訊設備最多的行政樓。根據小屋住戶的說法，這兩個地方沒有重兵防守，而且一小時內會換班。換班自然就是最方便滲透的時機。

眾人擬出的策略就珮彤聽來十分周到。海豹與武裝偵察部隊前往軍營和防禦基地，以切斷雷達和飛彈爲第一優先，之後在運兵車裝設炸藥，如此一來若進入地面交戰，可以快速消滅敵軍武力。這是十分有效率和攻擊力的計畫，恐怕也是有限人力下的極限作法。

從兩間小屋俘擄到一個資訊室主任叫卡爾，一個資深生醫工程師叫葛瑞琴。兩人正準備過去執勤，他們可以爲滲透小隊提供掩護。戴斯蒙、威廉、艾芙莉三人前往行政樓，卡爾會聲稱他們是新聘用的顧問，並且提供資料庫權限。夏綠蒂和珮彤則隨葛瑞琴去實驗室，尋找與解藥有關的資料，兩名海豹士兵負責保護。行動之初，大家也已準備好對應身分的衣物，方便僞裝。

珮彤進浴室洗去臉上顏料。她抬頭一看，鏡子映照出站在門口的戴斯蒙。

「妳要小心。」

她盯著鏡中倒影。「你也是。」

「待會見。」

「好。」希望他不會失信。

114

珮彤隨葛瑞琴、夏綠蒂坐在電動車後座，前座的兩名海豹隊員默不作聲、直視道路，偶爾張望看看是否有異狀。蜿蜒泥路切過島嶼土地，車燈卻切不透周圍厚重黑暗，她猜測低亮度是為了避免有人從上空偵查。道路沒有架設天篷，不過兩側樹木濃密，枝葉在頭上頻頻交會。

她瞥了瞥葛瑞琴。對方四十好幾、金色頭髮，臉上神情帶著淡淡煩躁。珮彤有些好奇小屋裡出了什麼事才讓她答應帶人進入實驗樓，恐怕是被逼的吧。但更重要的是，生物醫學工程博士在一般人印象中應當十分理性，會參與季蒂昂的計畫實在很奇怪。

「為什麼要這麼做？」珮彤忍不住開口。

葛瑞琴沒轉頭看她，說話時有德國還是荷蘭的腔調。「妳的前提不對。」

珮彤蹙眉不解。

「妳以為我們的所作所為損害了人類全體利益。」葛瑞琴終於看著她。「我可以保證絕非如此。我們所做的一切是為了救人。反倒是妳，我才想問為什麼？」

「我很難想像散播致命病原要如何符合人類整體利益。」

「短視近利。」

「短短一週，你們就害死了幾百萬人。」

葛瑞琴別過臉。「這點我們很遺憾，不過死亡人數很大一部分肇因於貴國和其他國家的政府決策。無論如何結果是一樣的，最終好處遠遠超過代價。」

「這是強——」

駕車的海豹隊員打斷她們。「兩位，到了。」

車子沿路駛進一條大道。兩旁樹木依舊茂盛，上面搭了篷子，表面想必施加了迷彩偽裝。左手邊有個大停車場，也被天篷遮蓋。

「停哪兒都行。」葛瑞琴說。

副駕駛座上的海豹隊員轉身對她說：「提醒妳一聲，記住不遵守約定會有什麼後果。」

「我很清楚。」

頂篷裝有LED燈指引一行人走向實驗樓。她們一路無話，路上漸漸出現別的行人。進入建築物，櫃檯裡有警衛，但沒多瞧一眼。葛瑞琴領著四人走向電梯，按下標記B4的按鍵。珮彤開始思考待會兒要如何下手，其他人的主要任務是找出已經調劑完成的解藥儲放在何處，自己則算是備案，要調查解藥在哪裡製造、作用機制爲何。倘若別組沒能搜出成果，至少各國政府能利用得到的資訊嘗試自力生產，所以她的任務同樣很重要。

葛瑞琴又帶他們進入一間辦公室，強化玻璃窗可以俯瞰下面的龐大廠房。原來機器都安置在地底，但相較之下，機器的種類更叫珮彤詫異。

「這是？」

「妳在找的東西。」

「你們用這個製造解藥？怎麼可能？」

葛瑞琴的嘴角漾起笑意。「蕭醫師，妳的前提依舊不正確。」

她啓動無線電。「這裡有狀況。」

沒人回應。

「戴斯蒙？艾芙莉？」她等了等。「爸，說話。」

就是沒反應。

115

另一條燈光引導的路徑上，戴斯蒙和艾芙莉在寂靜中前進。威廉和卡爾就在前方約十呎處。

先前在小屋內，戴斯蒙換了衣服、洗掉顏料，套上預備好的褐色微鬈假髮，以及如今一直搔癢他嘴角的假鬍鬚。他身上的POLO衫太小、短褲又太大，艾芙莉一直偷偷地瞄他。

「幹嘛？」他低聲問。

「沒事。」

「快說。」

她笑著說：「你看起來很像七〇年代色情片演員。」

他也忍不住笑了。「多謝讚美啊。」

「剛剛在小屋就覺得你好像要去釣珮彤回家那樣。」

戴斯蒙打量她，但她沒回望過來。

「那個——」

艾芙莉這才轉頭。

「之前……」他也不知如何啓齒。「我們是什麼關係？」

「重要嗎？」

「對我來說重要。」

「是嗎，對我而言，也許已經不重要了。」

戴斯蒙來不及回應，威廉已經停下腳步，提醒兩人噤聲，行政樓就在眼前。

進了大廳，每個人刷磁卡進入。卡爾有自己的一張，他們三個則從小屋居民那兒盜用了幾張，事前已經確認過都具備進入行政樓和重要區塊權限。易容時也刻意模仿了卡片上面的照片，乍看或許無法分辨，但瞞不過當事人的親友。戴斯蒙認為關鍵在於騙過櫃檯保全，以及攝影機後面的監視者。

所幸櫃檯根本沒抬頭，幾秒鐘他們就穿過大廳、進了電梯。戴斯蒙鬆了口氣。

這棟建築物總共四層，卡爾帶他們到位於二樓深處的伺服器機房。空間極大，至少一百呎長、寬也有六十呎多，高度延伸至上面兩層。

數不清的伺服器主機嗡嗡作響著，一列又一列金屬架子和櫃子排列整齊，有些隔間已打開，蔓生出纜線，彷彿機械怪獸被人剖肚掉出腸子。現場還能看到那些技工，有的站在裝滿伺服器零件的推車前面，有的對著筆電工作，還有些用平板螢幕和鍵盤直接連線到架上伺服器就開始操作。機房沒有窗戶，靠日光燈照明，不過非常涼爽，空調不斷從頭頂送來人造冷風。腳底是塑膠地板，更下面是金屬格架，一樓空間可以容納各種管線四處連接，也因此他們行走時的腳步聲帶著回音。

數據中心的規模遠遠超乎戴斯蒙預期。

這麼龐大的運算力究竟用來做什麼？

艾芙莉挑選了幾列伺服器，在一端裝上小攝影機。機座有磁鐵，能直接附著於金屬支架。

卡爾在一扇小門旁邊停步，朝牆上鍵盤按了些鍵。門喀的一聲打開，他取出筆電和網路線，插到伺服器上的交換器。

「這個終端有網路管理權限。」

他說完之後讓出位置，艾芙莉接手將自己的平板電腦放在筆電旁，調出攝影機捕捉到的畫面。目前看來沒人跟蹤。

她在筆電鍵盤上瘋狂輸入一陣，之後螢幕上立刻顯示出基石量子科技的商標。

「連進去了。」

116

珮彤繼續試著用對講機聯絡：「戴斯蒙？爸？艾芙莉？」她等候著。「拜託說話啊。」

依舊沒反應，她轉頭問葛瑞琴：「爲什麼無線電失靈了？」

「我不知道。」

「別說謊。」

「那不是我負責的項目。」

「什麼意思？」

葛瑞琴嘆息。「我們當然很怕商業間諜。」

「這又是什麼意思？」

對方嘴角揚起，但神情沒有笑意。

珮彤思考片刻反應過來。沒錯，季蒂昂必然竭盡所能避免任何人將情報帶走——最直接的辦法就是阻絕電磁波。「整棟建築物都被遮蔽了嗎？通訊器材要在外面才能使用？」

葛瑞琴不講話，等同默認。看來行政樓那邊也會是同樣情況，換言之，艾芙莉無法透過衛星連線，即時上傳倉庫名單。必須通知她，而且要快。

可是辦公室下面的光景更讓珮彤憂心——那些用於製造解藥的機器完全不對。生產疫苗、抗病毒藥物、單株抗體來對抗傳染病的工廠，她參觀過好幾十間，共同點就是以生物材料爲基底。

大部分疫苗其實就是造成疾病的病毒，只是換了形態。麻疹、德國麻疹、腮腺炎、脊髓灰質炎、水痘、帶狀皰疹的疫苗是被減弱的病毒，在人體裡無法有效繁殖，免疫系統有足夠時間適應和對抗，自然生出抗體並記憶下來，以後遇上未減弱的病毒還是能快速消滅。

另一種製作疫苗的方式則是透過化學手法處理病毒，使其無法在人體內複製。脊髓灰質炎疫苗的另一個版本，還有A型肝炎、流感、狂犬病都是這種作法。失去複製能力的病毒完全不會引發一丁點症狀，特別適合免疫力較差的接種對象。

一般來說，疫苗對於已經受病毒感染的人無效，病毒越會突變的，這個狀況越明顯，流感與HIV就是其中佼佼者。感染者需要的是抗病毒藥物。

多數抗病毒藥物也用生物材料製造。舉例而言，單株抗體的作法是取出老鼠脾臟細胞並與骨髓癌細胞融合，然後放進細胞培養皿。其餘抗病毒藥物則是化學藥劑，能攻擊病毒的蛋白質層或酶。

無論疫苗還是抗病毒劑，目前已知的治療與預防都奠基在生物或化學手法上。但珮彤眼前所見卻並非如此，難道所謂的解藥根本只是幌子？來自巴黎和雅典的影片都是造假？抑或季蒂昂的「治療」根本就與大家所想截然不同？那麼爲所有人施打解藥又有什麼目的？

珮彤將夏綠蒂拉到身邊耳語：「得先出去警告其他人。」

槍響驟起。一聲，隨即再三回。隨兩人前來的海豹隊員翻倒在地，鮮血灑在白色地板上，連抽出武器的機會也沒有。

從門口進來了三個穿著制服的人，與前面櫃檯保全是相同裝扮。他們掃視辦公室以後，走向珮彤和夏綠蒂，開始搜身。

魁梧男子伸手探過珮彤腋下，朝胸部摸過去。她用手肘一推，隨即被對方扣住。

「別碰她！」

青天霹靂般的叫聲暴起。

珮彤看清楚說話的人以後，愕然地張大了嘴。怎麼會？

117

戴斯蒙盯著平板螢幕，裝置於數據中心各處的攝影機回傳影像，目前爲止毫無異狀，只有技師在一列列伺服器之間走動，偶爾打開格子檢修裡面的機器。大房間裡一直有綠光閃爍，封包在網路和硬碟往來傳送，只有封包互撞或硬體出問題才會亮起黃燈和紅燈。

他湊近艾芙莉。「還要多久？」

「差不多了。」

戴斯蒙眼角餘光還在注意螢幕，便察覺有人快步跑動。定睛細看，發現只是技師跑向金屬架的另一個格子做調整。

但接下來六十秒內來了好多技師。一次兩、三個入內，散開到不同格子前面打開檢查。戴斯蒙看了總覺得不太對勁，卻說不出奇怪在哪裡。

「好了！」

艾芙莉從筆電拔下隨身碟，插在手機上，手機套著衛星背蓋。

戴斯蒙瞪著監視畫面。

到底哪裡有問題？

他們的腳步太快？不對——關鍵不在速度，而是鞋子，或者說靴子——每個人都穿著軍靴。

「嗯，我們有麻煩了。」

艾芙莉斜睨手機。「對，連不上衛星。」

威廉揪住卡爾的手臂。「怎麼回事？」

卡爾聳肩。「這棟樓不能打電話。我——」

「得出去才行。」

戴斯蒙朝平板撇了撇頭。「恐怕不成。」

他們被困住了。

☣

叱喝士兵的人走近，視線沒離開過珮彤。那張臉上沒有笑容，冷硬的眼神似乎對珮彤訴說：很抱歉。那人先朝旁邊開口：「又見面了，夏綠蒂。」

她的表情顯然與珮彤一樣吃驚，只能點點頭回應。

珮彤心裡有成千上萬的疑問，不知該從哪裡開始。最重要的當然是爲什麼，自己如此敬愛的人，一個對她那麼重要的人，居然參與了季蒂昂的陰謀。

對方停在她身前一、兩公尺的地方，稍稍擺頭之後，葛瑞琴與殺死海豹隊員、又想粗暴搜她身的士兵就退了出去。

「嗨，丫頭。」

珮彤吞了吞口水說：「媽……」

118

戴斯蒙將卡爾朝金屬網架用力一推。「這房間有幾個出入口？」

「兩個。」對方很緊張。

「一定都有人守著。」威廉說。

戴斯蒙知道他說得對，而且珮彤父親的腦袋總是快人一步，他已經從背包掏出三個綠色圓筒，跑向這列金屬架一端，朝不同方向拋出手裡的東西。圓筒在地面滾動、噴出濃煙，一陣叮叮咚咚滾過地板黏合處，彷彿敲響開戰的鼓聲。

他一回頭，威廉丟了個手榴彈給艾芙莉。

「快走，你們自己製造出口，我來爭取時間。」

兩人來不及說話，威廉已逕自鑽進煙霧，一秒之後雙方交火。子彈與火花在四周飛竄，電器劈里啪啦炸裂，格架濺出金屬和塑膠，彷彿慶典中灑下漫天的彩色紙片，然而被這些碎屑擊中，非死即傷。

「卡爾，趴下！」戴斯蒙吼叫之後，隨艾芙莉先走一步。

頭頂上的防災噴頭嘶嘶大叫後，朝室內灌注氣體——不知是氬還是氮，總之會藉由降低氧氣的比例達到滅火效果。

跑在前面的艾芙莉朝金屬格架擲出手榴彈，隨即從腰帶拔出手槍射擊了兩次。

戴斯蒙飛撲過去，心裡已經讀到第三秒。

大部分美規手榴彈是四點五或五點五秒時爆炸。

他伸手摟住艾芙莉腰際，將她拖進金屬架後方。手榴彈在這一瞬間炸裂，兩人向後震飛，他壓在艾芙莉身上。

頃刻間，萬籟俱寂，接著耳鳴取而代之。屋頂燈光熄滅，空調和滅火噴頭都停止運轉。瓦礫不停砸在墊高的地板，有如雨滴拍打金屬屋頂的聲音。

艾芙莉推開戴斯蒙自己站起來，槍還緊緊握在手裡。她左右觀察片刻後，伸手拉戴斯蒙一把，戴斯蒙心裡大叫不可思議，誰都攔不住這女人。

被拉起來的時候他可是渾身痠痛。

又過了幾秒鐘，兩人從牆壁被手榴彈炸開的破洞進入走廊，另一邊都是辦公室，兩側有穿著防彈衣的士兵鎮守。戴斯蒙迅速逃入最近的辦公室，偷偷摸到落地窗邊查看。

他們在二樓，目測跳下去大約十五呎。不是不行，只是要有摔傷甚至摔斷什麼部位的心理準備。他舉起自己的手槍，往玻璃擊發兩次。

「你瘋了?」艾芙莉沒好氣地說。

「他的確瘋了。」

兩人回頭，看見康納·麥克廉站在門口。「艾芙莉，我對妳很失望。」

戴斯蒙立刻擋在她身前。康納不會傷害自己，而且他知道爲什麼。

119

威廉左右張望，以最快速度穿梭在伺服器間，悄悄到了大房間另一頭。他回想起小時候在倫敦一座大圖書館玩捉迷藏的經驗，不過現在可是生死關頭。

煙霧更濃了，只能看見眼前幾公尺範圍。爆炸之後短暫風平浪靜，威廉只求戴斯蒙與艾芙莉已成功脫身。自己除掉了朝牆壁破洞靠近的兩名追兵，其餘的人尚不敢輕舉妄動，都躲在煙幕之後。

他藏身在伺服器架後面，除了瓦礫崩落、電線發出啪嚓聲之外，聽不見別的動靜。天花板上噴頭釋放的瓦斯涵蓋了數據中心一半面積。

如果沒記錯，他應該很靠近出口，只差三排。

威廉竄到另一排金屬架後面，確認安全之後又前進。快到出口了，他很著急，出去才能用無線電——必須通知陸戰隊與海豹部隊進行擾敵支援，傑米森也該出手了。問題是，電波始終受到遮蔽。

但他遲了一步。腳步聲來到他背後，威廉一轉身卻已經遭對方飛撲壓倒。又一名敵兵過來助手，不出幾秒，兩人就將他的雙手捆住。

他們粗暴地拉起威廉，推出數據中心，穿過走廊、進入電梯。他忽然想起多年前的里約，自己同樣被黑幫丟出計程車、押進貧民區。那夜他援救被狂人關在陋室的尤里和琳恩，今天換自己淪爲階下囚。

電梯停在四樓。士兵帶他進去的房間裡，有一臺機器看上去像是核磁共振造影，不過體積大得多。

是眞的。做出來了。威廉在心裡感嘆。

擴音器傳出了他十分熟悉的嗓音：「掃描之後帶過來，動作快。」

傭兵將威廉壓在檢驗臺上，鬆綁他的雙手後，重新用束帶固定雙臂雙腿。穿著藍綠色刷手服的女性走過來，不知在他肩膀注射了什麼，等傭兵退開時，他已失去了意識。

威廉睜開眼，感覺自己倒在一張沙發上，雙手又被綁住。

視野漸漸清晰，他觀察四周，看出是位於角落的辦公室，兩面大片落地窗能欣賞島上明媚風光。他站起來，還是很不舒服，搖頭晃腦地試著振作精神。

辦公桌後頭有個男人起身走近，伸手扣住他的上臂。

「老朋友，先坐下吧。放輕鬆，一切很快就會好轉。」

那人將威廉按入桌子前方的座椅裡。

眼睛終於對焦，認出對方以後，威廉不知道自己是得救了還是沒救了。

他面對的人是尤里。

120

珮彤差點承受不了那股椎刺般的心痛，感覺彷彿回到倫敦的那個夜晚，母親帶著自己、安德魯、麥迪遜遠走高飛，還口口聲聲說父親已經撒手人寰。她與戴斯蒙一樣經歷過人生的一段黑暗，當下心中滿是孤單困惑。

此時此刻更糟糕。母親不僅僅現身當場，顯然還居於主導地位——也就是她參與其中，暗地散播病原，害死數千數百萬沒有防備的無辜百姓，也明知女兒大半輩子致力消滅疾病……這一切叫珮彤情何以堪。

她試著冷靜下來，但激動的情緒仍舊感染了聲音：「媽，妳怎麼可以這麼做？」

琳恩・蕭別開視線。「有些事情，妳還不明白。」

「那就解釋給我聽，我不是小孩了。」

「沒時間——」

「解釋一下殺死幾百萬、幾千萬無辜的人，能成就什麼？」

「珮彤……」

「還有，解藥究竟是什麼？我看得出來，那既不是疫苗也不是抗病毒——根本不是正常治療手段。」

她母親只是嘆氣，還是沒回應。

「媽，那究竟是什麼？解藥真正的用意是什麼？我知道下面那些絕對不是病毒或生物原料，甚至連化學藥劑也談不上。拜託，告訴我，你們到底有什麼目的？」

琳恩湊過去。「我會解釋給妳聽的，但不是現在，我們得趕快離開這裡。」

「妳不說清楚自己在幹嘛，我哪裡也不跟妳去。」

「不是我在幹嘛。季蒂昂現在分成了兩派在內鬥。」

珮彤又嚇了一跳，但心底重燃希望，仍希望母親並非幕後黑手。「證明給我看。」

「珮彤……」

「她說的是實話。」

所有目光射向站在門口的男人。他身穿白袍、留著短髮，兩鬢有些褪色。珮彤看見他，又錯愕又欣喜——居然是哥哥安德魯，而且活得好好的。她好想一邊尖叫一邊跑過去擁抱他，可是兄長的下一句話，徹底踩碎妹妹的心。

「珮彤，那不是她的計畫，是我的。」

121

時間彷彿停滯在這一刻。除了保護身後的艾芙莉，戴斯蒙也注視康納著那張慘不忍睹的臉。高個頭的他被風撩起一頭金色長髮，露出更大片燒傷過後凹凸不平的皮膚。戴斯蒙已經想起了康納是怎樣留下那一身疤痕。

思緒回到兒時故居，他已憶起一九八三年大火那天的全部眞相。

那天早上醒來以後，小戴斯蒙衝進自家廚房。椅子上，母親抱著還是嬰兒的弟弟，他的名字叫作康納。小娃娃掛著微笑——康納自出生以來似乎總是在笑，父親也說他比起戴斯蒙哭得少，他們夫妻覺得說不定可以生第三胎。戴斯蒙高興極了，他和爸媽同樣好喜歡弟弟。不過那天早上小男孩沒多看嬰兒一眼，早餐吃得雞蛋麵包蔬菜醬沾滿臉就朝家門跑了出去。

後來森林大火蔓延到家裡，他跑進火場時也大喊了康納名字。爲了把母親和小寶寶救出來，戴斯蒙的雙腿嚴重灼傷、被焦煙嗆得喘不過氣，直到再也無法深入。成長過程中，他一直背負對媽媽和弟弟的歉疚。

二〇〇三年四月，戴斯蒙回到澳洲時，距離大火正好過了二十年。他帶了花圈去家人墳前祭拜，卻發現找不到康納的墓碑。這件事勾起他的好奇心，於是在阿得雷德逗留了幾週，想瞭解內情。戴斯蒙僱用國內屬一屬二的私家偵探，費用極其高昂，還要負擔對方提出的交通、文書、律師、法庭等等開支，所幸最終得知眞相：母親展現了驚人的勇氣，犧牲自己保住了康納的性命。她清掉壁爐裡的木柴與灰燼，將嬰兒放在裡面，一個人將冰箱推過去翻倒，掩蓋了爐口。

初步搜救只找到了戴斯蒙父親和母親的焦骸。她直到最後都留在屋內，盡可能將可燃物從壁爐周邊挪開。

第二次進行搜救才發現小康納活了下來，可是他身上嚴重燒傷、脫水、營養不良，徘徊於生死之際。寶寶被送到阿得雷德以後，在小兒科加護病房待了幾個月，才轉進燒燙傷中心。

細讀病歷時，戴斯蒙忍不住落淚。大家都覺得小康納必死無疑，然而他一次又一次戰勝死神。只可惜等不到弟弟康復出院，戴斯蒙已經飛到美國奧克拉荷馬的歐威爾家裡。醫師詢問過他們伯父，但歐威爾拒絕再接手康納。戴斯蒙可以確定這份紀錄絕對沒錯，歐威爾那樣一個粗人，連五歲的自己都無法照顧好，怎麼可能養活嬰兒。

因此康納只能進入認養體系，戴斯蒙很難想像弟弟的心路歷程。他受傷太重了，身心都是。想當父母的人去機構物色小孩是要健康地帶回家，見了康納一定轉過頭裝作沒看到。

不過出乎意料的是，一九九五年康納十二歲時，還是找到了養父母。之後沒有太多紀錄，只知道麥克廉夫婦二〇〇三年前已經亡故，康納於十七歲輟學，一直未婚獨居。

戴斯蒙知道自己該怎麼做。

二〇〇三年六月一個陰天，他停車在康納居住的公寓大樓外等待，心裡反覆練習待會兒想講的話。那日早晨是他暌違二十年再次見到胞弟，但他看見的畫面令人太痛心。沒有喜悅，反倒只有滿滿的哀傷。康納．麥克廉的長髮凌亂，衣服鬆垮骯髒，右手臂上那些針孔和瘀血顯而易見毒癮很重。弟弟點了菸後，朝碼頭而去，迎向一整天的粗活。

戴斯蒙坐在租來的車子裡目送弟弟上工，他的人生再次轉了很大一個彎。從那天開始，他所有心力都放在如何將康納導回正軌。他買下澳洲一間公司、指示人資部門聘用康納，暗中評估弟弟的優缺點，並要求主管給予對應的挑戰和訓練。短短幾年內，康納便快速成長，搬離老舊公寓也戒除了毒癮，只可惜心魔沒那麼容易克服，他無法追求眞正夢想的生活。戴斯蒙很瞭解那種感覺，他比任何人都明白弟弟的內心世界。

終於等到時機成熟，他對康納說出眞實身分、表明兩人是血親之後，兩人緊緊擁抱對方，發誓再也不對彼此有所隱瞞，所以戴斯蒙吐露自己的一切，包括季蒂昂與改變世界的機器。「魔鏡」計畫能夠治癒兄弟倆的創傷，給他們重新來過、甚至眞實改寫人生際遇的機會。從康納走出破公寓那一刻就興起的盼望終於得以付諸實現，戴斯蒙在弟弟身上看見本質的轉變：希望與信念，還有獲得幸福的可能。珮彤說得對，他需要的其實是助人，而幫助康納就是戴斯蒙的人生意義。自此魔鏡計畫對他的意義更上一層樓，成爲了兩人的志業和執著。兄弟兩人和尤里成爲組織內的鐵三角，各自接下重任：戴斯蒙監督「具現」，尤里研究「昇華」，康納則要完成「基石」。

後來情勢驟變。戴斯蒙得知尤里眞正的盤算竟是全球大瘟疫，這發現嚇壞了他，但康納不爲所動，認爲唯此一途可行。弟弟爲了成就魔鏡不惜任何代價，哥哥卻不肯同意。

他們在健太郎丸號的會議室大吵一架，兩個人都口不擇言、後悔莫及。艦橋人員開門通報有一支美國遠征隊，找到了曾是季蒂昂研究艇的米格魯號，船上藏有魔鏡計畫的初期研究。那些資料必須留在海底不見天日，否則所有心血將毀於一旦。

康納下令對美籍船隻展開攻擊。戴斯蒙求他住手，弟弟聽不進去。康納和尤里執意用瘟疫做爲手段，而戴斯蒙無法令兩人回心轉意，迫不得已採取自己的辦法，加以阻撓。

首先他聯絡柏林記者蓋林．梅爾，對方在不知情中接觸到季蒂昂的陰謀。但戴斯蒙沒能成功藉由媒體力量曝光季蒂昂的惡行，疫情便就此爆發。康納和尤里的動作快了他一步。

然而戴斯蒙仍有備案：他將「具現」藏起來，並清除自己記憶。沒有「具現」，魔鏡就不完整，同時康納及尤里也無法對自己痛下殺手。他將線索藏在柏林的旅館房間和迷宮實境裡，經由備案找到了珮彤與威廉，最後來到了季蒂昂島。

在他身後，艾芙莉的平板電腦已經下載了全球各地的解藥倉庫位置，檔案只要上傳給盧比孔，就能挽回無數人命。

康納的神情和上週在健太郎丸號牢房看見時一樣。他很受傷。戴斯蒙可以體會，再造自己的兄長竟然背叛了他，他心上又留下外人無法想像的一條血淋淋刀疤。

戴斯蒙原本以爲弟弟會出言恫嚇，結果並沒有。他的聲調竟輕柔得彷彿哀求。

「住手吧，戴斯蒙。當作什麼也沒發生過就好。」

「你很清楚不可能。」

「但是哥哥，我們已經贏了，獲得整個世界。再過幾天魔鏡就會大功告成，我們做到了啊，最困難的部分全部結束了。拜託，戴斯蒙，快點清醒啊。」

弟弟確實需要自己。康納的人生不可能眞正走出大火造成的陰影，現在終於有機會終結傷痛。魔鏡能夠救他，最後一個環節，也就是「具現」，便掌握在戴斯蒙手裡。換言之，他就是能拯救弟弟的人。

康納背後那扇門內聚集了一群士兵，全拿著步槍瞄準戴斯蒙與艾芙莉。瞄準器的紅色光點如蠕蟲般游移於兩人身軀。

艾芙莉湊上前，腦袋躲在戴斯蒙後頭。

她的耳語聽來非常緊張：「戴，你在想什麼？」

122

威廉看著尤里在辦公室來回踱步。雖是俄國人但個頭矮小的他，仍要手下先出去，不過並未替威廉鬆綁。

威廉必須爭取時間，他知道拖延尤里是自己脫身和團隊達成任務的唯一機會。空檔越長，戴斯蒙與艾芙莉越有可能離開行政樓、上傳倉庫清單給美國政府，或者珮彤與夏綠蒂找得到解藥情報。如果夠幸運，甚至能拖到陸戰隊前來救援。

認識尤里許多年，威廉印象中的他一直不苟言笑，表情和石雕沒兩樣。大概是因爲他成長在二戰時代的史達林格勒，每一天都彷彿人間地獄。納粹日日夜夜破壞城鎮、屠殺百姓，尤里的雙親和兩個兄弟都死在那裡。

但此時在四樓邊間內，威廉終於看見老友沉鬱卻溫和的神情。他希望能藉此打動尤里。

「尤里，現在停手還來得及。」

「來不及了。你我心知肚明。」

「是你吧？當年的組織清洗？」

隔著辦公桌，尤里回答：「對。」

「尤里，那些不都是朋友嗎？你居然狠得下心趕盡殺絕。」

「你不像我，我見過他們眞面目。你只負責保護他們，並非他們其中一員。你不是科學家，沒看到他們爲了研究不擇手段的模樣，也不知道他們私底下是什麼性格。那是一群偏執偏激、冷血無情的人。很久以前，比你們任何人都更早的時候，我已經意識到魔鏡最後只能有一個版本，其他研究小組勢必得喊停，否則會衍生出新一波大戰，一場科技大戰——魔鏡計畫彼此競爭，消耗資源，大家背地操縱國家政府針鋒相對，結果依舊是撕裂這個世界。我做的一切是爲了拯救人類，所以沒有一絲一毫後悔。」

「即使派人去我家暗殺我，也不後悔？」

尤里別過了臉。

「當初沒殺成，後來爲什麼罷手了？幾年之後不是找到我了嗎——我差點就逮到你、阻止了你。」

說出這番話的同時，威廉也想通了眞相，明白尤里無法下手的主因。他殺死所有認識的人，只有威廉活下來。自己是他最後、眞正的朋友，恐怕尤里是在大清洗即將結束時才頓悟這點。

「我欠你一命。在里約，是你救了我，我不是忘恩負義的人。」

「而你還不是害死我兒子？」

「沒那回事。」

威廉一聽，總算放下心中大石。這麼多年下來，他一直有個推論：兒子還活著，現在終究得到印證。先前在哈薩克找到舊照片時就讓他重燃疑惑，會有那張照片的人不是琳恩就是安德魯，只是他無法確定是誰去過島嶼七號。倘若安德魯還活著，這二十多年間有些什麼遭遇？

他試著猜測：「安德魯被你拘禁？」

「有一段時間。」

「之後呢？」

「成了夥伴。」

威廉搖頭。「不可能。」

「你會以他爲榮的。他抗拒了很久，超乎我們預期，再教育了好幾年。但他最後終究動搖、看明白眞相，與我們一樣理解魔鏡本質是導正扭曲的世界，並且可以修好壞掉的他。我們告訴他，一切只是個簡單的交換，最後一次大瘟疫就能結束所有疾病和其他苦難。新世界的他會有兩條完好的胳膊，如正常人一樣長大。那個世界裡，沒有哪個小孩只能坐在場邊眼巴巴地看著朋友們打球而無法參與，沒有誰出生下來就會有殘缺。」

怒火從威廉心底湧起。「那根本是洗腦！你挑上他只是怕我礙事！」

尤里對老友的憤怒不爲所動。「也是找人繼承我的志業。畢竟我不年輕了。」

威廉雙手被束帶綁著，仍忍不住奮力扭動，因而磨破了腕部，血水滲出，向下滴落。他眞想衝過去撞飛站在自己面前的禽獸，但現在只能忍住這口氣。尤里有他迫切需要的東西──情報。

他在心中整理尤里所做的一切：招募安德魯、戴斯蒙和康納負責魔鏡研究。三個年輕人共通點是身心殘缺，而且認同他的理念，示範了什麼樣的人會被煽動，願意在大義名下行可憎之事。換個角度看，他們就是尤里、威廉和琳恩的寫照，在絕望、破滅的環境長大，來到季蒂昂求取撫平自身和世界傷痛的一帖藥。

不知何時這種輪迴才能夠被打破。

還有個問題梗在他心裡很久，尤里是唯一能回答的人。

「大清洗那夜，有人透露風聲給琳恩，所以我還在回倫敦的飛機上時，她沒等我降落就急急忙忙搭機去法國。是你吧？你叫她逃走的？」

尤里眉毛一挑，似乎有些讚許。「嗯。」

「你對她也下不了手。」

「我需要她幫忙研究。」

「她肯配合？」

「某個程度上。有安德魯做人質當然也派上了用場。」

「她應該不知道你要引發大瘟疫吧？」

尤里的反應在他看來是默認。

威廉繼續追問，希望挖出更多眞相。「修斯也不同意，他發現之後對你有所保留，於是才聯絡到我。」

「小失誤罷了。」

「你低估了他的道德感。修斯和你不一樣。」

「組成團隊也是爲了這個理由。他沒有爲所當爲的強悍，我就不同。無論史達林格勒、清洗組織，或者今時今日。」

「你現在的行爲算什麼爲所當爲的勇氣，尤里。這是大屠殺，是世界性的疫病。」

「這世界早就病了，只是世人遲遲沒發覺。很少有人如我這般親眼見證世界的病態。二戰那時候，你被大人送到郊區吃喝玩樂，根本沒接觸到眞正的恐怖。而我長大的每一天都和死亡、災難擦肩而過，所以我要保障未來的子子孫孫不再有相同遭遇。再過不久，每個人都會加入我們偉大的計畫。」

威廉一聽，極其錯愕：每個人都會加入。「瘟疫——」

「只是手段，不是目的。」

「解藥，解藥是你的工具。所以你才從非洲開始。」

尤里冷笑，頗爲賞識威廉。「沒錯，先讓世人看到病原的威力。從小規模做起，出現在大家會留意卻又無須改變日常生活的地點，沒人會取消航班、不敢出門購物。」他停頓一下。「等那麼可怕的病原來到自家門口前，他們用搶的也要拿到解藥。」

「即使因此失去自由。」

「你說得好像不知道自由本質是什麼似的。」

「解藥的眞正用途除了你，還有誰知道？」

「安德魯。」

我的兒子被這個人改造成了怪物。

「結束了，威廉。解藥由我們還是由政府發放，結果並沒有分別。」

「解藥裡到底是什麼？」

尤里不講話。

「魔鏡元件之一？」

「沒錯。」

123

珮彤望著哥哥走近，當下就察覺他變了一個人。自己認識的安德魯·蕭仁慈善良、以助人爲樂，面前的他卻表情猙獰，像著魔了一樣。*他怎麼了？*

見到這樣的哥哥、曾經的英雄是這副德行，還參與了暴行，她心痛如絞。

安德魯盯著她雙眼，說起話沒什麼情緒：「珮彤，她沒說錯，有很多事情妳不瞭解。我可以解釋——」

「這種事情沒得解釋。」

「不知道動機，別急著評判別人。這是最後一次瘟疫，它能夠消滅世界上所有疾病。很快地，這世界就能享受絕對的安全，相較之下一點點代價算不得什麼。」

安德魯說到一半，發現夏綠蒂也在場，露出很驚訝的神情，語調也變得柔軟。

「妳怎麼會在這裡？」

夏綠蒂吞了吞口水。「珮彤和戴斯蒙去了我在澳洲運作的機構調查。」

安德魯開始憂心。「妳不該來的。」

「你到底做了什麼啊，安德魯？」

「只是做我必須做的事。」

「是你送物資到我那邊去吧？」

他點了頭。

「所以這麼多年，我寫信的對象就是你，而且你也一直回信給我。」夏綠蒂開始哽咽：「我從來沒忘記你，不停地想著你。」

安德魯站著不動，但珮彤看得出來哥哥心裡天人交戰。

「我知道妳很在乎那個救援營，」他說：「希望妳能開心。」

夏綠蒂上前一步。「假如你還是這麼希望，就停止這邊的一切。」

「『魔鏡』——」

「絕對不值得。」

安德魯退後一步，彷彿想閃躲她造成的內心拉扯。「妳們都不明白，」他望向珮彤說：「『魔鏡』是唯一的希望，對任何人都是。」

124

伺服器中心牆壁破洞湧出的濃煙穿過走廊，灌入了辦公室，絲絲縷縷纏繞在戴斯蒙、康納和艾芙莉身旁，彷彿一頭惡魔要將他們的靈魂攫出身體。煙霧隨風四處蔓延，與戴斯蒙和艾芙莉擦身而過，再溜出了破窗之外。

康納張開雙臂，阻止身後士兵上前左右包夾，視線緊緊鎖在兄長身上。是他帶自己脫離貧困和毒品，給了自己信念與希望，但此刻戴斯蒙卻又要奪走一切，好像那些東西任憑他施捨和收回。

「拜託，戴斯蒙，到此爲止。把艾芙莉那個平板給我就好，我保證絕對不傷害她。」

戴斯蒙不講話，康納的語氣變得冷硬：「你明明答應過的，哥哥。你說過要一起走到最後。」

戴斯蒙無聲嘆息。吹來的風不夠強勁，房間和視線已被濃霧掩蔽。過來的路上，他以爲自己已看得清清楚楚，現在卻仍躊躇不前。

達達阿布難民營昭示了季蒂昂造的惡：無數無助的百姓死於非命，遺體還得扔進火堆焚毀，失依的孤兒在缺乏關愛的環境成長——和自己一樣。即便魔鏡是所有問題的萬靈丹，戴斯蒙亦不忍心要全人類陪著付出代價，更不願強迫任何人屈從自己的意志。

他也望進康納眼底。「你是我的弟弟，我當然會幫你。我是認眞的，你相信我嗎？」

康納點了頭。

「好，很好。」

他掉頭悄悄對艾芙莉說：「快走！」

無須再多言，艾芙莉轉身伏低身子、縮小面積以免被鎖定。她倏地朝窗子飛撲而去，背後隨即爆出聲聲槍響。

125

地面生長了茂密灌木，稍微減緩了艾芙莉掉下的衝擊，然而畢竟有十五呎這麼高，著地之後還是非常疼痛。她悶哼著翻滾幾圈，掙扎一陣才緩過氣來。子彈紛紛鑽過樹頂，撕裂她周圍地面，再靠近幾吋就會命中。

她撐起身體後拔腿狂奔。左腿傳來劇痛，但不能停下。艾芙莉啓動麥克風。

「梅杜莎呼叫總部，我們被識破了，請求即刻派出陸援和空援並準備敵後淨空。梅杜莎呼叫B隊、Z隊，能打什麼打什麼！」

幾秒之後，連續爆炸像是地震傳來，港口方向起了大火。艾芙莉逃進一團樹木裡，趴在地上取出衛星電話，連接平板電腦立刻進行上傳，片刻後螢幕顯示：

上傳完畢。

她又啓動北極星應用程式建立VoIP（注），接聽的人是大衛・沃德。

「看到上傳了。」

艾芙莉重重喘息。「接下來呢？」

「交給我們處理，妳先想辦法活著出來。」

子彈打進她背後樹幹與兩旁蕨叢，她翻滾同時從槍套取出武器，一下就打空了彈匣。已看見倒下的士兵只有三個，但後頭少說還有十人。裝入身上最後一個彈匣之後，艾芙莉拖著受傷的腿試圖逃離。

對方漸漸拉近距離，於是她放慢腳步，好整以暇利用風中搖擺的棕櫚樹做爲掩護。窗戶冒出的煙霧下沉到叢林，也上升遮掩了明月，昏暗有利於她撤退，但效果和時間都有限。

又一連串爆炸點亮夜空——遠征打擊群發射的飛彈被季蒂昂島防衛系統擊落。尖端軍武竟在南太平洋默默無聞小島上空交戰，看得令人屏息凝氣。幾次攻防後，美軍取得了上風，飛彈衝破防禦網落地，衝擊撼動地面。

艾芙莉原本寄望優勢火力能嚇阻地方傭兵，不過他們仍勇往直前、一步步逼近。她躲到樹後稍事喘息，知道自己已被圍困，只剩一個辦法。

「梅杜莎呼叫總部，請求對我所在地點周圍進行戰術轟炸。」

指揮中心立刻回應：「總部呼叫梅杜莎，否決。敵人位置太靠近妳——」

「呼叫總部，不動手我一樣會死。」

彈雨立時撕碎四周樹木，木屑削過左側的同時，她縱身撲地，看見一道閃光劃過天際——無人機投彈了。一秒後，飛彈掉在傭兵腳邊，將其盡數殲滅。艾芙莉身子底下的地面隆起，傳來高溫，但她一瞬間又好像被捲進颶風，整個人被拋到樹林外，撞到樹幹以後才停止。這回她沒能再起來，癱軟肢體被焦炭和灰燼掩埋。

126

上頭辦公室內，戴斯蒙衝向朝艾芙莉開槍的人，飛撲之後與康納和一個傭兵撞成人球，不知誰的拳頭往他臉上揮過來，力道大得幾乎將他一次擊暈。隨後戴斯蒙被壓制在地，一群人在他之前就受傷的肋骨上狠踹不休。他痛苦掙扎喘息，卻又被人一膝蓋壓住胸膛，感覺骨頭要散了，無法呼吸。最後只看見步槍槍托降至自己額頭上。

☣

尤里打量威廉。「你帶了些什麼人過來？」

威廉站著沒講話，手還被捆在背後。

「應該不是寶貝女兒吧？否則可就太危險。」尤里又觀察一陣。「但話說回來，你是不怕孤注一擲的性子，尤其到了緊要關頭，更傾向那樣做。」他頓了頓。「應該帶來了吧？人在哪裡？」

注：Voice-over-IP，「基於IP的語音傳輸」或簡稱為「IP電話」、「網際網路電話」等等。

威廉不回答。

「不在這棟樓，」尤里繼續說：「攝影機裡沒看見。」他露出恍然大悟的表情。「但是實驗室那邊爲了避免機密外洩沒裝攝影機。她在那裡，對不對？」

見威廉仍不露口風，尤里從桌上拿起手持無線電。「帕挈柯呼叫李維少校，派人去實驗室，現在就去。保護『昇華』連接端子，順便捉拿珮——」

威廉忽然跳起來衝上去。儘管扭傷的腳踝疼得受不了，但這麼一躍拉近了他與尤里的距離。他的雙手被困在背後，但鐵頭功命中了對方腦門。他一定要阻止尤里，否則珮彤與夏綠蒂沒機會逃走。

尤里向後彈上牆壁，威廉則倒落地面。尤里暈了過去，威廉起身時房門摔開，兩個衛兵衝了進來，手裡舉著突擊步槍開火。威廉除了拚命躲到辦公桌後面，沒有別的辦法。

白宮戰情室內，甫宣誓就職的新任美國總統，看著螢幕上一架架契努克直升機從全國各地空軍基地起飛。無人機影像裡，生物防禦行動指揮後備部隊正按照盧比孔提供的倉庫名單前去搜查，目前爲止每個小隊確實都找到解藥，並立刻開始運輸分配，英國、德國、澳洲、中國、俄國、加拿大傳來消息，也證實已經查獲數十個季蒂昂祕密據點。世界終於度過難關，美國不會滅亡，然而總統憂心著自己深愛的國土家園，在浩劫之後會變成什麼模樣。

第一波轟炸實驗大樓就劇烈晃動，天花板一塊塊朝地面崩落，玻璃櫃咯咯作響，許多瓶罐砸碎在地。

「得趕快出去。」琳恩說。

珮彤搖頭。「沒得到答案之前我不會走。」

夏綠蒂附和：「我也是。」

珮彤轉身望向哥哥。「告訴我，解藥到底是什麼？」

安德魯打量她，卻不講話。

「所以你爲了保密，寧可犧牲我們？」她停頓一下後，改口說：「解釋清楚，我們就走。」

其實珮彤不是眞的這麼打算，只求先查明解藥的機制。

安德魯呑了呑口水之後，淡淡說：「是全新技術，奈米裝置。」

珮彤對奈米醫學瞭解有限，但知道那是個有巨大潛力的領域。已經有醫師嘗試以奈米機器人治療癌症、運送藥物到很難觸及的人體部位、鑒定病原，換句話說，用於對抗病毒或細菌也完全合理。

哥哥接下來所言證實了她的猜想。「奈米機器人會鎖定病毒，使其失去活性，也能針對關鍵部位的組織做小幅度修復，降低死亡率。」安德魯語調忽然刻薄起來：「要是更多的政府願意妥協，死亡率不知能壓到幾分之一。」

珮彤望向他，又問：「還有別的功能吧？」

安德魯不講話。

「這才是重點對不對？疾病是一時的，隨著解藥進入人體的奈米機器人，才是所謂的『魔鏡』。」

他搖搖頭。「只是其中一部分。」

「三者之一……」珮彤彷彿自言自語。

「嗯，解藥是『昇華』。」

「究竟用來做什麼？」

建築物再次因爆炸晃動，力道越來越強勁。這是從海上來的飛彈，美軍展開轟炸了。

琳恩抓住女兒手臂。「珮彤，沒時間了。」

她輕輕甩開母親的手，不肯走也不願走。兩週以來，她經歷的一切就是爲了這一刻，關鍵就在眼前。

而且珮彤理出所有事件的脈絡了：戴斯蒙察覺昇華的眞相後，想要對自己提出警告，只可惜那時候他已經忘記到底要警告什麼——答案就是尤里與康納會試圖綁架珮彤爲人質，因爲珮彤是大瘟疫幕後所有人物的連結點，包括琳恩、威廉、安德魯與戴斯蒙。只要控制她，就能控制這四個人。

「你們想利用『昇華』進行改造對不對？修改人類的生理構造。」

安德魯與琳恩一齊盯著她，眼神裡不知是訝異還是讚賞——她居然在幾秒時間裡就想通。

再開口時，安德魯低頭望向下面工廠。「奈米機器人清除病毒以後，才能再接收指令。它的體積太小，記憶容量有限。」

珮彤暗自讚嘆季蒂昂的技術水準。外界還在研究如何以奈米機器人對宿主植入基因、調整染色體，奈米分子的特性是可以通過血腦障壁，修改腦神經路徑和化學物質平衡。就是戴斯蒙的狀況——想必他使用了昇華生技製造的裝置，也就是奈米機器人，才能夠徹底阻斷記憶。透過奈米技術，季蒂昂對人類的影響力太過深遠，直達細胞層級，需要的只是在處理病毒以後發送下一個指令。但同樣的機制也能夠反過來阻止他們：如果奈米機器人無法接獲下一個指令，季蒂昂的陰謀將不攻自破。

她凝視被灌輸了偏激思想的兄長，不知道是否能說動他面對事實，但無論如何得努力看看。「安德魯，你仔細回想季蒂昂做的一切，他們殺了多少人？由他們控制『昇華』，會有什麼後果？」

安德魯搖頭。「妳不明白——」

「我明白，我都親眼看見了。堆積如山的屍體啊。還有，安德魯，爸爸還活著。」

他十分錯愕地問：「怎麼可能？」

沒料到母親也加入了：「是眞的，安德魯。原本尤里也派人暗殺他，但他活了下來。」

安德魯退後一步，遠離母親和妹妹，緊蹙眉頭，試著釐清這一團亂。

珮彤認爲時機成熟。「安德魯，你能不能關閉遠端遙控？讓『昇華』無法接收指令？」

他沒講話，不過珮彤自認能夠看穿安德魯心思。她覺得自己猜對了，哥哥可以阻止一切。

「拜託，快點動手，只有這個辦法能夠阻止他們。你不關掉，我就不走。」

安德魯目光一閃。「我用拖的也要把妳拖出去。」

建築物又因爆炸搖搖晃晃，天花板灑落粉塵，四人本能地壓低身子。

「那你得連我一起拖走。」夏綠蒂說。

琳恩雖然沒開口，但走到珮彤與夏綠蒂身旁默默支持。

「把我們的話聽進去。」珮彤繼續說：「安德魯，你被他們洗腦了，我們說的才是眞話。拜託，快點。如果你不趕快阻止他們，就算你硬把我帶走，我這輩子也不會原諒你。」

安德魯凝視她，接著是夏綠蒂和母親，最後望向底下的工廠。

「相信我們。」珮彤說：「世界上最關心你的三個人都在這裡，我們都這麼說了，你還有什麼好不信的？」停頓幾秒之後，她再說：「就算會死，我也要阻止季蒂昂，他們害死了對我來說很重要的人，也曾經想暗殺爸爸，還把你從我身邊奪走！安德魯，你不是這樣的人啊！」

「我根本不在乎『魔鏡』到底是什麼。」夏綠蒂幫腔：「也許這世界不完美，但正因爲不完美才值得不是嗎？就和你一樣。」

實驗樓持續受到爆炸衝擊，一次比一次更接近、更強勁。面對廠房的玻璃帷幕朝外粉碎，如雨噴濺，一個大櫃子翻倒，險些壓在夏綠蒂身上。

安德魯立刻跑過去拉開她。「妳沒事吧？」

她點點頭，抓住安德魯肩膀。「拜託，」夏綠蒂將他拉近自己。「拜託你，安德魯。」

安德魯臉上神情就像一堵牆倒塌，剛才的冷硬融化爲懊惱、溫和的神情。珮彤終於找回一起長大、父親不在那幾年始終很照顧自己的哥哥。

他慢慢地點了頭。「好吧。」然後走到放了終端機的高桌子前面。「從這裡可以解除對『昇華』的遠端控制，刪掉『基石』伺服器上的後續計畫。」

安德魯扭下義肢手掌，塞進口袋，取下掛在口袋的小裝置。那也是手掌形狀，不過淺黃色塑料手指遮掩不了裡頭的電線。他將機器手掌套在義肢前端，手指居然動了起來，看得珮彤目瞪口呆，猜測是利用極微小的電流脈衝模擬手臂的神經訊號，控制五指和掌部。這也是她第一次看見哥哥的左手能動，更加懷疑季蒂昂以此爲誘惑，達到箝制安德魯的目的。很難想像這些年來哥哥有什麼遭遇，他回到正常社會的路將會十分漫長。安德魯是典型的斯德哥爾摩症候群受害者——被綁架者在特殊情況下認同並協助起犯人。

一連串爆炸再起，實驗樓搖搖欲墜，電燈忽明忽暗，眾人不知所措。要是這時候停電就完蛋了，而建築倒塌的話，他們不是被壓死就是被活埋。

「你快繼續，」珮彤說：「我到樓上用無線電，叫他們先別打到這裡。」

「我和妳一起，」琳恩說：「要是遇上季蒂昂的人，由我來應付。」

她們望向夏綠蒂。她站到安德魯身旁。「我哪裡也不去。」

127

樓梯間忽明忽暗，珮彤只能辛苦地爬上去，電梯不是壞了就是被封鎖。母親在後面有些跟不上。儘管她的體態一直保持得很好，畢竟也是七十幾歲的老人家了。金屬階梯隨爆炸搖晃，珮彤差點被震倒。琳恩一手抓住欄杆，一手貼著牆壁。「妳先上去吧，我馬上到。」

「不行，我們一起走。」

她伸手摟住纖瘦的母親，兩人一起向上爬，外頭轟隆聲不絕於耳。到達一樓，珮彤只能先停下腳步，因爲門縫滲出了一層煙。她先用手掌試探了門板，溫溫的，接著用衣襬裹住手輕觸門把，但又燙得立刻抽回手。

出不去了。

☣

康納蹲下來，抱起鼻青臉腫、不省人事的戴斯蒙，在懷中微微搖晃。

「哥哥……」他低語。

戴斯蒙昏過去以後，季蒂昂島便遭到空襲。從聲音判斷行政樓可能倒了大半，剩下的地方則等著被火吞噬。火勢順著走廊逼近兩人，傭兵早就跑光。樹倒猢猻散，樓倒亦然。

當年康納還小，對自己如何被火紋身沒有記憶，但疤痕在心中留下無法磨滅的陰影。他很怕火，連有壁爐的餐廳或住家都不願踏進。朝兩人蔓延的烈火嚇得他動彈不得，只能愣愣地看著這棟樓一秒一秒地消失在火海裡。

又只有他和哥哥，以及止不住的大火了。簡直和兩人人生的開頭一模一樣。三十三年前是康納面對火勢無能爲力，而戴斯蒙沒能救他，現在拋下這個哥哥離去，也算是因果報應。話雖如此，康納對這種想法感到羞愧不已，一直以來，戴斯蒙所有努力就只是爲了引導他走出人格黑暗面，只可惜本性難移。

火越來越近，康納的身體不由自主地顫抖，彷彿裸體走在極地之中。然而震懾他的不是寒冷，而是發自骨髓的恐懼。

他聽見腳步聲自背後傳來，但是沒轉頭。尤里蹲在他們面前，臉上有血跡，一隻眼腫得睜不開來。

尤里觀察他們一陣，以爲康納受了傷，發現對方安然無恙時，露出疑惑神情開口說話。他的聲音很沙啞，或許吸進太多煙。「怎麼了？」

「我沒辦法。」康納氣若游絲。

尤里瞥了周圍火光一眼，似乎明白他的意思。「不行也得行，康納。每個人都得面對自己的心魔，今天輪到了你。你想要畏畏縮縮地被徹底擊潰嗎？不想的話，現在就是你的機會，讓我看看眞正的你是什麼模樣。」

128

樓梯間內瀰漫陣陣濃煙與緊急照明光線。珮彤脫下衣服，包括外層防彈衣和克維拉纖維透氣衣。只剩下胸罩與卡其褲之後，她跪了下來，用膝蓋壓住衣物，從腰帶拔出小刀，裁下短袖上衣的兩截。她取其一包裹自己口鼻，另一截遞給母親。琳恩也跟著做好防護。

珮彤趕快再穿好衣服，防彈衣包在左手做為隔熱，最後確認無線電還在身上。

她蹲著背對母親。「上來。」

「寶貝……」

「媽，快點！沒時間吵了！」

琳恩嘆息後湊了過去，喃喃自語時英國腔似乎重了些：「妳講話還眞不客氣呢。」

母親勾住她的頸子之後，珮彤奮力起身，靠防彈衣手套終於扭開門把，衝進走廊。門的另一邊煙霧更厚重，所幸燒起來的主要是牆壁內的中間柱以及辦公室裡的桌椅。她轉彎之後找到大廳，木製的接待櫃檯已成了一團篝火。清風從外頭吹進來源源不絕的氧氣助燃，一波波熱浪朝珮彤拍來，但只要穿過櫃檯和玻璃碎裂的窗戶就是夜空下了，她覺得自己辦得到。

珮彤繼續前進，一腳又一腳踏出去，卻發現肺部好像跟著起火，頭昏腦脹，這下子又更佩服戴斯蒙。幾天前在島嶼七號上，他將父親救出失火的大樓，現在輪到自己才明白，這件事有多麼壓榨體能與意志。

跨過正門門檻時，她的腿幾乎要軟了下去，感覺整個身體向前撲倒卻沒有撞到地面，原來是母親抱住了她，拖離火場。

珮彤隔著淚水，看見帶著斑白的深色髮絲垂在眼前，像一片簾幕覆蓋在臉上卻又抽走，原來是母親低頭望著自己。琳恩也淚眼汪汪，連忙解開女兒遮掩口鼻的布條，將她的頭轉向一邊之後，耳朵貼了過去，確認女兒還有呼吸，欣喜地低呼一聲，再將珮彤拉到自己大腿上。「沒事了，孩子。」

佩彤的注意力慢慢恢復，聽見遠處有自動兵器開火聲。陸戰隊開始搶灘登陸了。槍炮轟隆聲不斷，此外還能看見飛彈穿越夜空，有些在天上爆炸，多數命中目標後夷平樹木、吹飛傭兵，掀起火焰與濃煙。整座島彷彿就要爆炸。

珮彤顫抖的手摸到鎖骨處，啓動無線電，聲音粗嗄：「阿緹蜜絲呼叫總部，請求對我所在位置停火，建築物內有友軍。請確認。」

「總部呼叫阿緹蜜絲，收到請求，停止對妳所在位置進行空襲。」但才一秒後，指揮中心立刻再啓動頻道：「總部呼叫阿緹蜜絲，敵軍接近妳所在位置，估計十二人全副武裝。增援距離兩公里，建議尋找掩護或撤退。」

129

珮彤的眼角看見季蒂昂傭兵緩緩接近。琳恩小心地將女兒頭部放平以後，自己站起身，抬頭挺胸面對士兵的樣子，儼然是個英勇驕傲的母親，犧牲性命也要保護孩子。珮彤想站起來陪她，但是眞的沒力氣，吸進的每一口氣在胸口發燙。

發現是琳恩以後，那群傭兵停下了腳步。

濃煙覆蓋夜空，年近八十的老婦開口卻中氣十足：「少校，裡面還有我們的人，都是當前任務的關鍵，快進去救他們出來。」

對方遲疑一下了後，往鎖骨伸手按了一下。「李維上校呼叫帕挈柯博士。」

他停在原地聽通訊。

珮彤心裡詫異不已：尤里・帕挈柯在島上！這個人從自己生命中奪走了太多，聽傭兵隊長再次說出那名字時，一股怨恨在她心中油然而生。

「帕挈柯博士？」

琳恩朝他走近。「少校，快點派人進去，遲了後果不堪設想。」

李維招手要四個士兵準備進去，琳恩見狀對他們說：「在地下四樓，一男一女，應該會在同一個位置。」

少校對琳恩蹙眉。「我最後接到的命令是保護『昇華』的控制系統。」

「少校，狀況不同了，你要有所因應。」

「帕掣柯博士——」

「他不在場怎麼負責，我人就在這裡。叫港口和其他地方的人趕快投降。」

李維一臉錯愕。「妳說什麼？」

「你聽到命令了。雙方武力不對等，打下去也沒有勝算，現在談判還有退路。你別擔心，我們針對這種突發狀況早有準備。」

少校緩緩點頭，啓動無線電指示所有人投降。

珮彤坐起身來，心想從小到大總以爲母親溫和柔弱，沒想到她竟有如此截然不同的一面，她心裡不禁充滿感佩。成功了！

接著她自己也趕緊通訊：「阿緹蜜絲呼叫總部，請注意敵軍已接獲撤退指令。」

遠處槍炮聲漸漸停歇，幾秒鐘之後，也不再有飛彈自海上射來。

茂密叢林一瞬間陷入死寂，只剩僥倖仍矗立的棕櫚迎風搖曳，以及背後大火啪嚓作響聲。許多建築物持續崩塌。

珮彤緩過了氣。「總部呼叫阿緹蜜絲，確認已停火，開始進行搜救，派遣第一波直升機，預計三十分鐘到達。」

「收到。」

「地面部隊朝妳所在位置移動中。」

「收到，謝謝。」

珮彤注視背後的實驗樓，安德魯還困在火場之中。許多年來，她以爲哥哥死在火裡，不知做了多少次惡夢，夢見自己目睹他被燒死卻無能爲力。如今夢境卻成眞了，整棟樓坍塌了下來。她沒勇氣繼續看，於是又躺了下去。即便很想衝進去，但已經無能爲力。

她打開無線電：「爸？戴斯蒙？艾芙莉？」連暗號都忘記用，反正無所謂，此刻只想聽見他們聲音，然而完全沒有回應。試了第二次、第三次都一樣。珮彤閉上眼睛，向上蒼不停祈求。僅僅四天，戴斯蒙、父親、哥哥三個人一下子全都回到她的生命裡。倘若又一次全部失去，她很清楚自己將永遠無法走出這麼巨大的傷痛。

130

距離傭兵進入實驗樓救人已過了十分鐘。珮彤尚未完全恢復，但呼吸順暢一些了便趕緊站起來。她望向火焰，想看看有沒有任何出來的人影，臉頰和身子都被烤熱也不在意。每幾秒鐘就颳一陣風，火舌被吹得縮了頭卻又探出來。

無線電傳來沙啞嗓音：「Z隊隊長呼叫阿緹蜜絲，找到生存者，需要醫療，位置是行政樓。」

李維少校指揮傭兵撤退、投降到了完結階段，他大呼小叫到一半，珮彤便打斷他：「能派一個人帶我去行政樓嗎？」

少校瞥了琳恩一眼，琳恩點點頭，於是他叫來一個部下與珮彤一起沿著石子路前進。她盡可能快走，儘管胸口還很痛，卻因重燃希望而得以支撐下去。

行政樓也成了廢墟，頂端兩層樓塌陷，餘燼的悶橘色光芒與一條條黑煙遮蔽了夜幕。Z隊六個穿著迷彩的特種部隊成員，正用步槍槍管四處翻弄焦黑瓦礫，加以搜查。

前面一個海報部隊士兵招手要珮彤趕快過去。她吞了吞口水，擔心自己會看見什麼，反覆默念方才對方的報告：找到生存者。所以無論如何應該是存活的，但狀況如何？又是誰？

她知道自己希望見到誰。當下珮彤誠實面對了內心：她好想見到戴斯蒙。此時此刻最大的願望，就是與他一起離開這座島。在拳師號的食堂裡，戴斯蒙說了心裡話，珮彤卻還沒有。她早就意識到這個錯誤，如果他有個萬一，她絕對會抱憾終生。

大概二十呎外海豹隊員前方，有個炸出來的坑洞，中央近乎光滑平整，外緣排了一圈屍體。珮彤在世界各地疫情前線看過病原肆虐的景象，但與此情此景依舊難以相提並論。他們死無全屍、死不瞑目，眼睛彷彿還望著她、望著樹林，斷肢四散無人聞問，血水涓流般向著坑洞集中而去，乍看如同褐色怪物背上布滿的筋脈。她爬進洞內，地面處處冒出蒸汽，好似亡魂騰空，飄向天際那輪明月。

海豹隊員告知珮彤自己有醫護身分，找到人以後做了初步止血，但判斷傷者需要盡快進行輸液。總部派出的醫療隊準備了血袋，可是時間很緊迫。拳師號上有手術室，不過傷者要將近一小時後才能抵達手術臺。

他讓開位置以後，珮彤忍不住屏息。

倒在地上的人是艾芙莉，蒼白臉頰和一頭金髮都沾滿了塵土，呼吸很淺促。珮彤跪在她身旁查看，發現她腹部有條七公分多的裂傷。醫官的技術很好，傷口已貼合緊密，不過艾芙莉全身上下還插了許多木屑，口裡喃喃說著什麼無法聽懂。醫護兵替她打了止痛劑，現階段珮彤也無法多做什麼處置。治療戰場傷患，海軍醫官接受的訓練想必優於珮彤，她能幫上忙的只有一點陪伴，所以靜靜坐在旁邊等著。艾芙莉微微睜開眼睛，又低語一陣，珮彤握住她的手說：「放心，艾芙莉，醫療隊在路上，醫生都準備好了，就等妳過去。」

艾芙莉嘴角上揚。「居然是妳照顧我？」

珮彤也微笑。「對，就是我。妳見識過我照顧自己人的牛脾氣了。」

「讓妳這麼難搞的人照顧，我應該死不成了。」

珮彤笑出聲，聽起來很緊張，又像是什麼東西洩了氣，釋放了壓力。她反唇相譏：「妳還有臉說別人難搞。」但隨即正色問：「找到了嗎？」

艾芙莉點頭。「我們這邊成功。」

聽見我們兩個字，珮彤又多了點希望。

艾芙莉臉上笑意褪去。「妳們在實驗室查到什麼？」

珮彤斟酌該如何回答：「沒什麼大麻煩。」

搜索行政樓的一個士兵大叫：「這邊還有一個！」

她本能地回頭確認是誰的叫聲，心裡迫不及待，可是注意力又趕快回到艾芙莉身上。反而是艾芙莉主動鬆開她的手。「去吧，同樣是自己人，也需要妳。」

「那拳師號上見了，艾芙莉。」

珮彤蹣跚地走過遭到轟炸的戰場，繞過個個遺體，進入已成廢墟的大樓。爬上布滿瓦礫的階梯時，士兵們還在挖掘，底下漸漸浮現一個人。他的四肢動也不動，露出的軀幹胸腔凹陷，當然也沒了呼吸。

眼中映入父親面孔的瞬間，珮彤閉上眼睛卻止不住熱淚不停滾落。她跪坐在覆滿灰燼的地板，同時找到燒掉一半的相框。裡面相片是個個頭不高的白髮男人，神情特別冰冷空洞，吻合戴斯蒙與父親描述的尤里·帕犁柯——肯定就是他了。想必這是尤里的辦公室，是他殺了我父親。

珮彤一輩子爲了失去父親而感嘆不幸、怨恨命運。此刻起那份怒火有了可以針對的名字：尤里．帕挈柯。是這個人奪走父親，他必須付出代價。尤里想要改造世界，也確確實實改變了她的世界。

阻止他的任務就由自己繼承。她對著火場廢墟內父親的遺體，在心中立下了重誓。

夜空下再度傳來士兵叫聲：「這裡也有！」

131

艾略特讓妻子枕在自己大腿上休息。休旅車還停在瑪麗埃塔街旁邊的小巷子，車廂內有幾個小暖爐，加上人很多，所以並不冷。萊安、小珊、亞當都在，還有十多個鄰居及其親友。有個媽媽讀起《夏綠蒂的網》給小朋友們聽，四個孩子圍在桌子邊一直探頭要看圖片。兩個青春期年輕人各自佔據沙發一側，始終塞著耳機拿平板玩遊戲。另外三對成年夫妻吃著蛋白質棒配瓶裝水補充體力，嘗試在手持無線電上搜尋調幅廣播有沒有訊號。

咳嗽聲此起彼落，沒停下來過。X1曼德拉病毒早已滲透這群人，只是病情輕重差異。他們倒下是時間問題，艾略特擔心蘿絲將是第一個撐不下去的人。

無線電發出一連串嗶嗶聲——表示有緊急通訊。一個鄰居調整頻道轉盤、降低雜訊，嗶嗶聲越來越清晰，所有目光集中過來，連兩個青少年都拔掉耳機、坐直身子。

是個男人講話，語調嚴肅死板像是唸稿。

「親愛的美國同胞，無論此刻你身在何處，請暫時放下手邊工作，注意這段訊息，內容可以挽救各位及親朋好友的性命。我是詹姆士·馬歇爾，多數人對我的印象可能還停在白宮發言人。不過，兩天前我已宣誓接任美國總統一職，現在對大家講話是因爲我們正面對美國有史以來最重大的危機。首先讓我報告好消息：肆虐我國及全世界友邦的X1曼德拉瘟疫已經來到終點，美國與全球學界合作後，研發出有效的抗病毒藥物，尚未感染的人也可做為疫苗接種。」

車廂內立刻爆出歡呼聲，有幾個人瞪大眼睛、不可置信，艾略特則是立刻起了疑心。

「然而今天最重要的訊息則是，政府已經開始在全國各地供應解藥。你們聽見這段談話的同時，生物防禦行動各單位正在管制區內建立治療站，請大家盡快前往接受治療。我在此強烈呼籲：請民眾保持冷靜、遵守規定，若有暴力或擾亂秩序行為者，順位將會被移到最後，我們對於暴動滋事、任意插隊及妨礙他人接受治療者，採取零容忍政策。

「接下來交給各地主管機關報告距離各位最近的治療站，然後本訊息會重複播放。

「祝各位與家人平安健康。天佑美國。」

車子裡大家叫了起來、七嘴八舌地說話，還好一個鄰居拿著空豆子罐頭敲了吧檯，就像法官的木槌喝令所有人肅靜。廣播開始報告亞特蘭大區內的治療站地點，聽見奧林匹克百年公園時，他們立刻就換衣服準備過去。

片刻後，萊安到了艾略特身旁問：「你怎麼看？」

艾略特沒說出眞實想法：問題很大。既然是新病原，治療藥物不可能說研發就研發，一週時間絕對不夠，更別提生產出幾千萬以上的劑量，還配送到全國各地。

只是妻子命在旦夕，很可能幾小時內就會斷氣。情況還能更糟嗎？

「先趕快過去吧。」他這麼回答。

艾略特抱起蘿絲，搖搖晃晃地走出休旅車。午後外頭很寒涼，萊安搬出輪椅攤開，讓他安頓蘿絲。莎曼珊抱著亞當跟過來，小男孩的體溫越來越高。萊安接過兒子，緊緊跟在父親身後。

他們出了小巷，沿著瑪麗埃塔街行走，寒風無情地打在艾略特臉上。越來越多人從樓房和附近街道湧出，過了不久後便彷彿身處聖誕遊行之中，所有人朝向百年公園集中而去。那裡的金屬圍欄已隔出走道，連接不同帳篷，除了維持秩序的士兵，還有穿著防彈背心的人指揮，衣服上標示著FEMA（聯邦緊急事務管理署）。

艾略特到了FEMA人員面前，她看蘿絲一眼之後就說：「去一號線！」並遞上紅色卡片。旁邊士兵揮手指示防線，他發現現場共有五條線讓民眾排隊，判斷依據是需求程度，一號線當然是病況危急的患者，也是唯一有在動的隊伍。艾略特回頭望向抱著孫子的萊安，他點頭示意父母先走。

又一名FEMA人員指示一號線的人進入隔間，裡頭的醫護拿著噴射注射器，身邊有許多小瓶子和銀色橢圓形二氧化碳氣缸。

艾略特偷看藥瓶與注射器上有沒有標籤，結果找不到。他心想或許永遠無法得知這個救命藥、打進自己和妻子體內的東西究竟是什麼，怎麼會在如此巧合的時機問世。他同時也莫名所以地想起了珮彤，衷心希望她平安無事。

走出隔間，另一個FEMA人員指揮他們離開公園。

有人開口詢問：「接下來怎麼辦？」

「保暖、補充水分就好。請趕快移動，騰出空間給後面的民眾。」

回到休旅車，艾略特又和蘿絲躺在床上休息。與幾個小時前不同的是，心中懷有希望，於是兩天下來，他頭一次放鬆地入睡。

132

目睹父親遺體之後，珮彤其實還有點心神恍惚，不過她仍穿過大樓廢墟，前往士兵找到另一人的位置。

看見褐色鬈髮時她愣住了。戴斯蒙不就是戴著那頂假髮進來的嗎？假髮已燒掉一半，上頭沾了血。魁梧的海豹隊員搬開壓在上面的木頭柱子。那人一動不動地癱軟在地，左臂折斷、雙腿燒得很慘，怎麼看都無力回天。

珮彤顫抖的雙手緊緊交握，加快腳步前進。

在那兒搜救的季蒂昂保安人員見到她，讓出一條路。

過去以後，她大大呼出一口氣——不是戴斯蒙。

靠近觀察才發現既不是海豹部隊也不是隨行的遠征打擊群成員。「不是我們的人。」

她又落淚了，這次是喜極而泣。

她走出大樓，回到艾芙莉身旁，繼續握住她的手，一起等候直升機。艾芙莉時昏時醒，珮彤只能不斷為她測量脈搏。

一個季蒂昂保安似是有點為難地走過來。「搜查結束了，」他開口：「但是……沒發現不屬於季蒂昂的人。」

珮彤點點頭。「知道了，謝謝。」對方解開無線電和耳機遞上。「妳母親想聯絡妳。」

她掛上耳機就聽見母親連珠炮般對士兵發令。

「媽？」

「珮彤，妳哥哥和夏綠蒂被救出來了。」

「他們——」

「狀況穩定，但需要醫療。」

「應該能——」

「別擔心，我看應該可以，只是得快點。」

「我盡快帶醫療直升機過去。」

直升機降落後先接走艾芙莉，珮彤幫忙抬她上擔架進入機艙，接著自己也鑽進裡面，指揮駕駛前往實驗樓。

第二次降落，珮彤直奔哥哥身旁。他的義肢燒得特別嚴重，應該被他當作盾牌了。義肢可以換，但原先完好的那條手臂目前亦固定在他的軀幹邊，額頭上還有道大傷口。夏綠蒂上胸包著繃帶，兩個人皆陷入昏迷。

珮彤讓路給士兵運送兩人進機艙。她已經失去父親，再失去哥哥就太可怕了。

醫療直升機起飛，琳恩也準備動身。「珮彤，來吧，我們得先做準備，這攸關妳哥哥的性命。」

133

米倫坐在小床上打開口糧時，實驗室的門忽然開啓。

他立刻起身要保護兩個孩子，看見是菲爾進來才鬆了口氣。

「沒事了，米倫。」

「我們——」

「有解藥。來吧，到樓上去，還有得忙。」

講堂又擠滿了人，他也捲起袖子接種疫苗。現場簡直成了電子交易尚未問世時的紐約證券交易所，大家對來路不明的解藥拋出各種疑問，但沒有人能夠回答。

打過疫苗的他，回到緊急行動指揮部閱讀全新的工作流程表，是菲爾·史蒂文手寫的，字跡很潦草，有幾段要看兩遍才能懂。讀完以後，米倫戴上耳機。

「生物防禦行動呼叫百年公園治療站，請報告最新的解藥與民眾數量。」

☣

輪班快結束的時候，有人通知內線電話找他。

電話另一端傳來米倫以爲此生不會再聽見的聲音——艾利姆．基貝醫師。

對方的語調嚴肅：「米倫，有新消息。」

聽完以後，米倫直截了當地說：「我會盡快趕到。」

☣

在菲爾辦公室外等他講完電話以後，米倫才走進去。

疾管中心的前輩盯著筆電沒抬頭就問：「什麼事，米倫？」

「有急事請你幫忙，很大一件事。」

☣

聯絡了誰、交換了什麼條件，米倫並不清楚，但才過幾小時，菲爾就告訴他已經安排妥當。

回到四級防護實驗室，哈莉瑪與小天都在看電視。「你們可以收拾行李了。」

哈莉瑪眉毛一揚，神情有點驚恐。

「是準備回家。」

兩個孩子跑上前，米倫給了他們大大的擁抱。

「我還以爲……」哈莉瑪哽咽起來。

「一開始不就說好會送你們回家嗎？我說話算話的。」

☣

三人先飛到華盛頓特區，再轉往德國拉姆施泰因空軍基地。飛機上很多人，但都不怎麼說話，米倫很好奇他們是什麼身分。口風很緊的探員在拉姆施泰因下機，換基地內官兵及蘭茨圖爾醫學中心的人上來，之後連夜趕到土耳其因斯里克空軍基地。米倫從那裡帶著兩個孩子改搭較小的飛機，終於回到肯塔雅機場。

艾利姆和妲米莉亞來接機，還給孩子們帶了禮物：小男孩的是足球，女孩的是馬賽民族風珠鍊。他們樂壞了——不僅僅因爲禮物，也因爲沒想到這段時間裡，艾利姆和妲米莉亞還很惦記他們。

旁觀的米倫下意識察覺他們打算收養這兩個孩子。他相信四個人雖因慘劇相遇，卻一定能組成和樂家庭，以喜劇收場。

到了醫院，米倫隨艾利姆穿過長廊。此處人滿爲患、鬧哄哄的，但亂中有序，一切在艾利姆掌控中。他很厲害，記得住每個人的名字和職務。或許是因爲艾利姆以醫療爲終生志業，所以充滿熱情吧，還記得在曼德拉復健那幾天，他感慨舊醫院垮了所以垂頭喪氣，現在卻已精神奕奕、幹勁十足。乍看很矛盾，可是險些奪走他性命的瘟疫，同時也成爲了他的目標和動力。米倫不禁覺得造化弄人，所幸在這位肯亞醫師身上是漸入佳境的命運。

艾利姆放慢腳步，停在漢娜的病房前面。她草莓金色的秀髮披灑在枕頭上，旁邊的機器都關掉了。

米倫踏進房裡時，聽見艾利姆已經從身後離去，繼續指揮院內事務。

他伸手替漢娜拉高被子，免得她著涼，自己坐在靠窗的位置，幾分鐘後就累得睡著了。

聽見被子刮擦聲，他立刻醒過來，泛紅的眼睛望向病床。

「米倫？」漢娜剛起身，見到是他，一臉瞠目結舌。

「嗨。」

「呃，嗨，你怎麼會在這裡？」

「剛好路過。」

「老實說。」

「就，我跟上級通報說有人被留在一開始的地方。」

他的答案似乎澆熄了漢娜的情緒。「喔……」

「更何況，我們不是還有一本書要聽完嗎？」

她揚起眉毛。

「我很認真執行ＴＢＲ（To-Be-Read，待讀清單）的。」

漢娜笑著說：「你哪來的ＴＢＲ？」

「也對，只有待聽清單，所以應該是ＴＢＬＴ（To-Be-Listening-To）……」他假裝若有所思。「這縮寫感覺怪怪的。」

「對，很彆扭。」

「隨便囉。」他拿出手機，開啓有聲書軟體。「要聽嗎？」

「好啊。」漢娜縮到一旁騰出空間。「像上次一樣吧。」

米倫又躺在漢娜旁邊，一人一隻耳機，然後他伸手摟著她。上回一起聽有聲書時，瘟疫只是世界一角的星星之火，僅僅相距幾星期卻恍如隔世，短短數週內他成長了許多，經歷大風大浪、承擔更重的責任，也體會到對自己最重要的究竟是什麼。這次他不再讓她離開自己視線，一秒都不行。

「話說，」他故作得意。「世界上第一個X1曼德拉病毒的生還者，其實是我照顧的。」

漢娜轉頭。「這樣啊？」

「當然，人家康復得可好了，不然他怎麼來替妳看病呢。」

「喔——」漢娜知道米倫話中有話。

「妳想要的話，也可以享受同樣的醫療服務。」

「眞的？」

「是啊。」他忽然正經地說：「看妳覺得囉？要我留下來陪妳嗎？」

「那當然。」

134

琳恩與珮彤母女走到行政樓遺跡時，旭日已經初升，朝陽照耀著大地。季蒂昂自己的搜索隊將殉職夥伴裝進屍袋排成一列，僅露出面部提供辨識。

她們沿著那隊伍前進，一袋一袋察看，快到最後才找到父親，有人爲他闔上了眼。

琳恩跪下來稍微拉開拉鍊，輕撫丈夫的面頰。珮彤記不得上回見母親落淚是何時，但她就在這片熱帶叢林、隔著樹頂射下的晨曦中啜泣起來，做女兒的赫然明白原來母親心裡始終存著一線希望，期待能與父親團圓。他是琳恩一生摯愛，人沒死在自己面前，就不可能眞正放下。

而珮彤也察覺戴斯蒙就是她唯一眞正愛過的人，知道這麼多年下來，她一直等著戴斯蒙回到自己身邊，所以遲遲沒能與別人進一步發展。母親也是，即使父親不在身旁，她也從未與別人往來。

琳恩撫著威廉臉龐，開口說：「很久以前，我們就在倫敦買好了墓地，就把他葬在那裡吧。希望妳、妳姊姊和哥哥都能在場。」

珮彤點點頭，很贊同母親的決定。雖然父母相知相惜之處是在米格魯號上，但到了倫敦才眞正成立了一個家。父親也在那裡被收養、成長爲她認識的模樣。

琳恩拉上屍袋拉鍊，打起精神，轉身面對珮彤。「這次的危機很快就要收尾，之後恐懼會被憤怒取而代之，社會不再聚焦於生存，而是需要一個責怪的對象、一個能處死的罪犯。」

她立刻懂了母親的意思：安德魯的處境十分危險。珮彤自己心中也很衝突，儘管害死千萬人的病原確實是哥哥製造的，但那是他被洗腦的結果。

「我猜得到妳在想什麼。」母親繼續說：「妳首先要明白，尤里・帕挈柯是在德軍暴行下的史達林格勒長大，一個小孩在浩劫、動蕩的環境裡，不靠計謀與手段操弄別人，只能等死。所以他很清楚只要是人就有極限，有可以撬開的破綻。」

「安德魯的破綻是？」

「尤里以妳的性命安危威脅他。」

珮彤嘆氣。「那妳呢？」

「安德魯、妳、麥迪遜。」琳恩稍微停頓。「如果將安德魯交出去，就只有接受審判和死刑，幸運一點也會被終生監禁。我不敢說他無辜，但又不覺得應該全怪他。等他想通自己犯的錯，心上的重擔會比任何體制內的刑罰還煎熬。現在他需要的是尋回自我，學習重新去愛、去生活。」

夏綠蒂。珮彤立刻知道答案。琳恩解釋自己的計畫，接著凝視女兒，等待答覆。

珮彤點點頭。「好，交給我。」

兩人起身走遠時，琳恩又壓低聲音換了個話題：「還有件事情。一個月前，米格魯號被人找到，詳情我並不清楚，只能推測位置一直保留在季蒂昂的最高機密檔案裡。或許是戴斯蒙挖出來告訴艾芙莉，又或者是艾芙莉自己查到的。」

「那妳怎麼會知道？」

「盧比孔派美國海岸防衛隊的破冰船希利號過去，結果被康納擊沉。我沒查出來地點，所以得靠妳從艾芙莉那裡套話。」

「為什麼？」

「船上有很重要的東西。」

「是什麼？」

「這個到時候再說吧，珮彤。」

母女靜靜地走了一段路。珮彤的思緒很亂，但就像羅盤轉來轉去，總得指向北方，她的心思最後也總回到戴斯蒙身上。無論多害怕答案，她還是得問。

「戴斯蒙應該不在這裡了吧？」

「剛才說過，尤里深諳存活之道，敢踏上這座島想必早有脫身的把握，也不可能不帶走戴斯蒙和康納。畢竟他需要的『具現』和『基石』還在那兩人手上。」

「他會對戴斯蒙怎麼樣？」

「幫他恢復記憶。」

珮彤一聽嚇壞了。「我得去找他。」

琳恩轉身。「這很複雜。」

「對我來說不重要。妳不是想知道米格魯的座標嗎？那我想找回戴斯蒙。我幫妳，妳也得幫我，順便把來龍去脈解釋得一清二楚。」

母親苦笑。「還真是我養大的女兒。」

135

戴斯蒙醒來時，康納就坐在對面的床鋪上。他立刻察覺自己身在船隻上，而且猜得到又是潛水艇。

康納抬頭看他，但沒有講話。

戴斯蒙看見自己的手毛腿毛都有些烤焦，小部分皮膚灼傷，但大致無礙，於是盯著弟弟。

「是你救我的？」

「我做了你做不到的事。」

「康納，我試過，那時候我才五歲。」

「我才出生三個月。」

戴斯蒙沒再回話，不想繼續激怒對方。

「現在要去哪裡？」

康納冷笑，臉上的疤痕扭曲。「把該做的事情做完，而且你得幫我們。」他起身走到艙門前。「先休息吧。之後有得你累了。」

尤里站在外頭等他。

「別擔心，攻破他的心防只是時間問題。十三年前，他矯正你的生活模式也是靠我幫忙，你走歪了，現在他也一樣。這次，我也會幫你矯正他，然後我們三個人一起完成『魔鏡』。」

136

珮彤坐在小病房內，艾芙莉清醒過來。

她起身走到床邊。「嗨。」

「嗨。」

兩個女人第一次拋開檯面下的劍拔弩張，好好互動，珮彤依舊覺得該改善彼此關係。「嗯，我知道之前我們總是……不對盤。」

「妳輕描淡寫的功夫眞令人佩服。」

珮彤笑著說：「多謝了。」她坐在床緣。「我的意思是，我們重新再來一遍吧。」

艾芙莉點點頭，沒講話。

「妳的狀況還好嗎？」

她瞥了瞥天花板，張開嘴巴卻又瞬間將話吞回去。珮彤猜得到她原本沒好話，不過艾芙莉似乎也眞的打算收斂些。她沒看珮彤，咕噥似地說：「還好。」過了幾秒才轉頭與珮彤四目相交。

「戴斯蒙呢？」

「全島搜了一遍，沒找到。」

「肯定找不到。」艾芙莉淡淡地說。

「推測是尤里和康納挾持他逃走了。」

「然後妳想追過去。」

「嗯。我母親對季蒂昂和尤里的掌握比其他人都多，她會提供情報。我也希望妳能幫忙。不對，應該說我——」

「想合作？」

「世界上應該沒有人會比我們兩個更努力找他。」

「這倒沒說錯。」

「那妳認爲呢？」

「好吧，醫生，算我一份。」

她笑著說：「叫我珮彤就好。另外有件事，得請妳幫我問問。」

「是什麼？」

「挺重要的，我們想知道米格魯號船骸的座標。」

☣

十分鐘後，珮彤走進母親的特艙。

琳恩本來盯著筆電，立刻抬頭望向女兒。「問出來了嗎？」

珮彤將紙條放在桌上。琳恩看了上頭手寫的座標，眼神好像找到失傳已久、以爲不在人間的上古遺物。

「妳找了很久吧？」

「是呀。」

「為什麼沒放棄？」

母親嘆口氣。珮彤看慣了，知道她又想迴避話題。

「媽……」

琳恩還是沉默不語。

「不是說好了嗎？」

「嗯，好吧。既然妳這麼想知道，那麼不如親眼一見。」

Day 20

總計死亡人數：

3100 萬人

137

美國海岸防衛隊破冰船甲板上，珮彤站著吸入一口冰涼的晨風，她聽見背後響起腳步聲，轉頭看見母親走了過來。

「時候到了。」

幾分鐘以後，她們就與兩名研究助理搭乘小型潛水艇，向著北冰洋海床漂流而去。四人換好防護裝，靠接在米格魯號船骸以後，進入其內。裡面又暗又凍，像個墓穴，珮彤全身冒出雞皮疙瘩。然而這條沉船見證了家族歷史：父母相遇相愛，照父親說法，哥哥在船上就受孕了。LED頭燈光束劃過黑暗，一條一條揭露出船艙隱藏的祕密。散落各處的遺體結成凍，還有人死在床上、蓋著被子，書本就在枕頭邊。

到了實驗室，有些屍體看得出是新來的，想必是找到米格魯號的盧比孔組織探員。死因是飢餓，康納為保護季蒂昂的祕密擊沉希利號以後，他們無處逃生。珮彤很好奇究竟是什麼東西值得以這些勇敢靈魂做為陪葬品。

牆壁上有一列列櫃門，使珮彤聯想到太平間，不過實驗室這些櫃子有小窺孔能打開蓋子。她母親走到牆壁另一邊的保險櫃，轉了轉盤開啓，取出一串鑰匙，之後轉身面對兩個助理，他們帶了很多氣密容器過來。

「樣本裝進去以後要立刻封好。」

兩人點頭，琳恩走到最靠近的櫃子打開、拉出抽屜。裡面是骨頭，看來像人類，不過仔細觀察會發現顱骨和骨盆的形狀不對。

琳恩小心地捧起顱骨，放進容器，吩咐兩個助理：「動作快。」

清空第一個抽屜，琳恩關好之後又用鑰匙開了第二個。

更多骨頭。同樣是人形，但不是智人，而是被世界遺忘的史前遠祖。

研究助理團隊來來回回許多次，容器裝滿就送回在海面待機的破冰船上，然後帶著更多空容器回來。珮彤看得目瞪口呆，實驗室第一個房間藏了五種不同人骨樣本，其他房間取出的動物包括一種大型貓科、一種海豹、一種海豚以及很多她不確定的物種。

珮彤啓動對講機：「媽，這是什麼啊？」

「收拾完再聊。現在我先專心保存樣本。」

等最後一個房間也清空了，琳恩要助理先回潛水艇待命，招手示意珮彤跟過去。兩人穿過幽暗走廊，找到幾間堆滿東西的辦公室。琳恩在抽屜翻查檔案夾，找到標籤是潦草手寫德文的那個，便打開來自顧自地讀起來。

「媽——」

琳恩猛然抬頭，彷彿根本忘記女兒還在身旁，早已沉浸在自己的世界。

「這是誰的研究？」珮彤問了，但她依舊沒講話。「是妳的吧？妳蒐集那麼多骨頭是爲了什麼？」

琳恩從抽屜拿出那疊檔案夾，全堆在桌上，片刻後朝珮彤說：「切換到七號頻道。」

確定頻道內沒別人，琳恩才繼續說話：「我所在的研究團隊在季蒂昂裡比較有歷史，還保持核心信念，關切的是我們所謂的『創始問題』。」

「是什麼問題？」

「所有知性心靈必然在某個時間點產生的疑問：我爲何存在？」

「答案在米格魯號上嗎？」

「是，也不是。這艘潛水艇命名爲『米格魯號』是有其淵源的。」

「紀念當初載達爾文在世界各地蒐集資料的船吧？那時候他還只有演化論的雛形概念。」

「沒錯。我們認爲達爾文的理論只能解釋人類本質的一半，但完整眞相比我們想像的更驚人。」

「你們找到了證據？」

「對。我們稱之爲『大滅絕檔案』，主要論點就是透過現存及滅絕的生物基因組，能夠解開人類存在的最大謎團。那個答案……出乎所有人預料。」琳恩停在這裡，似乎斟酌著該怎麼說下去。「而我們需要更多資料加以證實。」

更多資料，珮彤轉念一想。「管制區內所有人都被採取了DNA樣本。」

「我只知道會設法蒐集資料，並不知道辦法到底是什麼。總之此時此刻，某個季蒂昂實驗室正在建立幾十億組基因樣本的序列，只要取得那些數據，與這裡的樣本結合，應該就能得出解答。」

「那個解答到底是什麼？」

「人類基因組內埋藏了暗碼。如果理論正確，那組暗碼會徹底改變我們對人類存在的認知。」

137

X1曼德拉疫情結束之後，南澳州救援聯盟湧入許多需要幫助的人，幸好聯盟也增添了人手。

安德魯很感激自己有機會在這裡工作，心思不會一直停在過去的事情與自己犯下的錯誤。他永遠無法原諒自己，診治多少病人、救多少條命都償還不了，只能將後半輩子全部用來贖罪。

夏綠蒂試著帶他向前看，只是他還辦不到。她不斷勸勉安德魯，時間能治癒一切。安德魯不知道自己是否能接受，即便心裡很想。

他換了簡單的義肢，另一手拿著有病人資料的筆記板，走進病房時卻意識到自己的名字才是問題。形式上，安德魯．蕭已經死了，而且有人調查查到這裡也很麻煩，躲在偏遠的義工機構好好工作、與夏綠蒂相處應該是最好的安排，兩人有大半輩子的人生經驗要彼此分享。

「嗨，」他向病人打招呼。「我叫威廉．摩爾，是今天值班的醫生，你感覺如何？」

☣

艾芙莉坐在一間矮屋的會議室內。屋子位在三角研究園（注）內，這是她多年前接受盧比孔創投測試的地方。當時的面試官大衛．沃德一樣坐在對面。

「我非常以妳為榮。」他開口。

「我也是。」

「我可是認真的，艾芙莉，讓我誇一下吧。妳的貢獻遠遠超乎職責要求，這國家沒有哪個獎章能表揚妳承擔的風險、展現的能力。我要說的是，這些事情不止我知道，盧比孔上面整條指揮鍊的人都知道，大家都十分讚賞。」

艾芙莉顯得侷促不安，不知道該如何回應。一會兒以後，她索性拉回自己此行最主要的目的：「我爸爸呢？」

大衛點頭。「他受到妥善照顧，轉移到迪恩．史密斯中心以後留在那邊，我會打電話通知他們妳要過去。」

「謝了。」

大衛向後靠著椅背。「話說回來，能信任她們嗎？」

艾芙莉明白這是指珮彤與琳恩，可是她也不確定答案。「時候到了就知道。」

「如果可以的話，早點知道比較好。」

「我不覺得有其他選擇。」

大衛將椅子滑向前。「很多人對我們與琳恩．蕭簽的豁免協議十分不滿。」

注：北卡羅萊納州羅里（Raleigh）、德罕（Durham）和教堂山（Chapel Hill），三座城市夾成的三角研究區域。

「合情合理，不過他們只能吞下去，我們需要人家。」

「確定嗎？」

「事情還沒結束，而且我們不知道會如何發展，運氣不好的話，可能會比這次大瘟疫更嚴重。當務之急是瓦解季蒂昂，想達成目的就需要知道內情的人協助。要清算責任可以等確定危機解除了再說。」

「好吧，這說法我能接受。」

艾芙莉起身，大衛送她出去。在門口時，他的語調軟化：「妳也別太擔心了。」

「擔心什麼？」

「別明知故問，艾芙莉，我們會盡力找他，所有資源隨妳動用。我知道戴斯蒙在妳心裡的位置。」

☣

到了狄恩·史密斯中心，她穿過一排排臨時隔間以後，先休息片刻，等到能夠裝作身體毫無不適才進去。艾芙莉不希望父親察覺自己的狀況——有時候他會認得出來。

她在門口等父親看見自己。從父親的反應就能判斷當天病況，他的阿茲海默症在這幾年裡惡化很多，腦袋清楚的日子越來越少。

「有事嗎？」他開口。

「沒事。」她淡淡地說：「過來看看你，有什麼需要可以和我說。」

他左右張望。「沒事，都很好，」但又仔細打量艾芙莉。「妳有點……我是不是認識妳呀？」

艾芙莉走進隔間，找到需要的東西。她拉了金屬折疊椅和小桌子出來，將紙牌放上去。「要不要玩金羅美（注）？」

她父親挑眉後，也在她對面坐下。「好呀，當然好。我最喜歡玩金羅美。」

第二局之後，他問：「大家都生病的時候，妳在幹嘛啊？」

「唔，也沒幹嘛。」

☣

珮彤在一棟漂亮房子前面停車，等著電話接通。

接聽的米倫．湯瑪斯口氣裡帶有笑意。「哈囉？」他不知被什麼逗得很樂，連誰打的電話都沒看。

「米倫，我是珮彤．蕭。」

她聽見米倫走到室外，裡頭很多人講話。「蕭醫師，妳還好嗎？」

「還好。米倫，我還有事，就長話短說了，現在我想組一支新團隊、做新調查，不是疾管中心的委託，還要和很多機構合作。你有沒有興趣？」

「呃，要看狀況？是什麼內容的調查？」

「科學方面，影響層面很廣。」珮彤等了等，米倫沒反應。「和動物有關。」

注：Gin Rummy，一種撲克牌遊戲，改造自「拉密」（Rummy）。有學者認為拉密是墨西哥碰對紙牌遊戲的衍生，而碰對紙牌可能又源於華人的天九及麻將。

「什麼類型的動物？」他緩緩問。

「已經滅絕的類型。」又是一陣沉默。「米倫，你有在聽嗎？」

「嗯——還在、還在。什麼時候要開始？」

「明天。」

米倫又無語，幾秒鐘後才深呼吸。「唉，我很想去啊，但是——但是還得照顧一個人。」

珮彤笑著說：「我懂，米倫。很棒的選擇，好好珍惜，替我向漢娜問好。」

☣

她下車以後，艾略特過來開門，什麼話也沒說，只是走出來給她一個大大擁抱。十五分鐘後，珮彤就和艾略特、蘿絲、萊安、莎曼珊、亞當圍在餐桌邊。

艾略特看看大家。「唔，感恩節是錯過了，我們就補慶祝吧。」

他特別望向珮彤。「全家一起慶祝。今年眞的讓我們體會到，值得感恩的事有太多太多了。」

第二部

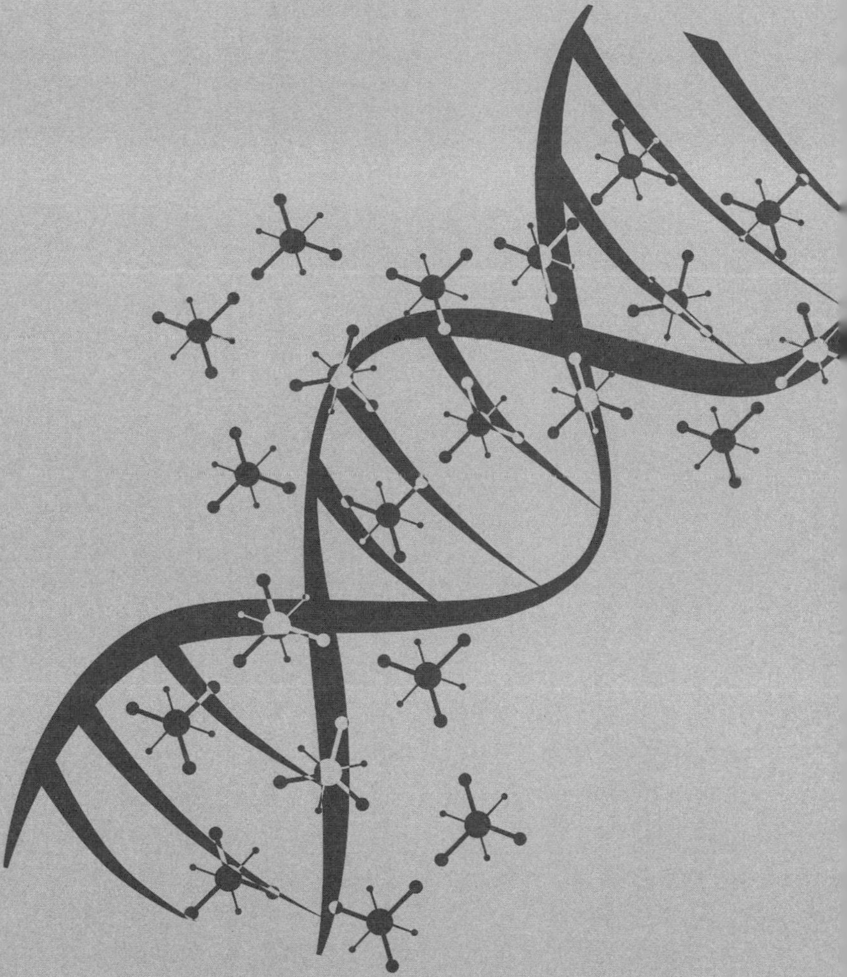

序幕

一九四一年七月十七日

艾德琳一家人連夜逃離柏林。父親謊稱是度假，但她感覺得到情況不對，大人們太緊張了，母親打包的行李也太多，加上東西不對，連一些留作紀念的東西和保險箱內的文件都帶走。

連著兩天三夜，他們都住在火車上，在餐車塡飽肚子。下午父母會玩牌，父親有空會爲女兒讀她最愛的故事書《愛麗絲夢遊仙境》。車子很擠，大半是文武官，也有少數闔家出行，可是所有大人都和她父母一樣神情緊繃。

每隔一段時間就有人進車廂搜查。那些士兵板著臉要求看文件。母親遇上他們，總是屏著呼吸，父親則和對方擺出一樣的面孔。

法國每個車站屋頂上都掛著納粹旗幟，月臺站滿士兵。搜車越來越頻繁，盤問越來越冗長。到了西班牙國境，父親給士兵看文件後說了一句讓艾德琳很吃驚的話：「我爲德意志做研究。」

武裝親衛隊軍官看了文件，視線轉移到艾德琳和母親身上。「爲什麼帶著妻女？」

「妻子是我的助理，女兒才五歲。」

「我沒問年紀，是問你爲什麼帶來。」

「因爲不得已啊。不能放她自己一個人在柏林，又找不到能照顧她的朋友。」

軍官似乎不以爲然。

她父親嘆口氣。「隊長，要是您願意的話，可以帶她回柏林，幫忙照顧一個月，我就回去了。我很樂意配合，研究進度反而能加快。」

艾德琳的眼淚快要掉下來了，趕緊轉過臉不給人看見。

軍官悶哼一聲，然後傳來幾下咔嚓。她猜是替車票蓋章的聲音。

車子又動起來，母親鬆了口氣，父親坐到艾德琳旁邊抱著她，嘴唇貼在她耳邊小聲地說：「爸爸是騙他們走才那樣說，這次主要就是帶妳出來玩，別擔心喔。」

爲了安撫女兒，他爲艾德琳讀了《格林童話》、《白雪公主》和《灰姑娘》。

進入西班牙以後搜查次數降低很多，最後終於抵達臨海小鎮散提亞拿，距離北邊海岸線幾哩而已。一家人先去了廣場與十多人會合，父親說是一起研究的夥伴，大家驅車出城，穿過鄉野，在一座岩洞前面紮營。

父親告訴她這裡叫作「阿爾塔米拉洞穴」，是個很重要的地方，裡面有留給全世界的故事。他和那些研究人員幾乎都待在洞穴裡，只有用餐、睡覺和上廁所才出來。

露營一星期以後，艾德琳在早上快天亮時，被父親叫醒。一家三口共用一頂帳篷，母親在旁邊還熟睡著。

「乖，別出聲。」父親吩咐。

他帶艾德琳走出營地，兩名男子在篝火旁熱咖啡。父親取了裝電池的提燈照明。

到了洞口，他停下腳步，挑眉問：「準備好了嗎？」

艾德琳用力點頭，非常興奮。

不過洞穴內部與她想像的很不一樣，起初又高又寬，一下子卻變得十分狹小，父親得伏低身子，甚至偶爾爬行才能深入。路線彎彎曲曲、分叉很多，如同大樹樹根，但父親好像腦袋裝了地圖，都知道要往哪裡走。艾德琳覺得自己與掉進兔子洞的愛麗絲一樣，身體很大，周遭世界變得好小好窄。

父親停下來，拿提燈往岩壁上一照。艾德琳看了忍不住驚嘆，牆壁上有紅色手印。其實有些只是模糊的輪廓，就像藝術家在牆上噴漆然後用手掌擦過。

「這就是我說的故事。」父親悄悄說：「告訴我們『曾經有人在這裡，腦袋和現代人很像，再挖下去會有更精彩的東西』。」

艾德琳伸手想摸摸牆壁，但被父親阻止：「別碰喔，壁畫很脆弱的。來，裡面還有。」

幾分鐘以後父親又停步，蹲下來將臉靠在艾德琳旁邊。「妳抬頭看看。」

他將燈光射向洞頂，照出一幅暗紅色動物構成的壁畫。看上去像是牛，不過背和腿長了深色的毛。

艾德琳看得目瞪口呆，覺得那畫面彷彿無邊無際。野獸栩栩如生，加上岩壁的凹凸起伏，營造了神奇的立體感。父親稍微退後，光束沿著洞頂游移，明暗變化之下的牛群似乎跑動了起來。

「這是什麼啊？」她問。

「草原野牛。」

艾德琳沒聽過。

「都死了。」父親解釋：「很久以前就死了。如果一種動物全部死掉了，妳知道要怎麼說嗎？」

女孩搖頭。

「就是滅絕了。這也是一個故事，妳猜猜看？」

艾德琳想了想。「他們會打獵？」

「沒錯。而且也告訴了我們是什麼時代的事情。能狩獵草原野牛是很久、很久以前，所以畫畫的人也活在很久、很久以前。連在一起看的話，就是畫畫的人告訴我們：『曾經有人在這裡，腦袋和現代人很像，而且已經是很久很久以前的事情了』。」

艾德琳點頭。

他帶女兒繼續朝裡面走，又一幅壁畫是一隻單獨的母鹿，模樣十分高雅。「很美吧？」

「但是妳更漂亮。」

再進去幾呎，只見一個小凹龕鑽了幾個洞，堆了金屬容器。

父親開了其中之一，裡面有長條形骨頭，艾德琳猜測是腿部。另外一個打開則是顱骨。

「是畫畫的人嗎？」她問。

「也許是，又或者是親戚。不能只當作骨頭而已喔，它們也會說故事，流傳了好久好久，等著我們來聽，只要準備好、仔細研究就能聽懂。」

艾德琳皺起眉頭。

父親察覺小女孩無法理解。「骨頭就像《糖果屋》裡的麵包屑啊。」

艾德琳很熟悉那個故事：在一次大饑荒中，一對夫妻擔心養不活全家人，就把兒女漢賽爾與葛麗特帶進森林，留在裡頭自生自滅。兩個孩子一路丟麵包屑做記號，希望能夠找到回家的路，後來驚恐地發現麵包屑都被狼群吃掉，而他們真的被困在危機四伏的荒郊野外。

她想了想，卻無法想通這故事與骨頭有什麼關係。「爸爸，這個麵包屑是找什麼用的？」

「眞相。總有一天我們能蒐集到所有的骨頭，然後就像漢賽爾與葛麗特的麵包屑一樣，我們最終能知道人類怎麼會變成現在的樣子……還有以後又會變成什麼樣子。」

他蹲下來注視女兒。「這些骨頭就像是留給我們的拼圖，只要全部蒐集起來，開發能夠解謎的技術，就是有史以來最偉大的發現。現在最重要的是要先把拼圖蒐集齊全，妳願意幫我一起找嗎？」

艾德琳點點頭。

「那就等妳長大囉。不過現在外面就像漢賽爾與葛麗特進去的森林一樣很危險，妳也看過野狼了。」

小女孩瞇起眼睛。

父親微笑。「就是車上那些壞人呀。」他替女兒撥頭髮到耳後。「但是不要怕，他們找不到妳的。等媽媽醒了會帶妳到港口，妳們再搭船去很遠很遠的地方，媽媽對那裡很熟。」

他輕扣艾德琳肩膀。「等這裡安全了，妳們再回來。」

「你會一起去吧？」

父親沒講話，女孩用力搖起頭。

他掐掐女兒。「我不能去。」

「爲什麼？」

「有人想搶走我的研究，無論我跑到哪裡都沒用，所以我先回柏林把東西都藏好，然後躲起來等待。等這個世界不像森林那麼可怕了，妳和媽媽就能回來，到時候，我們一起去把剩下的麵包屑找出來。」

1

珮彤被一陣叫聲吵醒。她將厚毛毯裹得更緊，暖和身子，雖然幾呎外的出風口吹著暖氣，但這個小辦公室還是瀰漫著寒意。

房門明明關好了，可是外頭的說話聲越來越興奮。她能清楚聽見幾句。

「基因不合。」

「絕對不是尼安德塔人。」

「……新人種。」

辦公室唯一的窗戶隔著平板玻璃可眺望貨艙。那裡的空間很大，便改造成適合這次任務的實驗室，所以總是鬧哄哄的。日光燈光線流進辦公室的蒼白感，很像倫敦的霧夜。珮彤一方面想出去看看究竟吵什麼，另一方面卻又因爲剛潛水進去船骸回來而十分疲憊。她躺在小床上繼續聽著，視線飄到牆壁上骨頭和遺體的照片，乍看會以爲是什麼刑案現場調查。

調查活動和不舒適的環境對珮彤不是問題，畢竟她之前許多年都在世界各地疫區前線工作。生涯最大考驗卻在上個月到來，X1曼德拉病毒肆虐全球，讓數十億人感染，最終導致三千多萬人死亡，其中包括她許多美國疾管中心同事和疫情調查團學員。傷亡慘重，然而瘟疫背後的眞相更是駭人。

追蹤疫情過程中，珮彤發現其實那是生化恐怖攻擊。尤里・帕挈柯以及受其操控的祕密組織「季蒂昂」有不爲人知的動機：他們散播病原，目的竟是爲了爲了提供解藥，因爲解藥不止會治好疾病，裡面還夾藏名爲「昇華」的奈米科技。

「昇華」究竟是什麼目前所知不多，但它與「基石」和「具現」都是「魔鏡」計畫的元件之一，三者組合以後，尤里將獲得控制全人類的力量。

面對瘟疫後成千上萬死者，各國政府早已焦頭爛額，此刻自然不惜代價也要阻止尤里完成魔鏡，對季蒂昂全面展開搜查。可惜線索太少了，迄今尚未有進展。

珮彤的母親琳恩提出另一條路：她聲稱唯一辦法是延續季蒂昂的早期研究，該計畫與尤里的路線互相衝突，且所有資料都在米格魯號潛艦上，三十年前尤里才會將那條船擊沉。琳恩曾在米格魯號從事研究，是世上最熟悉船內狀況和各種實驗的人。她認爲取得船骸中的標本和數據，就能找出埋在人類基因裡的密碼，破解得到的解答會徹底改寫歷史。

很多人質疑琳恩這套說詞，理由顯而易見——之前她一直都是季蒂昂成員，而且總是迴避問題，不願明確分享情報。可是母親的承諾對珮彤來說已足夠，只要米格魯號上的資料有一丁點能夠阻止尤里完成魔鏡的可能，她都願意翻天覆地全部挖出來。事實上，她也正在這麼做。

兩週前，母女倆一起從阿拉斯加搭乘俄羅斯籍破冰船北極號進入北極圈。航程第四天，所有人聚在甲板上，目送太陽沒入海平線，因爲之後就是永夜，再也看不見陽光。彷彿漂流到時間之外，另一個次元，脫離地球的常軌。唯一的自然光是北極光，那霓虹般的藍色、綠色、橘色，爲環境更增添超自然氣息。珮彤想起自己初次看見極光，其實就是三星期前的昔德蘭群島，她在那裡與父親重逢，也與戴斯蒙相隔十多年舊情復燃。短短幾天卻恍如隔世，如一場美妙的幻夢。

北極號研究團隊的任務是阻止季蒂昂，也是史上最重大的科學探索。對珮彤而言，兩者都很重要，但更強烈的動機在於尤里和季蒂昂奪走父親、哥哥和戴斯蒙——父親已經身亡，哥哥終身要面對心魔，而戴斯蒙遭到俘擄。米格魯號除了是破壞季蒂昂陰謀的關鍵，也是指引她找到戴斯蒙的路標。琳恩也是這樣說的。

她翻個身，眼睛望向辦公室較長一側的牆壁，上面貼滿了米格魯號的內部構造圖，已經探索過的區塊都做了標記。儘管在北極號與米格魯號之間往返十天、回收大量標本和資料，實際完成調查的部分只佔核子潛艇一半不到。

構造圖下有一臺咖啡機。珮彤很想來一杯，但又怕機器太吵。母親正在不遠處另一頭的小床休息，看來睡得很沉。她最近的睡眠時間很少——也逼著大家同樣不能睡太多。

珮彤掀開毛毯、換上厚毛衣和長褲，又將一顆小小的玻璃愛心飾品塞進口袋。她從亞特蘭大家裡帶來的東西只有這一樣，它是戴斯蒙留下的紀念品。每次看著那顆心，珮彤就會想起自己這麼拚命是爲了什麼，並且堅定信念，繼續努力。

她悄悄地開了門鑽進貨艙。外頭光線很亮，使珮彤瞇起眼睛好一會兒。辦公室對面是個電腦站，十幾位技術人員啜飲咖啡，同時盯著大螢幕打字，偶爾靠著工作椅上休息，後頭站著五個學者，不停朝螢幕上頭的影像與文字指指點點。

「有可能是AMH[注1]之前的分支。」

「也有可能是獨立群體，像佛羅勒斯人[注2]那樣。」

「可以命名爲*Homo beagalis*……」

「各位先生女士，我們還沒進入能命名的階段，目前繼續按照米格魯號研究團隊的標籤，稱呼為一六四四號標本。」

最後說話的這個聲音，珮彤認出是演化生物學家奈傑爾．格里尼（Nigel Greene）博士，標本分析工作由他負責主持。

金屬地板響起腳步聲，博士轉頭看見是珮彤過來了，立刻面露笑容。

「聽起來好像你們贏了超級盃。」她開口。

英國籍的格里尼博士仰頭問：「什麼意思？」

「沒事。」她往螢幕撇了下頭。「有新發現？」

博士眉飛色舞。「沒錯。」

奈傑爾煞有其事地要在場科學家和技工「繼續加油」，然後輕碰珮彤背部，示意兩人到旁邊空著的工作站去。再開口時，他壓得很小聲，彷彿接下來要討論什麼天大的祕密。

「我們剛從盧比孔那邊收到第一批資料解析結果。第一組標本檢驗出來，全部都是已經滅絕的物種，完全吻合妳母親的預測。」他探身過去操作電腦，調出的影像上是金屬盒裝著長條形骸骨。「之前我們就懷疑一六四二號標本屬於犬科動物，現在得到了印證。」

他再換了一張圖片，看起來是大型的狼。

注1：解剖學意義上的現代人。

注2：史前人類一支。學界曾推測佛羅勒斯人曾與現代人類長期共存，但新證據指向他們更早滅亡，而沒有與現代人類互動的機會。

「這個是『恐狼』，大約十二萬五千年前棲息於北美，然後一萬年前滅絕，洛杉磯郊外拉布雷亞瀝青坑（注1）挖出過一些保存良好的化石。」奈傑爾仔細打量螢幕上的畫作。「恐狼是很雄偉的生物。妳想像一下，將近一百五十磅的身軀加上巨大的頭部和下顎，但是牠們在最後一次冰河期末尾隨著更新世年代巨型動物群消失——我們估測。」

他再打開一張圖片，珮彤看得出來是放射性碳定年法的檢測數據。

「從米格魯號取回的標本大概是九千五百年前留下的，」博士繼續說：「也就是說，牠行走於地表的時間點是在恐狼末代之後八百年。整個物種的發展史將要改寫了。」

奈傑爾挪動滑鼠。「不止如此，」接下來是四條肋骨的相片。「猜猜這是什麼？」

珮彤嘆口氣，覺得自己真的非常需要來杯咖啡。

當初是她主動要求奈傑爾團隊有什麼發現都要通知自己。雖然不是珮彤的專長領域，但她對工作總是十分投入，加上天生充滿好奇心，對於科學尤其明顯。此外她潛意識裡也有個想法是，多掌握資訊或許能增加自己對抗尤里的本錢——提高找回戴斯蒙的機率。她感覺得到奈傑爾滔滔不絕別有用心，只是還沒看穿對方心思。

「應該就是某種已經滅絕的物種？」

「哈，當然，但究竟是哪一種——」

「奈傑爾，我沒頭緒。」

「真的嗎？」

「我做流行病學研究，關心的是怎麼讓人類不滅絕。」

即使她都這麼回嘴了，也無法澆熄奈傑爾的滿腔熱情。「妳說得對呢，總而言之，螢幕上的化石是一種生活在美洲的獅子，叫作擬獅（注2）。」

珮彤也沒聽說過美洲有獅子，還是好奇奈傑爾講這麼多究竟有何居心。

螢幕上出現另一張圖片，在她眼中和普通的非洲獅子沒兩樣，不過體型大上許多。

奈傑爾講解的口吻太專業，彷彿為珮彤專門做了一集國家地理頻道節目。「美洲大陸的獅子大概在三十四萬年前出現，我們認為與歐亞穴獅有同樣的祖先，演化過程中渡過白令海峽抵達北美，並進一步發展出獨自特徵。首先牠們非常龐大，是地球出現過最大型的貓科動物之一，比起現代非洲獅還大上百分之二十五。」

他縮小圖片，轉身看著珮彤。「這種美洲獅子和恐狼以至於其他大型哺乳類，都在更新世末期消失，最晚的化石也距離現在一萬一千三百五十五年左右。但，那是學界原本的認知。眼前這些骨頭距離現代近了很多，才大約九千五百年，和恐狼差不多。目前推測都出自同一個地點，最有可能的還是拉布雷亞瀝青坑，畢竟那裡也挖出了大量擬獅化石。」

稍微停頓之後，奈傑爾繼續說：「兩種化石都指向第四紀滅絕事件。」

珮彤瞇起眼睛——她聽不懂。

「第四紀滅絕事件指的是多數大型動物在最後一次冰河期結束時滅亡，這可能是科學上最大的謎團——唔，至少對我們演化生物學家來說。」奈傑爾攤手。「想像大約一萬兩千年前的世

注1：La Brea Tar Pits，位在美國加州洛杉磯漢考克公園附近，其上常有樹葉、灰塵或水等遮蔽，動物容易失足陷入其中，數世紀來累積了大量動物骨骸、化石。

注2：與現代華語所說的「美洲獅」（山獅）不同。「美洲獅」屬於貓科金貓屬，但「獅子」和「擬獅」則是貓科豹屬。

界，到處都是巨大生物：乳齒象、劍齒貓科、大禿鷹和地懶，甚至還有劍齒鮭魚。人類建造耶利哥城（注）的時代裡，超大型動物在地上走、天上飛、海裡游，其中一些物種在地球生活比人類還久上很多，幾千萬年之類。可是一眨眼間——就演化時程而言的一眨眼——全部不見了。」

奈傑爾又停頓，感覺非常戲劇化。

「這麼多年來，許多研究者費盡心思想理解原因。難道米格魯號上的人也是同樣的目標嗎？也許他們查出第四紀滅絕事件的起因了？」

珮彤扭動身子，不太自在。「我不清楚，奈傑爾。」

「妳也不知道？」

琳恩有很多事情瞞著自己召集的研究團隊，她向珮彤透露的是比較多，但也沒有多到那麼多。她知道米格魯號上的科學家試圖證實所謂的「第二演化論」，他們的假設像個震撼彈，能夠徹底扭轉人類對演化的認知，是堪比萬有引力的重大發現。但不知為何，琳恩並未將這件事情告知奈傑爾等人。

珮彤也察覺到為何奈傑爾拉著自己從頭到尾講一遍，原因就是他想知道琳恩告訴自己什麼、米格魯號當年到底研究什麼。可惜她有她的立場，得與母親商量過才成。

「就這樣嗎，奈傑爾？」

矮胖的生物學家馬上又興奮起來，轉身在電腦點開新的圖片，那是個小小的人類顱骨。「壓軸登場，我們從一顆牙齒取出了ＤＮＡ，發現是人類但基因組與我們不同。」

「每個人的基因組都不一樣。」

「話雖如此，每個物種和亞種會有一個……姑且稱之為模板好了。例如智人的基因組與黑猩猩相似度有百分之九十八點八，每個人與每隻黑猩猩的序列都不同，可是基礎架構一樣是二十三條染色體。尼安德塔人和智人更接近，基因組相似度是百分之九十九點五。」

奈傑爾指著顱骨照片。「然而這個神祕古人種居然還能更接近，高達百分之九十九點六，太厲害了。我們沒見過這樣的基因組。標本大概九千年前就死亡，或許是最接近智人的祖先，又或許是近親。現在無法確定這個物種在人類族譜的位置是智人之前還是之後。」

他盯著照片看。「目前只能假設這與剛才的獅子、野狼出自同一地點或地區，但就只是猜測。」奈傑爾的視線飄向珮彤與母親共用的房間。「妳們那邊的資料可能會很有幫助。比方說和這些骨頭相關的筆記、挖掘地點等等……」

「我無權作主，奈傑爾。」

「我明白，不過妳可以和她談談。米格魯號三十年前沉入海底，而成員找到骨頭不知道都多久以前了，他們應該還有挖到別的東西。要是有更多脈絡，就能夠更容易理解這些標本。」

珮彤搖頭。

「拜託，珮彤，這很重要。或許妳還沒體會到這些發現的意義有多大，我們根本是在改寫歷史呀！」

「我們沒有要改寫歷史。」嚴厲的嗓音突然響起，嚇了珮彤一大跳。

琳恩站在不遠處，面容憔悴，聲音卻毫無疲態。她走近後瞟了螢幕上顱骨一眼，便不爲所動

注：Jericho，「耶利哥」為中文聖經譯名，另一常見譯名為「杰里科」。這座城市的歷史超過三千年，且考古發現一萬一千年前已有納圖夫人在當地居住。

地轉過頭，目光集中在奈傑爾身上。「格里尼博士，歷史就是歷史，只有遭到遺忘和重見天日兩條路。我們不過是找到米格魯號上勇敢船員的足跡罷了。」

「他們留下的到底是什麼？」

「等全部蒐集完你就會知道。我們也該繼續了，請俄國人幫忙準備深潛器。」

奈傑爾瞥了瞥手錶。「距離上次下潛才六個小時。」

「所以？」

「隊員還很累——」

「士氣部分交給我，其他就麻煩你了，格里尼博士。」

他眼睛盯著地板，點了點頭。「瞭解。」

琳恩掉頭問珮彤：「妳要咖啡嗎？」

☣

回到辦公室，琳恩打開了那臺老咖啡機。

「媽，人家開始打聽了。」

琳恩伸出手指，拂過米格魯號的結構圖，彷彿在心裡進入沉船走一遭，正衡量接下來要探索哪個區塊。

「妳打算怎麼和大家說？」

「什麼都不說。」琳恩盯著地圖低聲回答。

「他們想知道下面究竟有什麼、以前做過什麼實驗。說老實話，我也想知道。」珮彤朝窗外掃一眼，確定沒人逗留。「妳說……有一組密碼藏在人類基因組裡，那到底是什麼？有什麼功能？爲什麼可以阻止季蒂昂？」

琳恩沒看女兒。「妳相信我嗎？」

「相信。」珮彤猶豫一會兒說：「但看來外頭有妳無法信任的人，是嗎？」

「不對。」

「我說錯了什麼？」

「不是外頭有我無法信任的人，而是根本沒有我能夠信任的人。我唯一相信的人，就站在這個房間裡。」

2

戴斯蒙恨死這座監獄，卻不得不承認它設計得很實用。他被困在一個戶外圍欄內，四周籬笆不僅高聳而且通了電，地面是乾硬的泥巴，只有幾塊小草坪。圍欄不止一層，大概十呎外有第二層，同樣通了電。守衛每隔兩小時巡邏，沒人的時候柱子上也有監視器。上空是施以島嶼迷彩的大篷子，非常之高，多少遮蔽了南太平洋的烈日，但最重要的當然是避免戴斯蒙和季蒂昂殘黨遭到衛星偵搜。

他躺在圍欄中央的小床上伸展身體，也盡量忍著不去想珮彤，但最後總是失敗。兩人之間還有好多事懸而未決，除此之外他也很擔心她。如果不與她見面就能保證她的安危、確定她活著離開季蒂昂島，那戴斯蒙心甘情願。就像那天他也以自己當盾牌，保護艾芙莉進行任務，希望世人因此取得季蒂昂藏匿的解藥。不知道她是否成功了，結局是幾十億感染者得救還是人類世界崩潰？又或許兩者皆是。

弟弟康納．麥克廉每天日落時會過來探望他，就坐在圍籬外面折疊椅上。有時候會講話，有時候自己讀書，也有時候就只是坐著而已。戴斯蒙從不回應，總是盯著遠處沙灘。藍色大海又吞噬了太陽。戴斯蒙不免懷疑，季蒂昂究竟在等待什麼。

一哩外，康納走向銀色雙開門，手掌伸進牆壁上的掌紋儀。儀器發出嗶嗶聲，他又探身注視虹膜辨識機。

門終於開啓了一個小房間，金屬牆壁上了漆，對面又是一道緊閉的金屬門。康納站著等天花板和牆壁內嵌的掃描器確認過他身上沒有武器、爆裂物或無法辨認的裝置。

內側的門向左右滑開，後面是個長條形房間，地板和天花板瓷磚發出柔和白光，氣氛十分寧靜。一列一列伺服器與監控設備在他面前排開，燈號閃爍，紅綠黃藍不一而足，彷彿無聲的交響樂。幾個技工走來走去檢查設備或打開櫃子修理，面孔總是擱在格柵後面，好像告解室內的罪人。

對康納而言，這個比喻非常貼切。他所在之處是聖域，是重獲新生的榮耀國度，是自己與全人類的嶄新開始。

他走過成堆的伺服器，到了另一頭的玻璃帷幕，後面有個廣大、陰暗的空間，被鐵灰色牆壁圍繞，下方一片薄薄白霧自某種液體瀰漫而出。上百座黑色塔狀物自霧氣中升起，有如沒有窗戶的摩天樓，形成了未來都市的樣板。

康納仔細欣賞他的造物。「基石」很快就會上線，屆時他將獲得自由。

回到外面，康納走在泥巴路上，頭頂懸著迷彩天蓬，減少烈陽直曬是一回事，最重要的仍是隱藏季蒂昂基地位置。美俄日澳都已派遣船艦與無人機在南太平洋搜查尤里和康納的行蹤，距離正逐步縮小。

經過戴斯蒙的牢籠，康納停在外門處，希望哥哥能有些微反應，然而他依舊只是盯著頭頂上的遮蓬。

即便康納打開外門，戴斯蒙還是不爲所動。

兩週前帶他過來以後，他就沒開口說過一個字，不曾主動要求食物或遮風擋雨。

昨天嘗試拷問了他。其實康納不願意，但縱使不情願、看著很心痛也別無他法，沒時間了，顧不得代價有多大。

施打藥物以後，戴斯蒙便全盤招認：他的記憶尚未完全恢復，自己也不知道「具現」究竟藏在哪裡。記憶會封鎖到他準備好才開啓。

康納十分希望能說服哥哥重返季蒂昂，一方面缺了哥哥無法完成目標，另一方面更重要的是，戴斯蒙是康納唯一的親人，少了他感覺好孤單，彷彿回到戴斯蒙與自己相認之前的日子，希望渺茫、孑然無依。

沒了戴斯蒙，康納只能像童年那樣回到書本裡尋求慰藉。羅伯．路易斯．史蒂文生的《金銀島》就是他很喜歡的故事。

此刻，他翻開了史蒂文生另一本經典：《變身怪醫》。

☣

夕陽西下、月光暗淡後，沒辦法繼續閱讀，康納起身出去並鎖好門，沿著同一條路離開。戴斯蒙如往常沒出聲，沒多少動作，無視弟弟的存在。這一點最令康納傷心。

回到迷彩偽裝的建築物內，康納進入工程師團隊所在的房間，裡頭依舊像豬圈一樣髒亂：能量飲料和微波食品包裝從垃圾桶滿溢出來，直立伺服器側面拆開後，橫放在長桌上，露出矽製內臟，地板上一團團揉起來的紙，像散落車道的高爾夫球。

至少有一張紙上的內容是康納知道的。初次進來的時候，他就看見自己的面孔被列印出來貼在牆上，額頭、左頰和下巴的疤痕一大半換成博格人(注)，名言「反抗無用」就寫在照片下面。他不知道諷刺的到底是管理模式還是對人類未來的計畫，反正他不在乎。他被嘲弄了一輩子，不差這點時間。

很快一切就會結束。做這種海報刺激他，反倒證明這幾個工程師也明白自己決心有多堅定。而將海報拆掉，則印證他們恐懼自己。

工程師組長從平板玻璃窗倒影上看見康納，立刻摘了耳機，在工作椅上轉一圈後起立。他叫作拜倫，高高瘦瘦、皮膚蒼白。

「進度？」康納問。

「哪個？」拜倫反問。

「修斯。迷宮。」

工程師吞了吞口水。「沒辦法。」

注：《星艦迷航記》的外星人，奉行集體意識，個體為半有機半機械。沒有繁殖能力，四處侵略並「同化」其他種族，與其他種族接觸時會發表同化宣言，結尾句為「反抗無用」。

「你們的工作就是想辦法。」康納不悅地說。

「這是黑盒子裡面又一個黑盒子。」

「什麼意思？」

「就好像——」

「別跟我好像，具體一點，問題在哪裡？」

「我們根本不知道迷宮實境這個軟體如何運作。」

「你們的專長不就是逆向工程、破解程式？」

「做完了，五天前就搞定。這部分不是問題。」

「還有什麼問題？」

「位置判定。」

「聽不懂。」

拜倫揉揉鼻梁，似乎很害怕解釋這種東西。「那個應用程式會發送密碼到修斯腦部的植入物、解鎖記憶，前提是要抵達特定位置。一開始我們以爲，那只是透過行動電話內建的位置資訊來運算，結果竟發現居然會與外部伺服器再次確認，恐怕還利用了基地臺，甚至是私人衛星做驗證——」

「那駭入伺服器或衛星不就得了。」

「沒那麼容易。伺服器會回傳訊號到他腦袋裡，這是我說的第二個黑盒子。那個訊號用了專門的演算法進行加密，我們一點線索也沒有。類似透過校驗和（注）判斷應用程式提出的要求是否爲眞，把錯誤訊號丟進去的話，後果不堪設想。」

「什麼樣的後果?」

「沒人知道。」

「假設。」

拜倫嘆氣。「最好的狀況是校驗和錯誤，系統判定遭到入侵就全部關機，之後完全沒有機會復原他的記憶。」

「最差呢?」

「腦損傷。錯誤訊號可能打亂記憶，也可能因爲啓動物質釋放量錯誤，導致他變成植物人或腦死。」

康納閉上眼睛。「所以現在狀況是?」

「跟之前在健太郎丸號一模一樣。」

提起那條貨船，勾起了他不好的回憶。康納曾經將哥哥囚禁在船上，然後犯了嚴重失誤。不能重蹈覆轍。

「不能再放他走了，上次差點抓不回來。」

「對，不過這次還是有點差別。」拜倫拿起手機，開啓迷宮實境。「當初我們沒有座標。」

應用程式顯示一句訊息。

發現入口：1

注：認資料完整性的檢驗手段。

拜倫點下去以後，得到一組GPS座標，康納將之記在腦袋中。

「所以不必『放他走』，帶到這個地點就好。」

雖然不喜歡，至少稱得上是個辦法，也是目前唯一可行的活路。

「好吧，修斯那邊交給我。『昇華』的控制軟體呢？」

「那邊就有進度了。」

「多少？」

「很難說，大概……百分之十五吧。」

康納搖頭。「要更快。」

「可是——」

「沒有可是，迫在眉睫了。一星期內，外頭的船會找上門，像之前攻擊季蒂昂島那樣轟炸這裡，大部分人會戰死，沒戰死的不是終生監禁就是之後被判死刑。」康納停頓一下，讓對方好好思考。「不能控制『昇華』，我們只好等死。」

拜倫點頭。「我們會處理好。」

康納凝視他好一會兒，才轉身走開。

下一個目的地是戰情室，後牆裝設的大螢幕即時顯示衛星攝影和各種資訊，中間有好幾列工作站，幾乎都坐滿了人。畢竟處在緊要關頭，所有人力都得用上。

康納停在輪班主管座位前面。紅髮女子名叫梅麗莎．惠麥爾，是殘存成員中最幹練的行動策略分析師。

他在桌上便條紙寫下GPS座標。「我要知道這在哪裡。」

惠麥爾瞥了一眼就調出地圖，位置接近舊金山連接海岸與山區的道路。她還沒說出路名，康納心裡已經知道答案：沙丘路。公元兩千年上半好幾個月是「網際網路泡沫」的巔峰，加州那片丘陵地上的辦公室租金也達到全球頂尖。地圖中央閃耀的光點，就是當年戴斯蒙名下伊卡洛斯創投的據點，然而現在要過去，恐怕會有不少麻煩。

「美國維安情況如何？」

「空路海路都封鎖。軍力不足情況下，他們非常擔心有敵人會以傳統戰術入侵。」

「邊境呢？」

「不會好太多。德州、亞利桑那、新墨西哥毗鄰墨西哥的地方，都聚集了大量部隊。」

「加州本身？」

「主要幹道加強監控而已。」

「墨西哥的情況？」

「內戰中。」

「誰？」

「毒品集團、犯罪組織對上了政府。毒梟那邊佔上風，他們認爲有機會讓墨西哥變成毒品合法化國家。」

「好。準備飛機和戰術小隊，三十分鐘後出發，挑最優秀的七個人給我。」

康納對她解釋剩下的計畫。惠麥爾研究地圖，尋找合適位置。

再來，他到尤里辦公室報告。尤里坐著聆聽但面無表情，彷彿康納所言只是天氣預報。康納有時懷疑出身俄國、成長在遭受納粹攻擊的史達林格勒，是否對他造成絕對無法逆轉的改變，又或者尤里早就掌握一切……至少料到了事情會如何發展。縱使康納這樣的人，還是會因爲那雙灰色眸子毫無生氣的目光而惴惴不安。

尤里開口的聲音只比悄悄話大些：「康納，以你哥哥那麼靈活的腦袋，很可能針對現在這種局面也有所準備。帶他去所謂隱藏記憶的地點，說不定就是他的計畫，而我們到現在仍不確定他究竟打什麼算盤。」

「但是沒有別的選擇。我會看好他。」

「要是他不肯交出『具現』呢？」

「他會的。」

尤里別過了臉。「戴斯蒙已經背叛過一次，出現第二次機會，必然也會毫不猶豫。時時提醒你自己，這將會牽連多廣，也記住無論如何有了『魔鏡』，他就能復原。」

「叛變的不只是戴斯蒙，還有琳恩·蕭。她勾結美軍發動攻擊，還帶著我們的部隊投降。」

「她的局布得更深。」

「怎樣的局？」

「琳恩是原始季蒂昂最後倖存者，他們奉行那個古老信念，一心想解開最根本的謎團、理解人類存在的意義。我可以假設這麼多年來，她一直祕密進行自己的魔鏡計畫。」

麻煩很大。「怎麼沒完成？」

「有好幾種可能性，比方說顧及兒子在我們手上、我們除掉她兩個女兒也易如反掌之類。但最有可能的則是，她缺乏所需的研究資料。」

「米格魯號……」康納喃喃說。

「沒錯，十五天前起，有人開始回收裡面的東西。」

「找到什麼？」

「我不知道。如果是琳恩的計畫要件，顯然她也還沒行動。」

「那對我們代表什麼？」

「很難說。得先假設她也構成威脅——前提當然是她能製造『魔鏡』。但我並不打算給她機會。」

3

鄰接貨倉的辦公室裡，手持無線電發出聲音。奈傑爾·格里尼博士在講話，被強風和雜訊干擾得聽不懂。他重複一次以後，珮彤才聽明白。

「蕭博士在嗎？」

琳恩從窄床起身，拿起對講機。「我在。」

「甲板這裡需要妳。」

琳恩朝女兒露出會意眼神。「馬上過去。」

兩人迅速喝掉咖啡，穿好防寒羽絨衣。走到外面一看，生物學團隊依舊圍在電腦旁邊，聚精會神地研究盧比孔回傳的分析結果。後頭還有兩排隔間與一條寬廣走道，這區塊的隔間用奶白色塑膠簾子遮蓋，裡面的金屬桌用於固定從米格魯號取回的化石遺骨。考古學團隊在桌子旁邊歪腰認眞工作，鑽頭的尖銳聲響交織成曲，歌頌著他們的辛勞。

可是兩個團隊之間齟齬甚多。生物團隊想盡快從標本抽取組織、進行基因定序，考古團隊卻以保存標本完整爲第一優先。琳恩爲他們找到了平衡點，然而終究只是脆弱的表面和平，生物學家這邊嘴裡依舊沒好話，戲稱考古學家都是「北極熊」，或者簡稱「熊」。考古學實驗室是「北極熊的籠子」，和他們吵架是「被熊攻擊」，將骨頭送過去則是「餵熊吃飼料」。

因此每次珮彤踏進那條走廊，看見白衣服人影在隔間內檢查骸骨和鑽孔，心裡老是浮現熊的畫面。

走出船艙，她和母親靜靜爬上甲板間的階梯。琳恩上去以後立刻轉動輪狀門把，衝了出去。極地寒風迎面撲來時，珮彤忍不住咬緊牙關。

俄羅斯籍破冰船甲板上都是水手。研究人員要讓在破冰船末端的深潛器入海，計畫都已擬好，但實際行動卻得交給俄國海軍負責。然而就像考古團隊和生物團隊一樣，研究員與軍人之間也處不來。

今天早上狀況沒有好轉。亞列西・瓦西里夫（Alexei Vasilier）中校朝圍在深潛器旁邊的研究員咆哮說期望不合理，人高馬大的船員站在他身後，像是地痞流氓準備要聚眾鬥毆。

琳恩的纖細與他們的魁梧形成強烈的對比。她在人群切開一條路，就像小孩穿過動私刑的暴民。珮彤亦步亦趨緊跟在後，就怕母親在人牆打出的洞忽然闔上，自己被群眾給夾死。

瓦西里夫中校看見兩人，也停止了叫囂。

琳恩的聲音和四周颳起的寒風同樣銳利：「中校，你們到底能不能支援我們的下潛計畫？」

瓦西里夫雙手一攤，又大呼小叫起來，嘴巴不斷噴出白煙，看在珮彤眼中有如大引擎持續運轉、越來越吵，排不完廢氣。

琳恩轉頭望向研究小組。「格里尼博士，跟聯盟回報：北極號無法支援我們的下潛計畫，他們的緊急要求無法達成。」

奈傑爾點頭之後要回去，又被瓦西里夫那隻大掌攔下。中校回頭對一個部下操著俄語咕噥，然後對奈傑爾說了句話，就邁著大步走出甲板。

中校離開後，奈傑爾對琳恩說：「十五分鐘後出發。」

「好。」

甲板就在珮彤眼前又熱鬧起來。研究團隊與俄國海軍跑來跑去，彼此推擠、交談爭執。

奈傑爾貼在琳恩身旁，壓低嗓音後英國腔變得濃重：「蕭博士，我得再度強力請求妳留在船上。」

「不。」琳恩轉頭專注監督準備工作。

「妳無可取代，」奈傑爾沉吟之後嘆息。「沒必要冒險。」

「沒有人比我更熟悉米格魯號。」

「或許沒錯，但船體結構圖已經完成大半，回收人員都受過專業訓練——」

「格里尼博士，我明白你的顧慮，但也已經做出決定。」

奈傑爾瞥了瞥珮彤。珮彤只是聳聳肩彷彿回答：我早就試過了。

她不免懷疑母親是否極力避免米格魯號上的什麼祕密被別人先發現。她總覺得母親隱瞞什麼——而珮彤不想錯過，也因此堅持每次跟著下潛。如果有什麼東西能幫忙挽救人類、幫助自己找到戴斯蒙，她一定要知道。

同時她懷疑奈傑爾或許有了點頭緒，但就算他猜到了什麼也完全沒洩露，只是點點頭走開辦事，留下母女倆站在冷風和混亂之中，有如紐奧良狂歡遊行裡的僵硬雕像。

身在甲板上，珮彤更清楚感受到這條船的巨大。北極號寬約一百呎、長度將近兩座足球場，是全世界最大的破冰船。它裝載了兩座核能反應爐，動力足以切開十三呎厚的寒冰，同樣是世界頂尖水準。北極號的甲板漆成一片綠，使她總想到小型高爾夫球場，但外側與艙門卻都是褪了色的紅。或許當初設計者認爲紅配綠在極地雪景才突顯，可是珮彤老是覺得看到聖誕節——其實也剩不到一星期了。一想到聖誕節，她也不可能忘記當年半月灣那一夜，尤其是戴斯蒙打開盒子、送上玻璃心的瞬間。她的指尖下意識碰了碰口袋裡的紀念物。

她從母親身邊走到甲板邊緣。北冰洋水面上的海冰朝四面八方蔓延至黑暗中，彷彿無邊無際。破冰船的探照燈光線在周圍形成一個泡泡，珮彤感覺自己站在玩具船上，而船則位於雪景球中央，球外的世界是一片朦朧。

隔著欄杆，珮彤能看到美國海軍直升機停在上面一層。之前母親兩度問她要不要搭直升機先回去，而她也兩次都回絕。她沒得到答案不會走。

背後響起腳步聲。琳恩向她說話的語調平和柔軟許多：「珮彤，該走了。」

幾分鐘後，兩人又往沉沒的潛艦而去。

☣

珮彤與琳恩搭乘的研究深潛器靠接海床上沉沒潛艦的同時，另一艘深潛器也接近了俄籍破冰船北極號，裡頭是針對此次任務精挑細選的五人小隊。

他們經過北極號發射平臺，卻未浮上海面，只沿著船殼悄悄移動，尋找冰層裂縫。除了大小合適之外，還要不容易被前後甲板的船員察覺。

深潛器中斷推進引擎，緩緩朝水面漂移，卡在冰層之後，向上伸出白色人孔管，管口突破水面，貼著北極號船殼延展數呎。管底幫浦將內部水分抽乾後，頂端小門開啓。本次任務副指揮官史塔克頓上尉攀登內側階梯而上。

到達頂端，史塔克頓將探測機按在北極號船身外壁，取出遙控器，開啓磁吸功能。探測機附著在破冰船船體以後向上移動，橡膠輪胎安靜無聲。

抵達甲板邊緣，探測機伸出兩隻小機械手臂，夾穩船緣。手指大小、玻璃尖端的天線從它身上升起，稍微高出船緣一點點。

深潛器上，任務總指揮弗斯特上校瞄了手錶一眼，確認現在時間。

管子再縮回，史塔克頓也往下爬回深潛器內。接著二十分鐘，小隊五人在艇上靜靜地看著探測機回傳影像，研究北極號甲板的巡邏情況和其他細節，以求提高任務成功機率。

史塔克頓轉身朝弗斯特指了一下自己的雷明時手錶。弗斯特點頭回應。

副指揮官與一個隊員穿好防彈衣，外面罩上俄羅斯海軍制服。探測機放下高強度纜繩，深潛器再度伸出人孔管。裡頭水已抽乾、上頭艙門重新開啓，兩名特勤不到一分鐘後就翻過了北極號甲板欄杆。

站上甲板，他們混入一百四十名船員之中，做好執行任務的準備：小隊目標是擊沉北極號，並捕捉或殺害琳恩與珮彤母女。

4

午夜時，康納走出大樓，沿著島上小徑行走。月光明亮，三個迷彩服傭兵尾隨他身後，萬蟲齊鳴，好似爲他們演奏進行曲。

到了圍欄，他停在外側。戴斯蒙躺在小床上，雙目緊閉、呼吸淺薄。康納悄悄開了外層，伸手從口袋取出注射器，摘下橡膠蓋。速度是關鍵。

開啓內層後，他直衝兄長身邊。

出乎他意料的是，戴斯蒙瞬間翻身下床，壓低身形朝前猛撲，肩膀撞在康納膝蓋上面一些。康納仰倒在地，他繼續前進，一記重拳命中下一名士兵面部。傭兵向後彈到圍籬上，被電擊得滋滋作響，身子劇烈抽搐。

其餘兩名傭兵趕緊衝過去壓制戴斯蒙，大家像橄欖球掉球時扭成一團。戴斯蒙滾來滾去想甩開兩人，不過康納已經起身，狠狠將哥哥的頭部往地上按緊，拿著注射器朝他頸部扎了下去。

抱歉，哥哥。你讓我別無選擇。

制伏戴斯蒙的兩個傭兵用小床當擔架將他抬下山丘，康納讓昏迷的士兵休息，叫了另一個遞補。另有五名傭兵在迷彩機庫內的噴射機旁等候，隊長葛因斯少校報告貨艙已裝載完畢，隨時可以出發。

跑道在草地上微微彎曲，噴射機在一陣搖晃之中加速升空。

康納坐在被插管注射鎮定劑的戴斯蒙旁邊。這支小隊最後一名成員是麻醉醫師賽門．帕克，他坐在病人另一側監控生命跡象。他先前曾經質疑行動時間過長，爲此搬來的器材與藥物簡直能開設一間小型醫院，臉上總是寫著憂慮。

但這一切對康納而言都很正面。不在乎的人最容易犯錯，所以他早就明示若戴斯蒙有個萬一，醫生也得面臨同樣下場。

☣

六小時之後，康納進入駕駛艙，擋風玻璃外墨西哥的下加州山區剛剛透出晨曦。不久山地轉爲沙漠，沙漠又與大海爲鄰，與壯闊山脈和加利福尼亞灣相比，聖費利佩真的只是個小城。

朝內陸幾哩後，已能看見單跑道機場。針對這裡取得的衛星照片是一週前的畫面，不過他們巡了一圈確定周圍沒人，至少目視範圍皆很安全。

飛機降落時捲起了很大片塵埃，彷彿沙塵暴拍打著白色機殼。康納等人在機艙內待到塵埃落定，接著卸下兩輛越野摩托車。四個傭兵先出發，朝著市區長驅直入時，又在陽光下掀起一片渾濁塵雲。

帕克醫師在戴斯蒙的靜脈點滴加藥。

「狀況如何？」康納問。

「很穩定。」醫生沒抬頭，他一向不多話。這是康納欣賞的地方。

傭兵一如預期偷了四輛貨車回來，都沒車窗而且稍微老舊。

頭一輛車裝了摩托車與重要裝備，戴斯蒙和醫療裝置則與帕克醫生、康納和三名好手搭乘第二輛，其餘士兵和包括大汽油桶在內的物資則由剩下兩輛車運送。每輛車都備妥食物飲水和彈藥，以免出現必須分散行動的情況。

飛機鎖好，鋪上防水布之後，一行人朝北方進發，穿越聖費利佩。昔日的觀光小鎮如今已找不到居民，康納暗忖不知是死光了還是都前往大都市尋求庇護。

目前無法估計驅車前往沙丘路需要多久時間。通常會抓個十二小時，但前提是道路通行無阻。更何況他們不會選擇最快路徑，必須避開大城市走小路。一來一往大概時間要加倍，好處就是減少遭遇強盜和政府哨點的機會——每次敵襲都對會達成任務造成重大威脅。

靠近美墨邊境時，他們轉彎進入沙漠，切過墨西加利和提華納(注)中間那片兩國不太管理的空曠地帶。這裡與撒哈拉沙漠差不了太多，不僅沒有人，除了寥寥幾種仙人掌和灌木之外，也沒有其他生物。車隊一字排開、長驅直入，毋需忍受前車捲起沙土，遮蔽視線。

直到美國加州境內九十八號公路，他們才重返柏油路。他們朝西方移動，同時搜尋棄置車輛，但完全沒看到，烈日當空下只有不斷延伸的平坦路面。

車隊在名爲郊狼泉的小鎮停下，嚴格來說只是貨車休息站罷了，所幸在這兒能找到所需的東

注：墨西加利為墨西哥下加州首府。提華納為墨西哥下加州最大城市。

西，也就是加州車牌。雖然若是有人連線政府資料庫，就會發覺車輛型號與登記不符，但目前只能先湊合著用，找到車款接近的再做更換。

換好車牌後，再往東邊遠離海岸，因爲沿海地區人多軍隊多。風景從沙漠變成水分充足的綠地，之後稍微轉北，就經過加州的鹹水湖索爾頓海、約書亞樹國家公園和絲蘭谷。

載運最多士兵那輛車開在前方幾哩外，偵察是否有政府哨站或其他麻煩，現階段風平浪靜，只有些樹木倒落或岩石坍方擋住路面，傭兵都能解決。

時間一個鐘頭一個鐘頭經過，康納終於能夠放鬆一些。

離開巴斯托市大概一哩以後，總算找到與車型吻合的車牌。接近馬里波薩時，他們轉向往海岸移動。康納不想行經灣區的主要洲際道路，所以繞行於聖荷西與聖塔克魯茲兩地之間各種公園、保護區、國家森林的景觀路線。

太陽下山後幾小時，康納在路上還是忍不住睡著，最後聽見的是機器監控哥哥心跳的規律聲音。

☣

一隻手突然扣住他肩膀。康納本能地伸手掏槍，睜開眼睛卻看見是葛因斯少校的面孔，被貨車頂燈照亮。

「報告現況。」康納冷冷地說。

「斥候在波托拉路上，正要轉進沙丘路。」

「停車，」康納坐直身體。「叫他們也待命。」然後自己撥了衛星電話給尤里。

「狀況？」話筒傳出俄國人的嗓音。

「到定位了。」

「遭到抵抗？」

「沒有。」

「很好，那我們就開始攻擊，希望能稍微掩護到你們。」

「瞭解。」

「別忘記你在那裡的目的，康納。」

他瞥了身旁幾呎外昏迷的哥哥。「不會的。」

☣

尤里掛斷電話之後，邁步走近戰情室，問值班主任：「『珍珠港』準備得如何？」

「一切就緒。」

「開始吧。」

房間另一頭大螢幕上，世界地圖被綠色光點覆蓋。光點一個個轉爲紅色，代表路由器被關閉。季蒂昂許多年前就已掌控路由器韌體，並在其中植入木馬病毒，就是爲了此時此刻做足籌碼。在他們行動之後，所有路由器都成了塑膠、金屬與矽構成的垃圾——除非季蒂昂願意重新啓動。除此之外，網際網路上的衛星傳輸也失靈，只有季蒂昂自己和少數幾間私有企業的衛星還能如常運作。

高度依賴網路的現代社會，在一剎那間完全崩潰。

康納一直等著筆電顯示訊息。

☣

全球網路中斷。

他切換到斥候傳來的影像畫面，啓動無線電下令：「動手。」

車子回到道路上維持接近速限的速度，駕駛和車裡所有人都換上平民衣著，但康納知道他們出現在哨站依舊會引起疑心，畢竟一群人都是平頭髮型、猙獰面孔與特別冷硬的目光，怎麼看也不像是普通人。

路上空空蕩蕩。二八〇號州際公路下沙丘路之後，就是戴斯蒙的辦公室、隱藏記憶的座標。現在看不見任何人、車或其他會動的東西。

「過去吧。」康納吩咐：「車子要散開。」十二月的白天有四輛大貨車同時進入停車場，光是噴出的白煙都能引人注目。但話說回來，爲了預防萬一也不能距離過遠。「所有單位保持在可視範圍。」

他乘坐的車子來到辦公大樓的停車場，康納從口袋拿出手機，啓動迷宮實境應用程式，再轉頭問醫師：「需要在他辦公室才行嗎？」

「我不確定，可以的話最好不要搬動他。」

「好，就先在這裡試試看。」

程式詢問康納是否進入迷宮、以何種身分進入。康納不禁冷笑，在世界未來的道路上，自己是個英雄，但對外界不知情者而言，他成了牛頭人。面目可憎的他扮演怪物，眞是再適合不過。

但他還是按下「英雄」的選項。那是糊塗老哥的自我認同，他一定會這麼設計程式，好在失憶後做爲提醒。戴斯蒙是否藉由這軟體強化信念？關於哥哥，康納不理解的地方還有很多。

手機又跳出訊息：搜索入口……

幾秒以後顯示：發現入口：1

康納輕觸螢幕，底下多了進度條，注明下載中。

十分鐘以後，手機嗡嗡叫。

下載完成。

同一時間，戴斯蒙上半身倏然彈起、僵直不動，彷彿那張臨時病床起了火似的。一轉眼後，他又癱軟下去猛烈顫抖，儀器顯示原本穩定的心跳飆到危及性命的頻率。此外，他的雙臂不斷用力使勁，只是被布質拘束套鎖在欄杆邊。

「怎麼回事？」康納問。

帕克醫師沒搭理他，撥開戴斯蒙一側眼瞼，用手電筒檢查。

康納忍不住抓住醫生肩膀。「喂！」

醫生甩開他的手。「我不知道！」

無助淹沒了康納。戴斯蒙會死，是我害死的。

5

珮彤隨母親和兩名海豹隊員進入沉沒海底的潛艦，一路小心不刮壞防護裝。事前偵測了此處空氣是否含有毒素，但琳恩還是提出了警告：由於米格魯號上之前進行過許多不爲人知的實驗，如今每開啓一間辦公室和實驗室，都有可能暴露於毒素中，因此還是別脫裝備比較保險。

身爲美國疾管中心頂尖的疫情現場專家，珮彤很習慣穿著生化防護衣，以前的工作地點也大半靠近炎熱的赤道，主要是加勒比海、非洲、東南亞等地，與米格魯號這個冰冷墓穴恰成反比。然而這裡每個轉角都是謎，實驗室裡的標本、辦公室裡的文件，以至於三十年前潛艦被擊沉時留下的爆炸痕跡。

初次下潛時，研究團隊便在潛艦甬道放置了小型ＬＥＤ燈，燈光從地面向上打亮壁面冰晶，此外還有防護裝頭燈，驅逐最後一絲黑暗。珮彤前進時，帶著光芒的微粒掠過身旁，彷彿身在太空，繁星點點擦身。

這次進入的區塊，通道左右都類似營房，其中約一半有倒臥的遺體，因極低溫而保存完好。米格魯號部分船員死前胸口還捧著書，另一些則摟著愛人或朋友。就珮彤的角度看來，彷彿又到了受瘟疫所苦的村莊，人類無助絕望的最後時刻，一幕幕在眼前上演。

看著潛艦裡死去的研究員，她總是想起大瘟疫中自己的團隊也犧牲了許多人，牢牢記住尤里的可恨。對尤里而言，疫病不過是工具，眞正目的在於散布「昇華」。昇華事實上是微小到極致的奈米機器，預先設定的行爲是中和病毒，使其失去活性。然而一旦進入人類血液就永遠停留其中，等待下個指令。季蒂昂手中有操縱昇華的軟體，能夠驅使奈米機器從基因層級改造宿主。

珮彤的血液裡有昇華，琳恩的血液裡也有昇華。兩人目前只因珮彤的哥哥在最後關頭刪除昇華控制系統而安全，但可想而知尤里會全速重建。母親有件事說得完全沒錯：時間不多，她感覺那些肉眼看不見的機器正每分每秒侵佔自我，如同毒液順著血管擴散，逐漸麻木肉體和心靈，最後奪去自由。

前面兩個海豹隊員停下腳步，打開裝備包，啓動專用電漿火炬。火焰主體是藍色，但靠近封鎖艙門就彈出橘紅色火花。

他們嘗試開啓新區塊，琳恩和珮彤則鑽進前回已經進去過的辦公室，繼續挖掘文件。琳恩二話不說便拉開檔案櫃抽屜，珮彤高舉攝影機，準備拍下每份文件的正面和背面。

☣

北極號上，季蒂昂派來的兩名特工已經闖到甲板下層反應爐旁邊的房間，一個在走道把風，一個正在艙壁安裝炸藥。

接著他們移動到第二目標，與季蒂昂深潛器反方向的外層船殼。兩人沿著走道移動，仔細留意前後是否有動靜，定點自背包取出炸藥，裝設在艙壁。他們分散炸藥是爲了確保不同隔離區塊的船殼都被炸出破洞，因爲要使北極號沉船最簡單辦法就是灌進足夠的水量。

放好炸藥之後，隊長開啓無線電，對著麥克風敲了三下。準備進入下個階段。

☣

琳恩看翻開文件以後一愣。「先關掉攝影。」

「怎麼了？」

她轉頭望向女兒，頭燈刺得珮彤一時目盲。只見琳恩比出了四根手指。

珮彤轉到四號頻道。

「這一份不建檔。」琳恩說。

「爲什麼？」

「這份比較重要。」

「越重要越應該建檔。」

琳恩遲疑一下，又說：「相信我，珮彤。我也相信妳。」

珮彤張嘴想反駁，卻又將話吞了回去。她意識到自己多麼希望得到母親信賴，同時自己也能夠全然信賴母親，於是母親說的話便有種超然地位。權衡之中，她還是關了攝影，將機器擱在身旁。她伸手以後，母親將那頁文件遞過來，動作特別輕柔，彷彿視其爲神聖經文。

看到內容後，珮彤頗爲訝異。原本以爲是文字紀錄，沒想到竟是彩色照片——某處山洞岩壁上畫著草原野牛，紅色與褐色顏料頗爲鮮艷。

「妳剛才說這很重要，爲什麼？」

「這是阿爾塔米拉洞穴的壁畫。」

珮彤沒聽說過。「與季蒂昂有什麼關聯？」

「孩子，妳翻面看看。」

文件背面有人手寫兩行字：

Do fidem me nullum librum

A Liddell

「頭一句是拉丁文，什麼意思？」

「誓約的開頭，很古老的用詞。意思是：要牢牢守護知識。」

珮彤等著母親再多加解釋，結果她卻就此打住。「後面的*A Liddel*聽起來像名字，不知道是不是寫字的人。」

「不是。」

珮彤盯著母親。「所以妳知道是誰寫的？」

琳恩點頭。「保羅．克勞斯（Paul Kraus）博士。」

「妳認得出他的筆跡？」珮彤隨即反應過來。「五十年前，妳在米格魯號上和他共事？」

「嗯。」

珮彤再看看手中的文件。「所以，妳一直在找的其實是這個。他留給妳的？」

「預防萬一。」

「譬如尤里叛變。」

「季蒂昂內部一直有派系鬥爭，彼此竊取研究機密、透過政治手段打壓對手的經費等等。克勞斯習慣將研究成果藏好，他是德國科學家，二戰時期被迫為納粹做事，後來跟著迴紋針行動前往美國。」

「那是什麼？」

「二戰末期，迴紋針行動將很多德國學者引入美國，對歷史走向產生很大衝擊。五、六〇年代很多美國的新發明，其實是以納粹出資的研究為基礎，例如阿波羅計畫中將太空船送上月球的農神五號火箭哪兒來的？就是一九四五年納粹對倫敦發射的V2火箭再放大版而已，連設計者都是同一位華納．馮．布朗男爵。」

「克勞斯又研究什麼？」

「人類起源，演化的另一種理論。」

「所以季蒂昂才招募他。」

琳恩點頭。「季蒂昂認為他的研究能解開人類存在的眞實意義，也能預測我們的未來，組織內部稱為『人類的終極命運』。克勞斯窮盡畢生，尋找人類的先祖，也就是先於現代智人但已經滅絕的原始人種。他相信關鍵隱藏在人類基因組裡的密碼。」

「究竟是什麼密碼？」

「針對密碼的本質還有功能，有很多種不同的理論。」

「妳的想法呢？」

琳恩別過臉，頭燈光束跟著轉開。「很快就知道了。」

珮彤聽了又明白過來。「妳要繼續他的研究。」

琳恩沒回答。

「所以才要蒐集DNA標本。疫情大爆發的時候，各國政府設置管制區，在裡面採集標本，回傳到『基石量子科技』。那部分是妳的研究吧？妳早就打算到船上找回克勞斯的研究結果，然後與基因組數據結合比對。」

「對。就像之前說過的，我原本的確希望能靠新數據完整克勞斯的研究，不過我始終不知道那些數據要怎麼取得。假如事前知道尤里要用瘟疫做為手段……」

珮彤舉起一隻手。「媽，這個我相信妳。不過等等，妳剛才說是原本希望靠新數據完整克勞斯的研究——意思是結果不如預期？」

「還是不完整。」

「怎麼會？」

「找到密碼的關鍵不在於標本數大小，而是標本多樣性。我們需要瞭解人類基因隨時間如何變化，從變化規律提取出數學方程式。得有足夠的數據，才能反推數據如何產生。」

「還有人類的未來。」

琳恩嘴角揚起，似是對女兒這麼快就進入狀況頗爲欣慰。

「那就是密碼背後的意義吧？能導出演化方向的演算法？」

「那是其中一種用法，但我們認爲還有另一層意義。」

「是什麼？」

琳恩又是一陣沉默。「相信我，珮彤。」

「總是叫我相信妳，卻又不說清楚到底怎麼回事。其實是妳不相信我吧，這樣公平嗎？」

「有些正在運作的力量，不是妳現在能懂的。」

「那是因爲妳什麼都不肯告訴我。」

「不對，是因爲每個問題都指向下一個問題，最後只會進入超乎妳的科學或歷史知識的領域，結果妳還是無法理解。」

「我可以上圖書館。」

「別耍嘴皮子，珮彤，成熟點。」

「妳確定要一邊高高在上說我不夠聰明聽不懂，同時又對我的態度指指點點？」

「我沒說妳不夠聰明，也沒有高高在上。要是讓妳誤會了，我很抱歉，那並非我的本意。」

「妳到底是什麼意思？」

「只是節省時間。孩子，妳要理解背後的眞相缺的不是智力，而是知識，但傳授知識需要時間，偏偏我們現在最缺的就是時間。有些研究歷史長達兩千年，大半是圖書館、學校、任何地方都沒有記錄的內容，或許藏在這船上，又或者埋在別處，等待我們挖掘。當然還有好多都留在我的腦子裡。」

珮彤轉過頭。「至少也該解釋妳爲什麼這麼做，目的究竟是什麼。」

「妳不是知道的嗎？要阻止尤里與季蒂昂。」

「怎麼阻止？知道人類基因組裡的密碼和這件事的關係在哪裡？」

琳恩嘆息。

「妳可以長話短說。」

「我們認爲，密碼是製造一種裝置的關鍵。那個裝置成功的話，尤里和康納的『魔鏡』自然會失效，同時也能夠解開歷史上最大的謎團。」

珮彤瞪大了眼睛。「其實還是妳和尤里在爭奪魔鏡罷了。他是爲了權力，妳是爲了知識。妳根本不想摧毀魔鏡，只是想搶到控制權。」

她回想起三十年前連夜逃離倫敦、抵達美國以後流連旅店那段日子。母親曾將電話拉進浴室，鬼鬼祟祟地與人聯絡，對談中不斷詢問米格魯怎麼了。「三十年前，妳得知米格魯號沉沒很難過，因爲妳需要船上的資料，才能延續自己的『魔鏡』。」

「嗯。」

「妳的『魔鏡』有什麼作用？」

「我們稱之爲『兔子洞』，無論作用機制或效果都和尤里的『魔鏡』不一樣——」

「跟我說功能就好。」

「我能說的就這麼多而已。抱歉，孩子。」

忽然間，一道光線射進。珮彤轉身，看見有個人影長驅直入。

6

記憶中的戴斯蒙坐在辦公室裡，望向窗外沙丘路，許多人一身昂貴行頭，騎著單車行經而過。細雨正點點灑落，他們因而踩得更加賣力。時間是二○○三年秋天，投資人對網際網路泡沫記憶猶新，因此資金流入很少。創投提問越來越尖銳、越來越頻繁，之前所謂「順路投資」的現象已經和恐龍一樣絕種。還留在市場裡的投資人無比謹慎小心，自有一套判斷標準，就像戴斯蒙。他不僅會做研究，也不放棄自己的信念。

玻璃門上的叩叩聲引起他的注意。

尤里．帕挈柯站在門口，一如往常不動聲色、面沉如水。

他完全沒講話，逕自轉身走了出去。

戴斯蒙拎了風衣跟上。

兩人開車沿二八○號州際公路向北行。他們在車裡都沒開口，只靜靜地欣賞外頭景色。綠野逐漸變成商場、辦公大樓、公寓住宅，靠近舊金山時雨勢更大，市區如同從金門大橋向南蔓延的病毒，所經之處就算是半新不舊的屋子也得接受改造，改頭換面披上嶄新閃耀的新風貌，房價自然也因此水漲船高，在這裡工作的人越來越買不起。

尤里下了一號公路交流道，路旁是一連串寸土寸金、空間利用到極致的住家。一樓當作車庫，生活空間都放到二、三樓去，一幢幢小摩天樓比肩而立在街角。

超過一半窗子掛著葛文．紐森的競選標誌，很多車子的保險桿貼紙也能看到他的名字。州長罷免選舉廣告沒缺席，仍有人支持現任州長格雷．戴維斯，但其他候選人聲勢亦不小，其中鋒頭最健是民主黨參選人克魯茲．布斯塔曼特。有間連鎖加油站屋簷懸掛了旗幟，只寫著一句話：*Hasta La Vista Baby*（再見了，寶貝）——顯然是力挺阿諾．史瓦辛格，這句話是他在電影《魔鬼終結者》的名句。戴斯蒙不免回想以前在SciNet工作時開的終結者玩笑，自己也是那時期開始接觸到季蒂昂和掩護它的昇華生技公司。

金門大橋延伸至遠方，兩座紅塔驕傲地矗立在太平洋的夕日下。霧氣自海面飄向大橋，有如慢動作播放的雪崩。

尤里順著蜿蜒道路經過金門公園，進入舊金山要塞區，但在上橋之前就轉入一〇一南交流道，再來到碼頭。惡魔島在海灣彼端，遊艇一來一往，仍未歇息。

駛進倫巴底街時，尤里終於開口了。

「世界的表象只是幻影，戴斯蒙。」老人盯著擋風玻璃這樣說。戴斯蒙以爲尤里會解釋，但他只是默默向前開車。

到了俄羅斯山（注），尤里左轉開往漁人碼頭。吉拉德里廣場上有很多爲了夜生活、逛街購物或晚餐而來的遊客，有些翻看著地圖，有些擠在大傘下，濛濛細雨增強爲傾盆大雨。

注：Russian Hill，舊金山的一個街區名稱。

尤里朝群眾撇了撇頭。「你知道他們和我們的差別在哪裡嗎？」

車子停下，雨聲劈里啪啦一陣比一陣更大，老人的聲音遙遠朦朧：「我們覺醒了，察覺到眞相——這個世界非常非常不對勁。」

他將汽車開進街道，與人群緩緩擦肩，經過阿爾格酒店、罐頭廠購物中心、安克拉治廣場，最後停在三十九號碼頭外。這是個熱門景點，酒吧餐館商家林立。

「任何人在內心深處都是明白的。那感受像潮水來來去去，會被一些事件掩蓋，談戀愛，找到新工作，贏了比賽之類，我們以爲自己只需要這麼多，那股不對勁的感覺會因此消失。然而事實並非如此，它還會回來，一次又一次。人類這個物種已經精於迴避那種感受，靠著工作、購物、派對、球賽分散注意力，沉溺於笑鬧歡樂，或糟糕一點的時候吵架鬥毆、口不擇言，更嚴重的用酒精和毒品麻醉自己。但無論什麼手段，都只是逃避現實，而我們的潛意識早已吶喊求援。人類需要一帖良藥，能治標的良藥。只因所有人都活在同樣的苦難裡。」

「是什麼苦難？」

「他們說人類就是這樣的生物。」尤里轉頭望向戴斯蒙。「但他們錯了。問題很簡單——世界的表象只是幻影。」

「那眞實是什麼？」

「科學給我們一種答案，宗教給我們許多種答案。人類漸漸對這些答案感到厭倦，失去信心。這是覺醒，但覺醒會造成世界的崩潰，前所未有的災難。」尤里很慢很深地吸了一口氣。「不過我們可以阻止那場浩劫，戴斯蒙。我們可以爲揮之不去的困惑找出解答，還有解藥。當然並非一蹴可幾，中間會有許多阻礙。在我們的……組織——」

「『季蒂昂』。」

「是的。我們從很久以前就鑽研這個問題。」

戴斯蒙聽得心跳加速。「那麼答案是？」

「等你準備好就能知道。」

若說戴斯蒙從人生中學到什麼教訓，其一就是天下沒有白吃的午餐，任何事情都有其代價。自己之所以坐在這輛車裡，當然是尤里的意思——也就是尤里對他有所求。

「爲什麼找上我？你想從我這裡得到什麼？」

尤里嘴角浮現一抹笑意。「兩個理由，首先如我所說，你已經覺醒。換做別人坐在這輛車裡，聽到我剛剛那番話，只會哈哈大笑、不屑一顧。但你不同，你明白我說得沒錯，這世界的表象是幻影。」

「另一個理由是？」

「你應該已經知道了。」

「有用得到我的地方。」

「沒錯。」

「爲什麼？」

「你擁有的技能。我認爲我們提出的解答裡，有一個元件交給你打造，再合適不過。」

「你是說『魔鏡』吧？」

「對。」

「『魔鏡』到底是什麼？」

「時候到了，你自然會明白，在那之前你還有很多得學的。」

「例如？」

「如果你要加入季蒂昂，首先必須看清人類這個種族的眞貌，探究人類埋藏的眞相。」尤里稍作停頓。「戴斯蒙，這不是什麼玩票的興趣，必須全心投入，而且踏進去之後，就沒有回頭的餘地，你懂嗎？」

戴斯蒙腦海中閃過澳洲森林大火，思緒回到故鄉與家人被烈火吞噬的時刻，接著是得知伯父身亡、德爾．伊普利跑來住處劫財。兩次他都主動選擇：衝進火場，轉身對抗德爾，殺了他也要保護自己。兩次決定、兩次行動，同樣沒得轉圜。

「我給你一點時間考慮。」

「不需要。」

尤里的車子又轉彎，走上內河水濱道路，離開漁人碼頭。車子駛進金融區，接近海灣大橋，旅館、餐廳、店舖被高樓和立體停車場取代。

一輛車在一棟高樓停下。這棟鋼構和玻璃爲主的高聳建築，對戴斯蒙而言沒有太多記憶點。一樓有CVS藥妝、香蕉共和國服飾和另外兩間零售店。下車後他看看電梯標示，發現昇華生技位在十四樓。

但出乎意料的是，尤里插卡驗證之後按的是二十五樓。

電梯抵達目的地，眼前所見是大理石地板與木質雙開門廳堂，尤里伸出手掌在機器掃描之後，門扉便自動開啓。

身著黑色套裝的苗條女子坐在挑高接待櫃檯後，周圍沒有招牌或標示。她對尤里微笑。「先生，晚安。」

「晚安，珍妮佛。這位是戴斯蒙．修斯。」

她起身與戴斯蒙握手。

「戴斯蒙要與我們相處一段時間。」

「歡迎。」

「謝謝。」戴斯蒙東張西望，卻仍不知自己身在何處。

尤里領他進入長廊，末端又是個小廳，連接了四扇門。尤里從口袋取出另一張卡片，朝其中一扇的機器掃描後，將門推開。

門後是一間公寓，家具很現代，客廳眺望壯麗海景，此外尚有單人臥室、書房以及設備完整的廚房。

「當自己家吧。」

戴斯蒙恍恍惚惚點頭。「這——」

「算是旅館。最上面三層樓都是我們持有的獨立公寓。」

戴斯蒙試著釐清：「所以我要去『昇華』上班？」

「不。」

尤里又帶他走出公寓，順著長廊回到櫃檯，走過去另一頭，以雙手拉開隱藏式滑門，後面是一個叫人嘆爲觀止的地方。

戴斯蒙進去後，張大眼睛說不出話，直到背後傳來關門聲。

「我覺得你應該會喜歡這裡。」

這是三層樓高的圖書館，角落螺旋梯可以攀上二、三樓馬蹄形平臺，面對整整三樓高度的落地窗，俯瞰港區。此刻落日餘暉將惡魔島染成一片金紅，金門大橋像是浮在浪潮裡的海草。長桌上的閱讀燈光線柔和，但座位上空無一人。

「從這裡開始。」尤里輕聲說。

「開始什麼？」

「你的教育。」尤里走到窗前。「眞正的教育。」

「什麼意思？」

「以問題爲起點。」尤里望著他。「我會問你三個問題，每個問題指向更深一層的眞相。」

「關於什麼的眞相？」

「人類這個種族。不明白問題所在，就無法解決問題，答案就在這個房間內。」

戴斯蒙掃視書架，有科學、歷史，也有名人傳記，還有些書本封皮是空白的。房間一角有立臺與電腦，或許是數位目錄？

他假笑著說：「讀完這邊的書，我就懂了？」

尤里沒理會他的嬉皮笑臉，正色回答：「其實沒用。」

「怎麼沒用？」

「你不知道自己該找的是什麼。」

「那我要找什麼？」

「試著解開一個謎題。」尤里走向世界地圖，指著非洲。「六百萬年前，一隻猿猴在這裡出生。我們能確定的只有一點：她生了不止一個孩子。所有人類都從她某個孩子繁衍而來，所有黑猩猩則是她另一個孩子的後代。很不可思議吧？我們和黑猩猩的共同祖先存在於六百萬年前，彼此基因有百分之九十八點八重疊，數百萬年時間只造成百分之一點二差距，偏偏這麼小的差距卻導致如今兩個物種的巨大分隔。」

他端詳地圖。「之後故事的發展更奇怪了。第一個人類、第一個生物學上『人屬』的生物，直到兩百五十萬年前才出現，同樣是在非洲。他們停留約五十萬年，才開始向外探索，最初前進歐亞交接處，接著往歐洲和亞洲散開。

「尼安德塔人距今有五十萬年，學界認為他們起先生活在非洲，之後遷徙到亞洲，與『直立猿人』共存數十萬年，兩者很可能使用類似的石器，捕捉相同的獵物。

「二十萬年前才演化出現代人類，地點依舊是非洲。想像一下，那時候歐洲與非洲已經存在很多原始人，而且都是存活兩百萬年的老前輩。我們才是新面孔，一開始也沒什麼存在感，世界秩序照舊。

「大約七萬年前，事情越來越有趣。我們身上起了變化，取得優勢。一小群人類走出非洲之後，佔領地球的速度遠超此前任何物種，其餘原始人在這階段消失，巨型動物群跟著退場，世界落入人類手中。不過最引人注意的事件要等到四萬五千年前，地點是你的故鄉。」

「澳洲？」

「沒錯。以前從沒有人類踏足澳洲大陸，理由很簡單：澳洲與其他陸地不相連，中間隔了至少六十英里的海域——更何況古人沒有地圖，不知道路線和中間的島嶼。」

尤里又指著地圖上所羅門海的小島，位於巴布亞紐幾內亞最東邊。「這是布卡島，與其他陸地距離超過一百二十英里，卻找得到三萬年前的人類遺骨。想想看，三萬到四萬年前，就有一群人類懂得製造船隻、穿越遼闊大海。以當時而言可謂破天荒的創舉，是最尖端的技術，有如十八世紀多數國家還在用木船航海時，已經有人登陸月球。」

戴斯蒙研究地圖。「你說的謎題是？」

「謎題，」尤里說：「就是那群人怎麼了？」

戴斯蒙等他繼續說明。

「四萬五千年前，他們處於人類巔峰，領先幾光年。然而一六〇六年荷蘭人踏上澳洲看見的原住民卻十分原始，停留在狩獵採集，連農業和文字都沒有。

「戴斯蒙，你要解開的第一個謎題就是，他們到底怎麼了？」

☣

康納坐在沙丘路旁貨車內，緊盯著心率監測器，幾分鐘後，節奏終於穩定下來。

「情況如何？」

原本望著筆電的帕克醫生抬起頭。「我想這應該是他恢復記憶時的生理反應。」

「所以他記起來了？」

醫生攤手。「我不確定。」

「爲什麼？」

「因爲我沒治療過這種病人。現在只能持續監控腦波，顯然他處於ＲＥＭ。」

「ＲＥＭ？」

「快速動眼期，是一個睡眠階段，可以觀察到α波、β波與非同步波——」

「我不是來聽你上腦波課，告訴我他怎麼回事就好。」

「REM是特殊的睡眠階段，身體算是癱瘓程度，但會有清晰、如同故事般的夢境。只有這個時期做的夢，我們能記得住。」

「意思是說，你認爲他恢復記憶就像經歷夢境一樣？」

「只是假設，雖然邏輯說得通。腦部植入物藉由模擬做夢來恢復記憶很方便，因爲人類大腦本來就存在做夢機制。」

「能知道記憶回溯何時結束嗎？」

「很容易。只要腦波起了變化，應該就是記憶復原的過程告一段落。」

「好，等他腦中的電影播完告訴我。」

然後康納得對哥哥下藥逼供，問出他究竟想起什麼，最好包含找回「具現」的線索。

車窗外，兩輛裝甲運兵車沿著沙丘路向東逼近史丹佛和帕羅奧圖。過了一分鐘，又有三輛悍馬車領著一整隊載滿人的中型戰術車而來。士兵在車子後頭隔著帆布簾張望，腿上都擱著自動步槍。

網際網路崩潰造成的混亂，的確給康納製造了很好的機會，爭取不少時間。

7

珮彤一下子被光照得瞇起眼睛，只能伸手起來遮擋。

海豹隊員進了狹小的辦公室，朝珮彤母女靠近，明明嘴巴動著，卻沒辦法從無線電聽見聲音。

琳恩伸手觸碰頭罩，調整頻道之後與他開始對話。

珮彤也趕快回到一號頻道。「……通了。」工程組報告。

「好。」琳恩的語調不帶情緒。

「再開下一間嗎？」

「不。按照標準程序封住剛才打通的入口，然後準備離開。今天到此為止。」

海豹部隊走出辦公室，消失在走道深處。

琳恩轉頭又朝珮彤比出四根手指，兩人再度調整頻道。「繼續？」

珮彤注視母親泛起微微皺紋的臉。「那東西有什麼作用？妳的『魔鏡』，還是『兔子洞』？」

「很難描述……」

「會傷人？」

琳恩被這麼一問，神情很難過。「不，不是那種東西。」

「那到底是什麼？」

「能改變世界上所有基礎的理論。」

和多數兒女一樣，珮彤自小到大習慣順從母親，通常將琳恩的意思當聖旨。就算青少年時期的她也不怎麼叛逆，個性就是乖巧文靜、埋首書堆，習慣獨處，特別排斥與人起衝突。選擇流行病學也和她的性格有關，病毒和細菌傷害人類，但小得肉眼看不到，與它們的戰爭儘管再重要，也不是直接在眼前上演。

然而此時此地，珮彤覺得不得不對母親強硬些了。她必須知道自己做的事情究竟有什麼意義、母親說過的話究竟算不算數。「可以阻止尤里和季蒂昂？」

「若我估計沒錯的話，應該能破解對方的陰謀。」

「可以幫我找到戴斯蒙？」

「不行。但我會幫妳的。我保證，珮彤。我明白他對妳有多重要，也懂得失去此生摯愛而無能為力是什麼感受。」

珮彤想起父親，頓時悲從中來。母親反倒依舊堅強。

「我會陪妳走到最後。」

☣

珮彤看著深潛器上的指針跳到零。這是特製載具，所以沒有窗戶，只靠平板電腦顯示影像，六架攝影機分別安裝在艇體的上下與四方。與厚冰層擦身而過後，小艇探出水面，微微搖晃著。

珮彤踏上甲板、拆下頭罩，俄羅斯船員呼出的熱氣和北極冷風混雜爲瀰漫白霧，他們和研究團隊七嘴八舌嘈雜喧嘩、分不清是誰在說話。探照燈自上層甲板投下強光，彷彿四顆月亮晃蕩在異界天空。她豎耳傾聽，稍微聽見交談內容——研究員正討論是否該離開，狀況十分不對勁。

一旁的美軍船員正操作機械，將深潛器固定於北極號。琳恩走了過去。「上士，什麼情況？」

「博士，網路斷線中。」

「我們這邊？」

「不是。」

「說清楚些。」

上士轉身。「十五分鐘前，衛星訊號中斷。」

「我們的還是他們的？」琳恩掉頭瞥向俄羅斯人。

「全斷了。」

她來回掃視，好似看書速讀著。

「連線看起來沒問題，但另一邊就是沒回應，不管全球網路作戰聯合特遣部隊還是盧比孔，都失去了聯繫。」

琳恩猛然轉身朝甲板狂喝：「瓦西里夫！」

粗壯的俄籍軍官從人群中竄出，一臉不悅。

「開警報！」她又大叫，聽得對方一臉茫然。「快！瓦西里夫，敵人來襲了！」

他漸漸會意之後表情一變，趕緊從腰帶取下無線電拿到面前，卻連一個字都來不及說出口。

爆炸聲驟響，甲板上立刻天搖地晃。探照燈熄滅，淺黃色緊急照明亮起，但隨著第二波衝擊又剎那暗下去。這次的震動更久，巨大船體彷彿被雷霆劈裂。

所有人都動了起來，乍看像是被船拋來甩去。船員紛紛奔向所屬崗位、張口吶喊，珮彤隱約聽見黑暗中傳來步槍擊發，砰砰作響。一陣寒風吹開船員口裡的菸氣與蒸氣，白霧散去後，珮彤才察覺大家不知何時又都停下了動作，視線集中到上甲板的直升機。旋翼竟然已經轉動起來，船員破口大罵，最好的活命機會眼看要飛了。

人多口雜的情況下，琳恩的叫聲幾乎聽不見：「快後退！」

直升機轟然爆碎，火焰與金屬碎片紛紛灑落，衝擊震得珮彤重心不穩，飛了出去，兩個男人跌在她身上。若非她尚未脫下厚重的防護裝，他們的體重加上甲板的硬度，恐怕已經讓她骨折。即便沒受重傷，被這麼一撞，珮彤也是耳鳴不已。血水從她面頰滑落，但她察覺不是自己有傷口，而是上面流下來的——來自壓在身上的一個船員。她抬頭一瞧，那人的臉上插了塊直升機機殼。

珮彤用力一推，壓在最上面的船員往旁邊翻落。她接著拱起背想挪開另一個，但實在太重。她以手肘抵著地板，左搖右擺好幾回，才勉強鑽了出來。

她探探那人的脈搏。毫無反應。

甲板成了恐怖片現場，屍體一疊疊什麼角度都有，好像從火柴盒隨便倒空出來。直升機殘骸還在焚燒，焦煙朝主甲板蔓延。有些船員已起身，如亂葬崗爬出的殭屍，在綠紫交錯的極光下扭動。

很多人張著嘴，但珮彤聽不見他們喊什麼。什麼都聽不到——不對，是低沉嗡鳴蓋過了所有聲音。她搖了搖頭，走向最靠近的船員，發現他也斷了氣。

但隔壁那個還活著。

珮彤叫著附近剛爬起身的人。但她連自己的聲音也聽不見，而那位她呼救的對象就算聽見了也沒理會，自顧自地跑到救生艇旁邊解開繩索。

她努力集中注意力。研究團隊在下層甲板，裡面沒電了。得警告他們、協助撤離，挽救取得的資料。

還有呢？媽媽。

琳恩倒在十呎外，一動也不動。

珮彤蹣跚地穿越甲板，每次踩到肉體，都忍不住整張臉皺起來。但只有少數幾個在腳下還有反應。

她將母親的臉龐捧在手裡，兩指滑到頸動脈按住，心驚膽戰地等了幾秒——

還好有脈搏。

琳恩沒睜眼，不過呼吸慢慢加速，應該快清醒了。但珮彤知道已沒有餘裕，既然人沒大礙，她就得開始行動。她首先轉身尋找防護裝頭罩，剛才走出深潛器時就摘下，幸好還在原本位置。她戴好以後，打開頭燈。

珮彤小心但快步走至最靠近的艙門，下了樓梯。

船內通道一點光線也沒有，只能靠頭燈照亮。此時的環境變得和米格魯號差不多，只差牆面冰晶與空氣裡閃爍的微塵。北極號也會淪落至海底墓場嗎？攻擊者的目標會不會只是資料與化石？

聽力逐漸回復，原來周圍充斥說話聲、腳步聲。她停下來好幾次，讓路給俄籍船員先通行，片刻後船內就到處塞滿人。珮彤變得像電動機臺上的彈珠，被他們左推右擠，無可奈何。

好不容易快到貨艙，一隻手扣住她的肩膀，將人拉回去壓在牆上。

另一個頭燈的光線打在珮彤眼中。是琳恩。

琳恩已經掀開面罩，因爲急急忙忙趕過來，所以上氣不接下氣。珮彤也掀開自己面罩，好聽清楚母親要說什麼。

「我們得……」琳恩身子一拱，手掌按著膝蓋。「下船。」

「媽，底下的研究員和資料——」

「沒時間了，珮彤。他要弄沉這條船。」

「誰？」

「尤里。」

「他來了？」

琳恩搖頭，終於順過氣。「他的手下。我知道他打什麼算盤。」

角落冒出兩束光，搖晃一陣之後停下來，男子聲音傳入走道：「蕭博士。」

母女都回頭。

對方嘴角泛起笑意：「是兩位蕭博士。」

兩個男人身上是美國海軍工作服。珮彤認得出布面上的沙漠色數位迷彩（注）只有海豹部隊或

注：電腦輔助設計、通常包含像素方點的迷彩圖案，對紅外線和夜視鏡因設計複雜能提供較高隱蔽。

海軍特戰大隊成員使用。他們配備了頭燈、防彈衣、防寒衣，肩膀上掛著自動步槍。

「兩位好，我是史塔克頓中尉。」站前面的男人開口，朝著夥伴點頭介紹：「這是布羅米特上士。我們奉命帶二位下船。」

琳恩仔細打量了他們，卻沒回話，珮彤也察覺母親的遲疑。

「時間恐怕不多，蕭博士。請妳和令嫒跟我們走……」

出乎珮彤意料的是，母親眞的跟在上士後面。不知如何是好的她，也只能尾隨其上。越前進越是擁擠，俄籍船員拿著手電筒跑來跑去，生物學團隊只有手機沒辦法看清楚環境。白衣服考古人員也加入人潮，其中一些人翻出了LED棒或小型電筒。

腳步聲起起落落，琳恩的嗓音顯得很單薄：「中尉，我們往哪裡去？」

「是緊急逃生通路，無法多說。」

「誰的命令？」

「我們直接聽命美國中央司令部，負責本次部署的緊急狀況，二位是高優先順位。」

到了階梯，布羅米特開始攀爬，琳恩與珮彤繼續跟著，史塔克頓殿後。一行人返回主甲板之後，從船體中部艙門出去，到了與深潛器發射區相對的另一側。俄籍船員正忙著解開救生艇、運送受傷夥伴，拿著擴音筒的軍官用俄語發號施令。

史塔克頓指著垂在欄杆外的繩索。「麻煩兩位翻過去。」

珮彤瞥了一眼，大約五十呎底下的冰層有個洞，裡面那艘深潛器比起北極號發射區的略爲大了一些。

「中尉，你們的執勤地點是？」

「另一條破冰船，在附近。我們眞的得快點走。」

船身一陣劇震，感覺船底某個部位已脫落，或許是艙壁？

珮彤注意到水線持續沿著船殼向上爬。巨大破冰船即將沉入北冰洋之中。

史塔克頓湊近琳恩。「博士，必須離開了。」

琳恩指著繩子。「好，那請中士先下去。」

史塔克頓搖頭。「女士優先。」

「不行，中尉。讓中士先下去，他爬到一半換我，然後珮彤，由你殿後，和剛才一樣的隊形。」她盯著對方。「不願意的話，你可以直接把我丟下去。」

史塔克頓笑了笑，對中士點頭示意。中士以一個漂亮筋斗翻到欄杆外，抓住繩子向下滑。

琳恩爬上欄杆時，手探進口袋，接著以迅雷不及掩耳的速度朝中尉揮舞，從對方下腹部戳進防彈衣縫隙。一陣響亮啪嚓聲爆出——來自電擊棒。史塔克頓抽搐著倒下，一陣慘叫之後，臉部摔上甲板。

她隨即自史塔克頓小腿抽出戰鬥刀，猛然砍向繩索。沒有切斷，不過繩索震動得發出如小提琴弦繃緊般的音色。

布羅米特察覺異狀，立刻從三十呎下方往回爬。珮彤轉身想跑，卻聽見刀刃摩擦繩子的聲音沒中斷。她母親正反手持刀，以鋸齒刀刃來來回回鋸斷繩索。

「媽！」

琳恩沒抬頭。

布羅米特呼吸急促，動作加快，一爪一爪地迅速上升。轉眼間只剩二十呎。

繩子已被割得裂出幾條線，但還是沒斷。

信號彈在天上炸開，伐籍船員正使出所有手段求援。

布羅米特開始左右晃蕩，成了人體鐘擺。他使出更大力氣加速往上爬，想要直接衝刺到欄杆。他飛速上升，就差最後一步。

「媽！」

琳恩給女兒一個銳利眼神，又翻轉刀刃、用力劈落。繩子應聲斷裂，布羅米特筆直墜下，落在十二呎冰層與海面交接處。他之後慘叫、掙扎，伸手想抓住什麼，可惜傾斜的冰塊很難施力，整個人終究緩緩滑入水中。

三十呎下，深潛器頂部艙門開啓，一個男人探頭出來，目睹同袍落海瞬間，滿臉驚懼。布羅米特身子沉入冰洋，全身骨折，毫無機會存活，連遺言也咕嚕咕嚕地被海水淹沒。

深潛器上的士兵抬頭，眼裡的怨恨滿溢。他抽出手槍發射，第一彈就打在琳恩身子下的欄杆，只差一吋就要見血。

琳恩當機立斷，轉身大叫：「有敵人！」

後甲板竄出一群水手擠上狹窄舷梯，朝敵方深潛器開火，子彈命中船殼後叮叮咚咚地彈開，那人趕快縮回船體內。

史塔克頓發出一陣呻吟，邊搖晃邊伸手扣住欄杆，撐起發麻、顫抖的身軀，倒在船緣。

琳恩撲過去想拉住他，但是遲了一步。史塔克頓整個人已臉朝下地翻過欄杆，順著船身下墜。

敵方潛艇又鑽出一人，持自動槍支朝舷梯掃射。更多俄國船員湧上甲板奮力還擊，整艘潛艇陷入前後兩側串連的火網之中。

琳恩拉著珮彤往艙門跑。「快走。」

「媽——」

「快點，珮彤，不然會死在這裡。」

琳恩用力甩上門，轉身鎖緊旋輪門把。兩人只靠頭燈照明迅速鑽過艦內通道，自後甲板竄出，地上還散落直升機爆炸後的殘骸與死者。已換上極地裝備的生物學者與還穿著白衣的考古學團隊群聚在發射臺周邊，大呼小叫揮著手臂。珮彤這時才領悟，也明白原來母親早就想通了：逃離下沉中的破冰船只有兩種途徑，一種是救生艇，另一種是深潛器。救生艇能航向冰層，然而也意味著之後必須靠帳篷與衣物撐過極地氣候，倘若救援來得太晚，依舊難逃一死。她不確定深潛器比較好，但看來母親很肯定。

琳恩雙手像鑿子般在人群鑿開一條路。

發射平臺控制面板前，有六個海豹隊員持槍逼退群眾，但看見珮彤與琳恩就招手要兩人過去。她們通過以後，海豹隊員立刻再圍起人牆阻攔，奈傑爾·格里尼也已站在後頭，他抓著一個郵差包按在胸口，底下的小腹突出。

「少校。」琳恩開口，對象是高個子的海豹隊員，衣領上有兩條銀槓。

「博士，」軍官沒有轉頭。「我也認為妳應該想搭深潛器。」

「會怎麼安排？」她語氣平淡地問。

「亞當斯、羅卓戈最清楚米格魯號結構，他們會陪同一位，我們進行掩護。」

爲什麼需要掌握米格魯號結構的人？珮彤在心裡自問自答：必須提防敵方派人進入米格魯號追殺，雙方很可能要在潛艦裡械鬥。

「各位今天的英勇一定會流傳後世，」琳恩說：「我保證。」她轉身對奈傑爾說：「格里尼博士先進去吧。」

奈傑爾．格里尼快步鑽進深潛器，後頭那群學者高聲喊叫、向前推擠，無法眼睜睜看著唯一的存活機會就這麼溜走。海豹隊員對空鳴槍，眾人安靜下來，無奈地後退。

珮彤望向一張張寫滿絕望和恐懼的面孔。那種表情她再熟悉不過——她在疫情爆發之初的草屋、破房子、臨時醫院裡看過了無數次。可是又有些不同。在疫情前線的她是流行病學專家，已經竭盡所能甚至賭上自己安危去幫助病患。疾病是人類與自然的鬥爭，大家爲了生存站在同一邊，縱然有遺憾，她也能平常心面對。但是今天這情境……自己被置於優先位置，爲了保全她而判別人死刑，對珮彤而言太難接受。

她站在原地看著別人進入艇內。

「珮彤——」母親的呼喚彷彿一記鞭笞，即便那雙眼睛沒有洩露任何情緒。「我們得走了，珮彤。還有人需要妳，」她湊近女兒。「所以妳得活下去。」

珮彤心上忽然浮現戴斯蒙的面容，然後是哥哥安德魯，還有姊姊麥迪遜。

一陣恍惚中，她被帶進了深潛器，身體本能地跟著爬下階梯，聽著母親與兩名海豹隊員行進的聲響。艙門關閉，船體下潛。

只是心中那個念頭揮之不去：上面的人只能等死。

母親似乎看穿了她的心事，貼到女兒身邊，望進珮彤眼底。「聽我說，這個處境並非我們造成的，」琳恩指向海面。「是他們，是尤里造的孽。我們只是被迫的。今天炸沉一條船、殺死那麼多人，都只是剛開始，妳清楚對方本領有多大。我們必須活下去，理由很簡單——因爲要阻止他們。如果現在讓情感蒙蔽理智，中間走錯一步，被他們俘擄或殺死，會有更多更多的人陷入苦難。」

琳恩停頓片刻。「珮彤，要以大局爲重，明白嗎？」

她點點頭。「明白，但很難接受。」

「根本不該接受。剛才那種場景是妳一輩子都不應該習以爲常的事。」琳恩沒掉頭，直接開口叫喚：「格里尼博士？」

「是。」

「請報告現在情況。」

他呼口氣。「已經執行緊急程序，手上有潛艦最新的資料和地圖。」

「很好。亞當斯士官長？」

「請說。」

「我們得針對米格魯號制訂防禦計畫。如果我沒猜錯的話，馬上就得跟對方硬碰硬了。」

8

康納平躺在車子後面的小床上。座車依舊停在沙丘路旁辦公大樓外，沒引起國民警衛隊、聯邦緊急事務署或海陸軍注意。那些單位集結之後的新部隊因爲找不到更好的代號，所以稱爲X_1。

戴斯蒙倒在隔壁的病床上，監控生命跡象的機器發出規律嗶聲，像個節拍器，讓康納聽得很想睡，但他努力抵抗。

他們監聽政府通訊，藉此確認季蒂昂征服世界以及進行美國二次內戰的進度。國民警衛隊和警察在頻道上的語氣越來越焦急。

敵方戰鬥部隊沿國王大道前進，請求支援。

史丹佛治療救護所發生暴動。

內河碼頭與奧瑪街轉角的喬氏超市起火，請消防隊盡快前往。

康納被火紋身的年紀太小，其實記不清楚經過，但慘劇決定了此後人生道路，而他並不希望別人承受同樣的苦痛。每次聽見頻道上提起火警，康納便下意識想逃走，逃得越遠越好，去一個永遠安全、永遠不必擔心火災的地方。

可是眞正的安全只存在於「魔鏡」裡。

帕克醫師的臉孔被筆電螢幕照亮。

「醫生，情況如何？」

「他還在體驗記憶。」

「知不知道要多久？戰場往這裡過來了。」

「嗯，我沒聾——」

「醫生，管好你的嘴巴，否則你用不到的器官可能都會被摘下來。」

帕克醫師吞了吞口水，再出聲時已沒有情緒：「我持續監控腦波，正嘗試建立演算法，預估剩餘的記憶長度。」

很好。康納必須知道何時能走，也覺得時候差不多了。

☣

圖書館桌子上堆滿了書本，大燈臺照亮三層樓的偌大空間，戴斯蒙坐在靠窗的長桌旁，搔抓自己的髮線，寫滿內容的筆記簿與最近閱讀的歷史書擱在旁邊。

外頭的舊金山海灣燦爛輝煌，但他很少向外看。來到這裡以後，他幾乎分分秒秒都投入在解開尤里丟出的謎語。澳洲原住民爲何落後世界其他社會？

理論上，五萬年前他們是地球文明的頂尖，沒有地圖卻能靠原始船隻漂洋過海，抵達人煙未至的澳洲大陸，征服那塊土地以後卻停滯了，彷彿遭到時空隔離，外界的進步與他們毫無瓜葛。

戴斯蒙花了幾天工夫，查閱關於演化與歷史的典籍，然後……他自認有個合理的推論。他起身踱步、伸展雙腿。他需要思考或累得無法思考時，都會在書架中間走動，此刻他登上螺旋梯在二樓馬蹄形平臺巡了一圈，又爬上三樓。

他忽然留意到一列皮革精裝書，標籤是《季蒂昂集會紀錄》。隨手取了第一冊打開，裡面是掃描列印的圖像，原始文件老舊泛黃、手寫字跡褪色很多，而且都是拉丁語，幸好對頁就是英文翻譯。他拿回長桌研究，讀完一本又一本。

裡頭鉅細靡遺記錄了兩千年來這個組織的會議內容。他們每年密會一次，與會者是世界各地的頂尖思想家，辯論主題圍繞人類打轉：人類存在的本質是什麼？人類存在的意義是什麼？人類的起源和命運是什麼？

第一次密會在公元前二六八年的季蒂昂島——希臘語原名 *Kition*，後來被拉丁語 *Citium* 取代。會議主持是組織創始人、當代哲學大師芝諾，參與者則有如古代名人錄，連阿基米德也名列其中，他那時候才十九歲。

第一次集會重點主題講者爲阿里斯塔克斯。那個時代的世人以爲地球是宇宙中心，但他卻推翻了這個說法，認爲位於中心點的是太陽，且指出早一百年、先於蘇格拉底的畢達哥拉斯學派哲學家菲洛勞斯，就曾提過同樣的見解。只是菲洛勞斯的想法是大地、太陽、月亮都繞著居於中央的火焰旋轉。

阿里斯塔克斯更進一步，不僅判斷出中央那團火焰其實就是太陽、太陽是這個星系的中心，還算出地球軌道是圓形。星星之間相距極遠，宇宙比人類想像得大上許多的觀點，也是他的首創。阿里斯塔克斯甚至說了地球有自轉軸，而自轉一周時間就是一天。

戴斯蒙十分驚訝，以前一直以爲「日心說」出自哥白尼和伽利略，沒想到阿里斯塔克斯比哥白尼早了一千八百年，就已靠數學闡明眞相。事實上，哥白尼也在著述初稿中表示「日心說」承襲自阿里斯塔克斯，只是出版前又刪掉了相關文字。

而且很可惜地，有關阿里斯塔克斯「日心說」的記載並未傳世，後人只能從阿基米德筆下窺見一二。阿基米德寫給格隆王的信函〈數沙者〉說：

> 阿里斯塔克斯在著作中提到，宇宙比我們所想的大了許多倍，且認為星星和太陽並不移動，是大地繞太陽旋轉，路徑是圓圈。

哥白尼死後二十一年，伽利略·伽利萊才出生，他確立了阿里斯塔克斯做爲「日心說」發現者的地位，指出哥白尼其實只是「重建和確認」了這套理論。當然提倡「日心說」的伽利略勢必遭到羅馬天主教指控爲異端，於是他被軟禁在家，直到死亡。

戴斯蒙很快察覺阿里斯塔克斯的「日心說」，便是季蒂昂密會以至於整個組織的未來調性——無論多麼大膽、極端的想法他們都能接受，條件是提出證據並接受討論。季蒂昂不以人爲中心，而是將自己視爲宇宙的一小部分，可以客觀地研究理解，無需視爲造物中心、放上神壇供奉。眞理先於一切。

後續紀錄涵蓋組織隨著年月流轉、世紀更迭而變動的思維歷程。有些理論被棄置、有些理論被證僞，不過漸漸有個大一統形態的主論調浮現：他們認爲宇宙是單一有機體，類似生化機器，人類是有機體內一個部分，但扮演了重要角色。此外季蒂昂相信宇宙的開始和結束，是以某種方式相連，也必然相連。更特別的是，理論指出宇宙被一種力量推動，某個特殊的存在或作用引導宇宙從起點走向終點。他們稱這力量爲「隱日」——看不見的太陽。

戴斯蒙越看越沉迷，每一本都令他大開眼界。

一九四五年，季蒂昂的調性改變。以前他們強調耐心、著重思考，後來一部分成員按捺不住，急著從理論進入實務。密會從年度縮短到季度，重心放在實驗上，所有活動以建造「魔鏡」爲大前提，每次會議都將節奏提得更快。一九六〇年代，蘇俄於美國囤積的核武足夠毀滅人類好幾回，季蒂昂內一群人大聲疾呼應該採取行動，認爲既是他們將原子彈帶到這世界，就應該竭盡全力矯正錯誤，避免人類消亡。

一九六五年五月，一組成員從香港乘上米格魯號，之後在每屆密會上展示調查成果。戴斯蒙看了詫異萬分，有如坐進古亞歷山大圖書館中閱讀失傳古卷。米格魯號的許多發現都足以改變全世界。

紀錄停在一九八六年，沒有任何解釋。

☣

尤里每週到訪三次，通常是晚餐過後。兩人會在俯瞰海灣的大窗邊下棋，金門大橋上車水馬龍、燈光燦爛，遠眺時彷彿水面上的一群螢火蟲。

「我想看看季蒂昂剩下的集會紀錄。」戴斯蒙開口說。

老人用城堡吃下騎士的同時，挑起一道眉。

「一九八六之後的。」

「沒有。」

戴斯蒙靠上椅背。「你是我見過話最少的人。」養大他的是歐威爾．修斯，所以這句話由他來說頗爲中肯。

尤里以拇指拂過剛拿下的騎士。「在我長大的地方，亂說話會賠上性命，眼神不對也一樣。」

戴斯蒙知道他在史達林格勒度過童年，經歷納粹侵略以及之後的史達林統治。自己跟著歐威爾的時候也不能有話直說，一個不小心失言就後悔莫及。

「爲什麼不留紀錄了？」

「倒因爲果。」

「什麼意思？」

「因爲不開會了。」

「那……」

「你已讀了備忘錄，應該知道組織成員相當恐慌。」

「他們覺得沒時間了。」

「對，而且有很多計畫彼此競爭。」

「怎麼解決？」

尤里將騎士放在桌上。「換你了。」

戴斯蒙心不在焉地挪了個士兵。

尤里把國王移到士兵攻擊距離外。「一樁悲劇……自然而然發生。」他停頓。「你也親身經歷過人生的無奈。」

大火奪走他的家人——可是尤里爲什麼要提起？轉移注意力？隱瞞什麼？

戴斯蒙將剩下的城堡調過來保護國王，卻被尤里的主教吃下。

看盤面，這局差不多輸了，但戴斯蒙志不在此，現在他只想知道爲什麼密會會終止。他覺得幕後必定有什麼祕辛。

「你的重點放錯了地方。」

戴斯蒙的視線停在棋盤上，但尤里伸手指著他。「我能說的只有一九八六之後，我們被迫隱藏，不過這種日子即將結束。」

「我不懂。」

「『魔鏡』。它能治癒所有傷痛，燒得再深的都可以。」

康納監收聽無線電裡國民警衛隊收到的指令。政府實施全國宵禁，天黑後在外遊蕩被發現者，要帶到X1營地拘留。

他望向窗外，推估還有兩小時就日落。政府部隊正在就定位，入夜以後分區做地毯式搜索。屆時很快會找到這群沙丘路上的貨車隊，換言之，康納和他的隊員最好早一步離開。

否則就得開戰。

9

米格魯號出現在深潛器內平面螢幕上，乍看好似嵌入海床、即將被海底土石吞噬。奈傑爾坐在珮彤隔壁，他微微顫抖，將郵差包緊貼胸口，簡直當作救命衣。

「進去以後第一件事，」琳恩開口：「先找裝備給格里尼博士。這間儲藏室裡應該還有防寒衣物。」米格魯號的結構圖攤開在地板上，她指著靠接口附近的一個房間，轉頭看向負責駕駛的兩名海豹隊員。「亞當斯士官長，你和羅卓戈下士要準備迎擊敵方登船部隊，這部分得仰賴兩位的專業。有什麼對策嗎？」

「先確定我方有什麼優勢。」亞當斯回答：「一，我們熟悉場地。二，我們能選擇在潛艦什麼部位作戰。對方要抓妳，得先過我們這關。」

「那麼劣勢是？」琳恩問。

「時間，加上無法奇襲。」

羅卓戈將小艇靠在米格魯號上。

「他們有的是時間和我們耗。」琳恩說。

亞當斯點點頭。「能選擇的話，當然是又餓又累的人才好對付，而且如此一來，他們就能決定什麼時候出手。我們只能被動做好準備，對方卻能養精蓄銳、挑選最佳時機才行動。」

分析得很精準，珮彤心想，但聽起來令人捏把冷汗。

「我們會好好布置，」亞當斯說：「讓他們進得來出不去。」

☣

季蒂昂潛水艇上，指揮官弗斯特透過安裝在冰層上的攝影機進行監控，期盼著史塔克頓的手臂會竄出海面，抓著冰塊爬上來，可惜一點跡象也沒有，恐怕落水以後，他的肢體早已不聽使喚。但他明明受過嚴格的寒帶天候訓練……琳恩．蕭究竟幹了什麼好事？沒想到一個前季蒂昂研究員，竟在幾分鐘內收拾了兩人。

低估對手了。弗斯特告誡自己，千萬不能重蹈覆轍。

北極號船員在冰層插上支柱和電池，架起照明燈，燈管嗡嗡低鳴，現場好似冰上停車場。還有人不斷從甲板丟出補給物資，船緣距離吃水線只剩下十呎，下沉得越來越快。船長比手畫腳、大聲號令，一小隊人搬出金屬斜道，搭在甲板與浮冰之間。

船艙湧出一群人，身上是乾淨白衣和平民禦寒裝備，攜帶大包小包或扛著箱子，有些容器上面用白色字母標注「標本」。

弗斯特搖搖頭，心想對方居然分不出輕重緩急。

平民踏上浮冰之後將包裹打開，在冰層上鋪了隔絕墊，然後搭了帳篷。至少他們明白暴露在戶外的每一秒都會讓死期提早到來。

另一小隊人動手將原本鋪在救生艇上的紅色防水布剪成細條，拿到浮冰上面用金屬插樁固定，排列成大大的X形。

弗斯特冷笑。白費心機。

忽然傳來的引擎聲吸引了他的目光。北極號船尾一扇門敞開，雪地機車衝了出來，在甲板轉圈以後，沿斜道下到浮冰。

弗斯特盯著畫面，心裡希望……冰沉沒。

又一輛車出來，兩個駕駛都裹得像顆球，車子後面放著鼓脹的圓筒行李袋，車頂綁著無人機和無限訊號強波器。

弗斯特再次冷笑，心想自己也小瞧俄國佬了，但該死的還是得死，差別只是他得提前發難。這下不能陪琳恩．蕭玩消耗戰了，萬一眞有援軍抵達會很棘手。

史塔克頓、布羅米特對他而言堪比親兄弟，琳恩．蕭害死了他們，休想一走了之。

☣

米格魯號內，珮彤看著母親撬開儲藏室的門，結凍鉸鏈吱嘎叫得如同陷阱中的野獸。琳恩從架子取出一疊厚毯子遞給女兒，接著就近翻出套裝與頭罩。兩者都很笨重，讓珮彤想起尼爾．阿姆斯壯登月的模樣，然後在內心苦笑：其實這套裝備的製造日期大概就是登月過後幾年而已。

無線電傳來琳恩的聲音：「舊了點，還是能給奈傑爾保暖。」她檢查連接衣服的加熱與供氧裝置，又按鈕看看頭燈是否會亮。

所有功能完好無缺，令珮彤頗爲訝異。現代的生產品質居然比以前還差。

琳恩蹲下來挪走一雙靴子、拉出一口鋼箱掀蓋，裡頭有一排手槍。她拿了兩把塞進自己口袋，第三把交給珮彤。

「妳會用吧？」

「我……受過基礎訓練。」

「足夠了。目前情況下，妳眞的要開槍一定是近距離。」琳恩轉頭凝視女兒，彼此的頭燈光線交會，好像夜裡的兩座燈塔。「但逼不得已的時候，妳會開槍嗎？」

意思就是珮彤有沒有辦法殺人。她也不知道，奪人性命不僅違反從醫的誓言，更與自己價值觀徹底矛盾。

「我會盡力而爲。」

琳恩盯著女兒好一會兒。「記住，我們要保護的不只是自己，也是爲了其他人。」

珮彤覺得母親眞是懂得如何挑動別人的敏感神經。這段日子裡，她逐漸見識到母親另一面，一言一行與自己記憶中的琳恩截然不同，例如她在北極號上一眨眼就除掉兩個敵人士兵。那種直覺和身手並非一蹴可幾，需要長年鍛練。

就珮彤的立場而言，總覺得母女關係有兩個階段，分界點就是一九八六年米格魯號沉沒、媽媽告知爸爸亡故。那天之前的琳恩是個慈母，性格開朗，對孩子幾近寵溺。但之後……她變得木訥寡言，心底埋藏深深哀傷，時間大都投入基因研究上。她沒有棄之不顧三個孩子，但照顧時總有淡淡疏離，彷彿害怕去愛、去靠近。那種恐懼其來有自，畢竟長子安德魯後來眞的被尤里挾持爲人質。

琳恩並未再婚，連新的交往對象也沒有。現在珮彤明白了原因：這麼多年來，母親心裡一直盼著有機會撂倒尤里、與父親團圓。如今心願算是實現一半。三週前，珮彤和父親重逢，原來自從米格魯號沉沒以後，父親就隱姓埋名躲藏。遺憾的是他們才團聚兩天，他就在季蒂昂島的戰場上遭尤里殺害。

幸好不是只有遺憾。雖然失去父親，但她們救回了安德魯，並安置他在澳洲慢慢適應正常生活。哥哥做了——或者說被迫做了那麼多可怕的事，珮彤也不確定他靈魂的傷痕能夠癒合，可是至少還有希望。

然而珮彤能想像母親的立場。如果琳恩曾經守著最後一絲希望，此時此刻也已全部幻滅，留下的空虛被仇恨填滿。她的確想完成祕密研究，反制尤里的「魔鏡」，但能夠毅然決然捨棄船上無數人命、心狠手辣地收拾兩名敵兵，堅定意志背後的強大驅力必然是復仇。

珮彤指著母親口袋的槍支。「那妳會用嗎？」

「會。」琳恩走出儲藏室。「日本侵略香港那時候，很多事再怎麼不想學也得要會。」

在米格魯號上面很遠的地方，季蒂昂潛水艇勘察距離北極號一英里處冰層的凹洞。弗斯特率領的小隊攻擊前特地鑿洞，以便與母艦隱日號聯繫、傳遞最新消息。過了一陣子，水面又覆上一層薄冰，但潛水艇輕而易舉就擊破。

弗斯特再度開啓頻道。「稼冰號呼叫隱日號，收得到嗎？」

「收到。」

「報告行動進度：『巢』已經擊破，不過發現兩隻『鳥』高速南下，建議你們追蹤監控。」

「收到。」

「『巢』被破壞以後，剩餘的『鳥』停在浮冰上，也建議你們出面處理。」

「收到。」

「最後一點：『母鳥』與『雛鳥』都離巢而去，應該是往之前那個『巢』而去。我現在要過去捕捉，進一步研究。」

「瞭解。祝好運。」

☣

阿拉斯加北方一百五十英里處，有艘遊輪熄了引擎，漂浮在北冰洋上，但無論甲板上或內部艙房都沒有遊客，空無一人。隱日號隸屬於季蒂昂，只有外表是遊輪，本質是海上要塞。

戰情中心內一大排螢幕都是衛星畫面，鏡頭不斷放大，直到在如白色沙漠般的海冰上找到雪地機車。一秒鐘以後偵測出座標與速度，隨時更新，另一個螢幕則切換到第二輛機車。

米凱洛娃上校注視畫面，確定敵人狀態。「自由開火。」

甲板上，戶外籃球場地板像吊橋般打開，平臺升起，裝載了十二枚長程飛彈，其中兩枚發射而出。

幾秒鐘以後就在畫面上看見成果。兩發都命中。

米凱洛娃只擔心目標會不會在最後發送了訊息。

衛星將鏡頭轉換到北極號殘骸位置。之前他們刻意避免直接偵察，以防聯盟軍意識到可能遭受攻擊。

一小時後回傳的影像上，巨大破冰船已經消失，徒留下一圈藍綠色水面。旁邊浮冰上有個大大的紅色X形狀，一角群居了數十個白色帳篷，在極光下泛著綠紫光澤，岸邊停了四條救生艇。

「上校？」戰情調度官詢問。

「打個兩發。」

她從艦橋窗戶看著飛彈升空。命中時，螢幕只有一片白。

☣

琳恩拖著防寒裝備爬進潛艇。奈傑爾抖得更加厲害。

「格里尼博士，撐一會兒，馬上就暖和了。」

珮彤攤開幾張厚毯裹住他。琳恩將防護衣開口對準電暖氣出風口。奈傑爾只能盯著看，不停打哆嗦。

「這些東西在裡面冷藏了三十年，」琳恩解釋：「你不會想直接套上。」

珮彤的雙手上下磨蹭奈傑爾，希望給他點溫度。

幾分鐘以後，琳恩取下裝備搖晃，裡頭流出水。她捲了毯子塞進去，盡量將四肢與軀幹部位擦乾。

總算讓奈傑爾著裝完畢後，三人鑽進米格魯號開始參與作戰準備。他們封鎖靠接口周邊進出通道，回去儲藏室每人提一袋子膠帶和手電筒，回到走廊也回收之前放置的ＬＥＤ。來到寢室的她們將遺體靠牆，拿走剩下的被單和毛毯，因爲計畫所需越多越好。

關上所有房間、封死每扇看到的艙門，三人在通道上每隔一段距離就蹲下，黏緊膠帶固定在路中間，藉此僞裝爲稍稍高過腳踝的絆索。兩名海豹隊員也做了同樣安排——但他們的絆索眞的接上了炸藥。關鍵在於拖延行動、耗損對方心力，等他們犯錯。

到了較長的通道上，他們用膠帶將布料黏在天花板、牆壁、地板，掩蓋住後面的ＬＥＤ與手電筒。亞當斯認為敵人裝備夜視鏡是理所當然的事，為了偵察勢必會扯下這些布料，結果就是遭遇刺目強光。

最後三人前往實驗室與亞當斯、羅卓戈會合。他們將這裡當作最後堡壘，若有必要就在此處進行殊死戰。

看見她們進來，兩名海豹隊員點頭示意。

不鏽鋼桌上擺了即食口糧，角落堆了槍支與彈匣，從米格魯號搜出的武器全集中在這裡。之前亞當斯就要求三人協助清空艦上所有槍械彈藥，以免成了敵人的補給。

琳恩在頻道中詢問：「亞當斯士官長，下一步是？」

「米格魯號準備就緒，現在要準備我們自己。吃飽、睡飽——不過得輪流來。隨時備戰。」

琳恩沒再回話，直接坐到桌邊，掀開面罩用餐。

珮彤也照辦，咬下第一口食物才察覺自己餓壞了。

☣

她從睡夢中驚醒，以為聽見了雷聲。

實驗室的燈光暗淡。羅卓戈望向設置好的關卡，自動步槍擱在大腿上。

珮彤轉念一想，潛水艦內怎麼可能聽到雷聲，當然是來自海面。炸彈，甚至是飛彈。

看來上頭遭受了攻擊，逃出北極號的人依舊躲不過死劫。

下一步，季蒂昂追兵就會鎖定米格魯號。

10

康納不喜歡等待。在車裡無事可做，只能等哥哥恢復記憶。一旦到了宵禁時段，更是別無選擇，他很想活動筋骨、能做點什麼事情就太好了。

「我進去一下。」

前座的葛因斯轉頭。

「去辦公室。」他下車時說：「戴斯蒙可能在那邊留了什麼線索。」

其實康納進去過很多次了。他沒有鑰匙，但尤里給了他。他進去之後，爬上三樓，推開戴斯蒙辦公室的玻璃門，旁邊牆上鋁板鏤字標示「伊卡洛斯創投」，下面列了投資項目，各公司名稱寫在色紙，塞入透明塑膠格。

昇華生技。**輝騰基因**。**具現遊戲**。**杉溪娛樂**。**基石量子**。**滅絕公園**。**迷宮實境**。**城市鍛造**。**南極旅遊**。

康納記得其中一部分，對戴斯蒙而言，這些公司就像兒子女兒，辦公室則是它們的產房。

那幾年，戴斯蒙逐步擴大辦公室，租下鄰接房間，改裝成相同風格，悉心打理出理想樣貌。只可惜如今彷彿龍捲風掃過，觸目一片狼藉。戴斯蒙叛變之後，季蒂昂派出戰術小隊將辦公室徹頭徹尾、滴水不漏搜了個遍：椅子布料割開、泡棉挖空，ＩＫＥＡ廉價桌圓柱桌角拔下檢查是否有夾層，然後丟在旁邊像一堆灰色金屬火柴棒。連鋼架式天花板都拆下，空調和消防管線樣樣暴露在外，乍看之下能查的地方都查過了。

有什麼我知道而他們不知道的？

康納的目光回到投資公司名牌上。

我知道戴斯蒙會將記憶藏在哪裡了。

他穿過接待櫃檯，扯下寫有「迷宮實境」的紙片。紙上沒別的字，但塑膠格背面牆壁有個小洞。

康納開了手電筒朝洞內照去，看見鋼筋上黏著一個ＵＳＢ隨身碟。他仔細觀察，確定沒有機關或警報以後，將其取出收在口袋，走回貨車上。

☣

完整掃毒以後，康納開啓隨身碟，裡面只有一個命名爲「康納.mp4」的檔案。

他第一個反應是刪除。換做是是尤里一定會說「保持專注」，然後就刪掉。

康納從袋子拿出耳機，插在筆電上，按下播放鍵。

螢幕上出現戴斯蒙的身影，背景是私人飛機，似乎只有他一個人。「看影片的人，如果你不是康納，」他說：「請將這影片交給他。」

接著戴斯蒙望向窗外片刻，似是整理思緒，回來面對鏡頭又開口：「我剛剛離開健太郎丸號，可惜你不信任我。我並不想這樣子，但你沒有給我別的選項。」隔著鏡頭，他注視康納。「這麼做是爲了我們、爲了很多人。相信我，弟弟，一切結束之前，仍舊需要你幫忙。」

影片結束，康納摘下耳機，望向旁邊病床上的戴斯蒙。嗶嗶叫的儀器螢幕顯示了他的腦波活動。

你究竟還做了什麼？

☣

戴斯蒙失去了時間感，只是睡覺、進食，偶爾去跑步主要是醒腦，也爲了呼吸新鮮空氣，除此之外，他沒日沒夜都待在那間遠眺舊金山海灣的圖書館內。他閱讀、筆記、思考尤里拋出的謎題，也終於有了答案，迫不及待想告訴對方。

一如往常，尤里在日落時現身，臉上平靜無波。

「下棋嗎？」

「我想聊聊。」

聽戴斯蒙這麼說，尤里找了個位置坐下。

接待員珍妮佛打開木紋雙開門進來，高跟鞋在硬木地板上踩出清亮聲響，踏上古董地毯之後才靜下來。「兩位喝咖啡嗎？」她問：「還是用餐？」

「不了，謝謝。」戴斯蒙回答，尤里也搖了頭。

她走出去關上門。戴斯蒙指著桌上一疊書本，都是季蒂昂的密會紀錄。「線索，」他說：

「就在這裡。」

尤里挑眉。

「演化。適者生存。但『適者』是個遭到嚴重誤解的觀念，合不合適與厲不厲害是兩回事，而是取決於環境——適合與適應所處的環境。」

尤里嘴角揚起，彷佛與戴斯蒙共同有了祕密。「沒錯。」

「澳洲就是這種情況。」

「說說看。」

「澳洲大陸與外界隔絕。他們廢了九牛二虎之力到達該地，但之後的生活就很安逸，食物與空間都充足。雖然今年氣候暖化，但那個年代應該還四季如春。」

尤里沒回應。

戴斯蒙從架上取了一本書。「還有其他例子。這是米格魯號巡迴研究的成果，在印尼佛羅勒斯島發現了人類骸骨，稱爲佛羅勒斯人。他們與現代人類是完全不同的分歧，來自一百七十五萬年前的共同祖先。

「和澳洲原住民一樣，佛羅勒斯人是那個年代的發明先驅。米格魯號研究員在島上挖到十九萬年前的石器，而他們如何抵達那裡也是個謎團，因爲佛羅勒斯島和最接近的陸塊的距離超過六英里。除非曾經有過陸橋但後來消失，否則便代表這群古代人將近二十萬年前，就已製造出竹筏或小船通行。無論走陸路或水路，過程勢必充滿危機，需要大量腦力。」

「沒錯。」老人的語氣彷佛知道戴斯蒙接下來要講什麼。

「這個物種在佛羅勒斯島也與世隔絕，島嶼面積大約五千平方英里，差不多半個麻州大，動植物數量自然有限。

「如達爾文所料，佛羅勒斯人去適應環境，成爲適合生存於那個特定生態的人種。適合的條件不是高大、快速，甚至不是強壯。在佛羅勒斯島那種地方需要的反而是小。米格魯號研究員根據找到的骨頭推測，佛羅勒斯人平均身高只有三呎半。」

「你認爲和澳洲原住民有關？」

「是一樣的現象。兩邊都在隔離環境下演化、適應環境，但環境並不要求他們繼續進化，於是他們在達到平衡點以後就陷入了停滯。」

「可是換個角度看，地球也是宇宙中的孤島。」

「所以也會在到達平衡點以後……」戴斯蒙說：「走上遲滯和倒退。你的計畫是離開地球？」

尤里猶豫地說：「勉強算是。」

「勉強？」

「宇宙也很危險。」

「唔……」

「戴斯蒙，你的表現不錯，但仍舊只觸碰到皮毛，而非眞理。」

「那就麻煩了，我已經翻遍圖書館裡一半以上的書。」

「關鍵並非你努力不足。」

「洗耳恭聽。」

「你的方向錯誤。」

「顯而易見。」

尤里淺笑起來，那是個充滿同情、彷彿祖父般的和藹笑容。「戴斯蒙，你在這兒要學的不只是事實資訊。」

年輕人眉毛一揚。

「保持耐性，長路漫漫難行，也沒有捷徑。」尤里朝那疊集會紀錄一揮手。「他們也是花了超過兩千年才發現完整眞相。眞正的知識要靠自己爭取，不是由別人給予。」

「好吧。」戴斯蒙打開筆記。「那你要給我一張地圖嗎？或是大鏟子什麼的？」

「給你另一個問題。外表和我們相同的人類約莫在二十萬年前出現，很長一段歲月裡都默默無聞，就只是發源於非洲、爲生存而掙扎的物種而已。但四萬五千年前，狀況有了改變，變的不是生理層面——那些祖先長得和你我還是相差不遠——然而他們的行爲不一樣了，思考不一樣了。學界稱之爲具有『行爲現代性』的人類。巧的是，這個變化與那群大無畏探險家造船航海、登陸澳洲的時間點十分接近。」

戴斯蒙點頭。「我也這樣想。」

「之後的轉折或許是世界上最大的謎團。一萬五千年內包括尼安德塔人、丹尼索瓦人、佛羅勒斯人等其他人種全部滅絕。其中一些的發展程度並不輸給智人，懂得製造工具和用火，採取集體狩獵、照顧病人和老人，如你所言十分適合所處的環境。以歐洲來說，尼安德塔人在數十萬年前就克服了寒冷氣候，我們智人反而是之後才做到。智人習慣非洲地區的溫暖和大草原地形，後來進入了歐洲，才面對高山、森林與漫長冬季，然而卻逐漸獲得勝利、擴大地盤，最終全面佔領。自原人出現以來，地球首次只剩下單一人種，也就是我們。」

「這是你要給的第二個謎題？去瞭解爲什麼會有這種現象？」

「其中一半而已。其餘人種消亡時，別的靈長類並沒有跟著滅絕，一路存活到現在。黑猩猩、大猩猩、倭猩猩等等都還在，爲什麼？爲什麼我們活了下來，其他人種卻消失？又爲什麼別的靈長類沒跟著滅絕？這個，才是我要提出的問題。」

☣

沙丘路旁貨車內，康納盯著無人機回傳的影像，國民警衛隊已經越來越靠近。

「二號、三號、四號隊，」他朝無線電下令：「棄車離開，進入樹林尋找掩護。」

前座的葛因斯回頭提醒他：「要是對方調查車廂的話，就會看到武器裝備。」

他說得有理，康納的思慮不夠周延，但他絕不承認，所以朝對方一瞪眼。「少校，我還沒說完。」他又按下無線電：「盡可能掩蔽車廂內的東西，確認都上了鎖。」

接著康納轉頭問帕克醫生：「還要多久？」

「什麼多久？」

「記憶回溯什麼時候結束。醫生，專心點。」

「我不——」

「預估。」

他嘆口氣。「十五分鐘？會有點誤差……」

「開車會影響嗎？」

帕克醫師張大了眼。這表情，康納看得很熟悉。

「做個推論，醫生。要是我們開到下個路口去找更隱祕的地方，可能造成什麼結果？」

「沒有可以參照的標準。」

「醫生——」

「好吧……也許記憶回溯會停下來，也許會變成植物人，也許什麼反應都沒有，就只是繼續回憶。我無法肯定。」

葛因斯望著康納，等他下令。

「先留下吧。」康納開口。「你們四個，」他對其餘傭兵說：「到外面從樹林邊緣掩護這輛車。我們藏好裝備，醫生與我留下來看著戴斯蒙。」他指著嗶嗶叫的機器。「能不能靜音？」醫生按了按，嗶聲一下子便中斷。

十分鐘後只剩康納、醫生與戴斯蒙在車廂裡，以厚毯與空箱做掩護，竭盡所能營造廢車假象。

康納凝神細聽，好一會兒才聽見悍馬車駛進停車場。車門打開，重靴踏上步道，一群人疾步奔跑，長官吆喝下令，包圍整棟大樓。

腳步聲逼近。有人拉動駕駛座那側門把，發現上了鎖。

康納握緊了手槍。

11

珮彤在米格魯號內試著休息片刻。不過她從小就對睡眠頗爲焦慮，常常身體躺下了腦袋還轉個沒完沒了，腦海冒出各種畫面以及對未來的想像。

她翻個身，抓住那疊毛毯，裹緊身體。觸感冰冷，還是覺得好涼。珮彤與琳恩、奈傑爾、羅卓戈四個人躺在一塊，盡量留存毯子底下的體溫，爲節省氧氣用量也摘下了頭罩。

士官長亞當斯背著自動步槍坐在門口警戒，黑暗中的平板螢幕光線勾勒出他瘦削的輪廓。艦內安裝了四臺夜視攝影機，影像毫無異狀。

珮彤身旁亮起一個LED。她看過去，發現母親正盯著自己。

「孩子，妳得睡一會兒。」

「妳不也醒著？」

「珮彤……」

「好、好。」她嘀咕。

珮彤閉著眼睛，像小時候那樣裝睡。

「以前妳也這樣。」

她索性睜開眼睛。

「妳在想什麼？」琳恩問。

「敵人會怎麼攻擊。」

母親凝望她一陣。「還有呢？」

珮彤猶豫了一下。「戴斯蒙吧。」

「我們會找到他的。」

「妳也沒把握。」

「我會保持信心。妳也要有信心，別輕易放棄。希望的力量很大，孩子。」

母女靜默一陣。

「要是他們從戴斯蒙那裡問出『具現』在哪裡，之後會把他怎樣？」

琳恩的視線飄開。「戴斯蒙對康納有特殊意義，不至於傷害他。」

「戴斯蒙都背叛了他。」

「家人之所以爲家人，就是能夠彼此諒解。」

珮彤明白母親弦外之音指的是哥哥。「希望妳說得對……」

一陣金屬撕裂的聲音突然自上方傳來，彷彿巨大海獸的哭啼，撼動了整條船艦。

奈傑爾慌慌張張地彈起來，大口喘著氣。「來了嗎？」

羅卓戈竄出毯子，抓起步槍。

亞當斯專注在監視螢幕。艦身開始晃動。

「飛彈？」奈傑爾又問。

拍打聲在船內振蕩，原本速度緩慢，卻忽然奔騰加劇，如千軍萬馬而來。

琳恩的語氣鎮定，好像只是問天氣：「亞當斯士官長，請評估現在情況。」

「進水了。」

「來源？」

「不確定，可能性最大的是靠接口。」

珮彤想了想才會意過來：方才金屬撕裂的聲音，其實是他們的深潛器被對方從米格魯號扯開，於是靠接口空了、海水流入。之前她與母親密封了靠接口內側艙壁，不必擔心海水真的灌進米格魯號，但也代表五人失去了返回海面的工具，完全被困在艦內。倘若救援未能及時趕到，他們只能像三十年前的船員一樣，餓死或凍死在船艙裡。

琳恩的態度卻完全沒呼應珮彤心底的恐懼。「士官長建議如何因應？」

「我不認爲他們會立刻攻擊。對方當然知道我們能聽得見，就是希望我們陷入恐慌、自亂陣腳。」

「我也這麼認爲。」琳恩對奈傑爾和珮彤說：「繼續休息，保存體力。」

奈傑爾翻了個白眼，「唔，但針對這種因應，我有個小問題想不通——我們要怎麼出去？沒人關心這件事嗎？」

「格里尼博士，大家自然都在意生死，但這件事要等時機成熟才能進行。」

「好，很好。」他很誇張地點頭。「可能是我小題大作，不過我很想知道有什麼神奇辦法能把我們帶出這座海底冰牢。先講清楚比較好睡，不是嗎？」

琳恩朝珮彤看了一眼，視線再回到奈傑爾身上。「格里尼博士，你得信任我。等我們成功出去之後也一樣，很多事情你只能相信我，趁早習慣這點比較好。」說完之後她又躺平，毛毯拉到下巴。「我先睡了，建議你們也睡一下。」

羅卓戈臉上閃過一抹竊笑，跟著鑽進毯子。奈傑爾無可奈何地也躺下，珮彤又縮到母親旁邊。

琳恩關了LED。接下來幾分鐘沒人講話，對珮彤而言卻彷彿過了幾小時，任何一丁點聲響都彷彿開戰宣告。她豎起耳朵，心想不知何時真的要開打。

房間一片黑暗，只有螢幕發出的些微亮光。眼睛習慣以後，她就能看清母親的臉龐，原來琳恩根本沒闔眼，眼神晶亮得很。

「一塊錢買妳的心事喔（注）。」珮彤學小時候媽媽哄自己的語氣。

「拿全中國的茶葉來換，我可以考慮。」琳恩微笑。「但妳想知道的話，免費。」她停頓之後說：「阿爾塔米拉。」

「有古代壁畫的山洞？」

琳恩點頭。

「妳覺得克勞斯博士在那裡留了東西給妳？」

「很有可能。」

「假如……」珮彤吞了吞口水。「等我們離開，就先過去那裡嗎？」

「不，那邊不是最優先。」

「哪裡最優先？」

「牛津。」

珮彤記得一家人還住在倫敦的時候，母親會去牛津做研究。那段記憶並不是很好，因爲琳恩得一大清早起床趕火車，但佩彤都還沒醒，然後她回家的時間也很晚，而女兒早就睡了。那時母親總是很累的樣子。

「爲什麼要去牛津？」她問。

「誓約。」

「妳是指照片上那句拉丁文？那到底是什麼意思？」

「進入牛津大學博德利圖書館之前必須發誓，世界上許多有名的科學家和領袖人物都遵守那段誓言。」

「妳也是吧？」

「嗯。我覺得克勞斯應該在那邊藏了東西等我過去找，起點應該是牛津。」

奈傑爾坐起身講話，聲音也沒壓低：「妳不是認眞的吧？」

「格里尼博士？」琳恩的語調冷淡。

「那是大海撈針呀。我是牛津畢業的，博德利圖書館的藏書有好幾百萬冊。」

「我有目標。」

「是什麼？」

「時候到了就會告訴大家。現在我眞的要睡了。」

注：原文 "Penny for your thoughts" 是英語俗諺，實際意義只是詢問對方正在思考的事情是什麼。

季蒂昂潛艦稼冰號上，弗斯特指揮官睜開眼睛、關掉鬧鐘，同隊的二人也起身。

行動的時候到了。

他們清乾淨地板，攤開尤里．帕犁柯事前交付的米格魯號地形圖研究。分離蕭氏母女搭乘的深潛器之後，他們首先偵察米格魯潛艦周邊、記下破損情況，依據觀察結果修改地圖，將淹水區塊塗上藍色。

實驗區位於中層甲板中央，這是當年季蒂昂最爲保護的部分，加裝了多層艙壁，更具有獨立換氣供電系統，目標二人想必躲在裡面。儘管地形易守難攻，弗斯特自認有足夠工具因應任何機關陷阱。更何況對方躲在裡面也無處可逃，對他來說是甕中捉鱉、手到擒來。

弗斯特指著實驗區那層另一個地方，距離大約六十英呎。「從這裡切入，準備探測車。」手下從架子取來遙控探測車，用膠帶將無線電固定在頂端，留意不遮住攝影鏡頭。這麼處理好兩臺之後，他拿起無線電：「試音，試音。」

另一人測試電漿炬，接著將深潛器挪近米格魯號，轉換爲漂浮模式，伸出水平靠接管，磁力鉗夾緊時的聲音很清澈，管子順利排水中。他戴好頭盔，轉頭等弗斯特下令。

冷空氣湧入，指揮官著裝禦寒後，點頭指示：「士官長，開始吧。」

艙門開啓，士官長爬向潛艦外殼，點燃電漿炬，沒兩下就成功進入了米格魯號。

敲鑼一樣的巨響驚醒珮彤，她瞬間坐起身。

亞當斯和羅卓戈更是直接跳起來站好。

「怎麼——」

「敵人入侵，」亞當斯說：「快準備。」

☣

弗斯特看著螢幕，兩輛遙控探測車朝相反方向出發，負責操作的兩個部下也緊盯著夜視畫面。潛艦通道以泛綠影像呈現，彷彿調查船骸的紀錄片。

「找到東西了。」

左邊螢幕上有類似毯子的物體攤在走道地板上。

「用機器手臂掀開看看，先別跨過去。」

毯子翻開之後只剩下整面白。士官長關掉夜視功能。

前面是一堆潛艦房間的小床，分爲三列，每列四張。遺體搬到後面，床上被子取走了，地板上散落十多個曲棍球似的圓形LED，床面上也擺了一些。

「拉掉毯子，」弗斯特指示：「繼續前進。」

他瞥向事前準備的煙霧彈與催淚瓦斯，心想計畫得做點調整。

「絆索，」另一個部下報告：「土製。」

弗斯特凝視螢幕，探測車鏡頭向前延伸、橫移。

「假的。」部下回報。

「切斷。」

不過下一條絆索卻是來真的——連接的東西應該是C4炸藥。小聰明——炸藥放在深處，與船殼保持距離。

弗斯特在地圖上做了記號。

一小時後，探測車探勘好所有已知通道，兩臺都停到上鎖艙門前面。實驗區就在不遠處。

☣

亞當斯盯著螢幕。「對方有遙控探測車，」他眼睛微瞇。「上面綁著東西，可能是炸彈。」

「搜索我們嗎？」珮彤問。

「是。」亞當斯回答：「順便拆掉我們設下的機關。」

「可以打壞探測車。」羅卓戈說。

亞當斯的眼睛沒離開螢幕。「風險很大，也許對方就是要引誘我們出去。」

「引誘？」奈傑爾聽了很擔心。

「他們可以埋伏在探測車附近。」

珮彤再次對亞當斯深感敬佩。明明承受了巨大壓力，他仍能專注任務、縝密思考。

亞當斯端詳畫面後說：「唔，有兩臺。」

「我們能怎麼辦？」琳恩問。

「現在只能等了。」

弗斯特率領部下穿過通道、布下自己的絆索陷阱，一路小心地沒觸發敵人安置的炸藥。差不多準備就緒。

☣

金屬碰撞聲引起五人警戒。亞當斯轉動螢幕給所有人看：第一臺探測車停在原本位置，卻滾來了一個罐子，末端噴出氣體。

「催淚瓦斯。」亞當斯喃喃地說。

第二臺車那邊也冒出同樣的金屬罐。接著兩條走道又滾進罐子，這回湧出了濃密煙幕。畫面遭到遮蔽，回傳的只有嘶嘶聲。

「他們想困住我們。」亞當斯分析。

「看來挺有效的。」奈傑爾沒好氣地說。

琳恩賞的眼神彷彿甩他一巴掌，使英國佬趕緊閉上嘴。

「亞當斯先生？」

「一是等待，死守在這兒。」

「二呢？」

「衝出去，自己決定戰場和時間。」

「再來？」

亞當斯搖頭。「目前可以肯定的只有一點——離開米格魯號、回到海面的路只有一條而已。」

「他們的深潛器。」

「是的。」

「你們的建議是？」珮彤問。

「羅卓戈和我出去牽制，你們三位繞道，搶奪對方的深潛器後離開。」

眾人沉默下來。

「沒別的辦法了。」亞當斯繼續說：「再過不久他們就會炸開艙門，加上探測車、催淚瓦斯、煙幕彈，我們會被逼入死角。大家必須盡快著裝，氧氣供應只剩下幾小時，而且前提是裝備不要被子彈破壞。時間不站在我們這邊，只能盡快行動。」

「隨便行動同樣危險。」琳恩說：「必須假設對方也在艦上各處設置了陷阱。」

亞當斯點頭。

「即使你和羅卓戈下士成功拖延敵人，我們未必就能闖過重重機關，除非有一條路沒被對方動過手腳……還有一個你沒想到的可能性。」

亞當斯挑眉。

「探測車上那個東西。」

「我認為是開門用的炸彈。」

「雖然很合理，但我不那麼認為。」琳恩說：「敵人沒理由犧牲探測車。少了探測車，破門之後他們還是很難攻進來。」

「意思是……」

「那玩意兒應該是無線電。」

珮彤還不能理解母親的說法。

「有另一個出去的辦法，」琳恩說：「而且是所有人一起出去，只是得拿珮彤和我的性命當賭注。」

她望向女兒，希望珮彤能贊成。

亞當斯一臉厭惡，大搖其頭。「絕對不可以，任務第一優先是——」

「我願意。」珮彤開口：「我不想再有人死去。」

☣

她隨著母親穿過艦內通道，頭燈光束在黑暗中鑿出一條條孔洞。亞當斯本來十分抗拒這個計畫，但很快發覺心意已決的琳恩．蕭，任誰都無法動搖。

「多年前在里約熱內盧，」無線電傳來母親的聲音：「尤里和我被綁架、痛打，對方要求贖金，是妳爸爸救了我們。他隻身赴會，才到了五分鐘就把我們帶走，一顆子彈也沒用上。那一夜，他眞的膽識過人。」琳恩停頓一會兒。「我始終認爲尤里擊沉米格魯號那一夜之所以沒有對威廉痛下殺手，就是這個原因。他曾派人試圖暗殺，不過妳爸爸脫身了，尤里也沒有窮追不捨。我猜他是意識到威廉在他心裡的地位。」

珮彤已經從父親留下的手札讀過這段往事，但她沒有打斷，覺得母親的語氣像是要分享埋藏了很久的心事。

「綁架事件之後，妳爸爸堅持所有人上岸都得帶著防身武器。」琳恩停在一個櫃子前面，用力扳開凍結的門。「備用武器全收在這裡，我們得靠這個自救救人。但要小心使用，珮彤，弄巧成拙會害死自己。」

☣

珮彤背靠牆坐著，頭罩擱在一旁，等待的同時心裡想著母親的判斷是否正確，自己能否完成使命、拯救大家。想到要和敵人以命相搏，她從未像現在這樣緊張，一股嘔吐感在腹中醞釀。但她必須勇敢，爲了戴斯蒙、爲了母親，也爲了底下靠自己才能得救的三個人。

沙啞的嗓音劃破靜默。探測車上的無線電傳出聲音，再透過監視攝影機到了他們耳中。

「琳恩．蕭、珮彤．蕭，我們無意傷害二位。或許之前在北極號上發生了什麼誤會，大概是我部下的言行有所冒犯，爲此鬧出了人命，實在很遺憾。」

他稍微停頓。

「但我誠摯希望接下來能避免無意義的衝突。若我們想要各位的性命，無需登上這條潛艦。之所以追到這裡，自然是希望兩位安然無恙跟著我們回去。我遵照上級指示行動，下令者爲尤里和戴斯蒙。」

珮彤與母親交換一個眼神。琳恩搖了搖頭。

「我所言屬實，戴斯蒙已經恢復記憶，理解眞相，指派我們前來帶珮彤小姐與令堂回去。世界改變在即，他十分擔心妳。」

珮彤的腦袋轉個不停。萬一是眞的怎麼辦？

「對方精通反間計。」琳恩說。

她覺得母親眞像自己肚裡的蛔蟲。

無線電那邊還沒說完：「兩位博士，如果妳們有人隨行，也能一起獲救，但首先請到住艙甲板見個面。就二位，別帶武器。我們有監視器和探測車隨時監控，會一路跟著，所以別繞道。其他人被發現就會變成肉末。」

又停頓了一下。

「請妳們五分鐘內前往住艙甲板，若二位不來，我們只好主動過去。希望妳們做出明智抉擇，避免不必要的流血衝突。」

琳恩捧著頭盔站在旁邊，模樣像是降落在陌生星球的太空人，「珮彤，走吧。」

佩彤站起來，彷彿感覺不到自己的肢體，整個人一直顫抖。

琳恩伸手搭在她肩膀上。「一步一步慢慢來，保持專注，不要分神，按照計畫就好。」

母親爲她拿起頭盔戴上，然後自己也完成著裝。

珮彤努力放慢呼吸，但喘息聲仍在頭盔內特別明顯。

「注意力放在我的聲音上。」琳恩探身過去，兩人隔著頭盔相望。「妳可以的。」

12

X1疫情對美國卡爾．文森號航空母艦的衝擊特別巨大，五千船員死亡了將近兩成，餘下的倖存者心裡只有一個念頭：爲夥伴報仇。

他們在太平洋搜尋了好幾週，想找出季蒂昂基地所在。二十四小時都有飛機在此起降，調查過的區域全部留下紀錄，地圖一點一點地被塡滿。

艾芙莉．普萊斯在艦內一間小單人寢室裡組裝著步槍。她注視著槍支，重設碼錶後拆開再重來，腦海浮現以前在北維吉尼亞州受訓的過程，重複與專注的操演有如冥想定神。

船上官兵不執勤時的消遣包括重訓、用筆電看電影、寫信回家、打電動、瘋狂做愛——最後這一項當然違反規定。這些事情都和艾芙莉沾不上邊，她只會想想戴斯蒙，忍不住擔心他被用刑拷問。卡爾．文森號能找到戴斯蒙就好了。兩人的關係還沒理清，而且她要向犯人報一箭之仇。當初戴斯蒙挺身而出，保住艾芙莉性命，她不想欠這份人情。當然他們之間的糾葛遠不止如此。

☣

牆上時鐘接近下午兩點，天花板上擴音器傳出上級指示：「全船戰備、全船戰備，所有人就戰鬥位置。」

好，艾芙莉心想，找到季蒂昂了。

幾分鐘後她衝進艦橋，通訊官已忙成一團，執行官對著麥克風發號施令。

巴洛艦長站得直挺挺地俯瞰現場混亂，神情陷入凝思。

「我來帶突擊隊，」艾芙莉說：「醫護兵說我已經好了。」她說謊。

「啊？」

「一開始就是我負責的任務——」

「我們還沒找到目標，普萊斯。通訊系統失靈。」巴洛轉身對執行官下令：「改變航道。」

改變航道？艾芙莉東張西望。「去哪裡？」

「集合點，全球通訊失靈情況的因應手段。普萊斯，妳該退下了。」

「所以遭到攻擊了？」

巴洛開始沒耐性：「對。設備中病毒。」他眼睛微瞇。「等等，檔案說妳以前幹過電腦工程師，那可以去——」

艾芙莉會意過來，也猜得到敵人真正的目標是誰——必須找到珮彤和琳恩。

「我需要直升機和特勤部隊。」

巴洛冷笑。「快回去。」

「艦長，聽我說，妨礙網路與全球通訊本來就是季蒂昂計畫的一環。」

「想當然爾，」他朝艙門旁邊高壯水手點頭示意。「送普萊斯小姐回房。」

水手抓住了她的手臂。

艾芙莉瞬間反扣住他手掌，再反折他拇指，令水手疼得蹙起眉，但仍不肯鬆手。「你要想清楚，」她的態度鎮定，視線凝在艦長臉上。「給我十秒，你就會改變主意。」

巴洛又向部下點了頭，水手這才放開艾芙莉。

「盧比孔並非只在這裡運作，還有一組去了北冰洋與俄國合作。對方切斷我們的通訊當然有目的，最大可能就是另一組人遭到攻擊，所以要趕快派一支隊伍過去。」

「普萊斯小姐，本艦也有上級託付的任務，我必須盡忠職守。這裡所有人、所有飛機以保衛美國爲優先。」他朝水手比劃一下。「送她回去，沒有進一步通知之前，不許離開房間。」

13

琳恩堅持自己走在前方二十呎，黑暗中，頭燈只照出她瘦削、模糊的身形。母親這麼做的原因她自然明白，還不就是想保護自己？萬一碰上陷阱，她自己先踏進去，女兒就不會喪命。

無線電裡，琳恩的聲音很平靜：「站在原地。」

「怎麼了？」

「我剛到門口。」琳恩悶哼一聲，黑暗通道傳來鋼板摩擦的銳利聲響，彷彿古代寶庫開啓。煙霧和催淚瓦斯湧入、散開、下降後如同一層薄霧鋪上地板。

「繼續。」琳恩吩咐。

珮彤踏進霧氣時懸著一顆心，總覺得或許這就是自己人生最後一步了，所以走得跌跌撞撞，整個人挨著艙壁。

琳恩低聲告知：「看見探測車了。珮彤，過來，兩個人都要讓他們看到。」

珮彤繞過轉角，母親站著不動，高度及膝的霧氣被頭燈光束剖開一個洞，照出探測車的模樣。她在母親身旁停步，像玩具坦克的探測車一側履帶轉動，在兩人身邊繞圈後，停到艙口前監視後面是否有別人跟來。

琳恩繼續前進，珮彤再跟上，心跳一步一步加快，汗水順著額頭滑進眼睛。

走了一小段路後，霧氣散開。

前面艙壁上膠帶貼了著張紙，上頭寫了字。

脫頭盔。

琳恩先照做，頭燈兩道光一下子熄滅。

珮彤的指尖隔著手套搭在頭盔扣鎖處。這是計畫裡最危險的階段，沒有頭盔保護的情況下，敵人用催淚瓦斯、鈍器都能制伏她們，辦法太多了。

但事已至此，沒有轉圜餘地。

她解開扣鎖、摘下頭盔，寒風撲面而來，從縫隙鑽進防護服，帶著微酸如火藥的氣味。

兩人站在黑暗中等待。前面終於傳來腳步聲，接著後面也有。對方有二到三人——三人的情況有點麻煩，母女倆預想的情況是一人應付一個。

細長光柱像火車過山洞般射來。

珮彤被閃得好幾秒目不視物，眼睛適應以後才看見光線後有兩個人。

「兩位女士，麻煩脫衣。」是無線電裡那個沙啞嗓音。

「太冷了。」琳恩的語氣毫無情緒。

「那建議妳們動作快些。」

琳恩遲疑片刻，再瞥了珮彤一眼，便開始脫裝。

關鍵時刻到了。

珮彤跟著脫下笨重防護裝。她也分不清究竟是害怕還是寒冷，只知道身子越來越抖。防護衣掉落地面，她身上只剩靴子、防寒衣與發熱內衣，之前藏好的手槍在腰間鼓鼓的。珮彤有種渾身赤裸的感覺，好像祕密已被敵人發現。琳恩衣服底下的槍更顯眼。

對方語調稍微輕浮：「兩位的身材比想像中豐滿。」隨即又一本正經地說：「別想拿槍，否則我們立刻開火，不會再次警告。」

沒人敢動。

「雙手舉高向前伸。琳恩博士，請妳轉身向後朝我靠近。珮彤小姐留在原地不動。」

琳恩依照對方指示轉身後退，特別留意不要被擱在地上的裝備絆倒。她望向珮彤，雙目閃耀，一絲動搖也沒有。雖然她沒開口，但母親的聲音在佩彤心中迴蕩：孩子，要勇敢。

有一隻手搭上珮彤胸部下方，迅速竄進衣服內抽走手槍與槍套，丟在地板上。

另一人走近琳恩，從背後拿走武器。

果然有三個人。兩個過來搜身，另一個持手電筒、用沙啞嗓音下命令。

背後那人的手探到珮彤身前，順著胸口往下滑。琳恩此時也遭到了控制。

但年紀大的她卻先出手了——一個轉身掐住對方頸部、用力擠壓。

珮彤慌得不得了，但身體本能地動了起來。她的拇指對套在食指的指環施加壓力，指環底部突起三根刺針。她猛然旋身，往後面的男子出招，手掌拍在對方脖子上，正中頸動脈。

聽著後頭傳來的聲音，中了琳恩毒針的士兵已經吸不到空氣。

抓住珮彤的士兵也鬆開手、雙膝跪地，黯淡光線下的表情和眼神猙獰至極。

「婊——」他口吐著白沫倒下。

珮彤又按了指環，毒針縮回以後，她立刻摘了丟下，掉在地上敲出叮咚聲。這本來就是一次性的暗器，加上她也擔心毒液殘留會誤傷自己。

身後射來的光線飄忽不定，有如夜總會裡的球燈。

琳恩慘叫一聲。

珮彤掉頭一看，就著晃蕩的光束看見先前為母親搜身的士兵仍舊躺在地上，但拿手電筒的傭兵正與她展開扭打。對方用電筒當武器，正朝琳恩面部敲擊，琳恩發出淒厲刺骨的哀嚎之後也倒地，卻還扭著身子想爬向手槍。男子撲過去要扣住她的雙手。

「珮彤！」母親喊叫時，口中噴出血沫。「珮彤，快。」

男子以手肘壓制琳恩，手掌環住了她的咽喉。

珮彤蹣跚地前進，走到母親掉落的槍套旁。她彎腰取出手槍，雙手抖得握不牢。

琳恩的眼珠已突出眼眶。

「放開她。」珮彤的聲音與手一樣抖。

對方頭都不抬。「博士，妳們別意氣用事。」

琳恩的手臂垂了下去。

「放下槍，就沒人受傷。」

琳恩望向女兒，眼神透露出懇求。她只剩幾秒能活。

珮彤用另一手幫忙穩住手槍，然後扣下了扳機。

14

高跟鞋踏過圖書館地板的聲音引起了戴斯蒙的注意。珍妮佛緩緩走過來，一襲海軍藍洋裝突顯了她的翹臀，雙峰在鬆軟的白色低胸襯衣下若隱若現，暗紅長髮散在褐色羊毛披肩上。她停在長桌前，拿出包好的禮物放在戴斯蒙面前。

戴斯蒙眉毛一挑。

「慶祝聖誕節。」珍妮佛羞澀地聳了聳肩。

「我……」戴斯蒙沉迷研究，渾然不覺日子流逝，根本沒注意聖誕是何時。

「你打開看看啊。」

他拿過去，看見包裝紙卻忍俊不止，是《雙面女間諜》劇照和標誌的列印。

「我覺得你應該會喜歡自製的包裝紙。」

「是啊，我也很喜歡這個影集。」他拆開之後，看見裡面是菲力普．普曼的三本平裝書：《黃金羅盤》、《奧祕匕首》、《琥珀望遠鏡》，合稱《黑暗元素三部曲》。

「你總不能每分每秒都耗在圖書館這些硬邦邦的書上，來點輕鬆的東西吧。」

說得沒錯。戴斯蒙拿起書本翻來翻去看看封面，抬頭說：「我沒準備——」

「不用給我禮物。」

他又望向那幾本書。

「另外，其實你不用每餐都在這裡吃啊，」珍妮佛繼續說：「偶爾出去透透氣比較好吧。」

是沒錯，她說得都對，但戴斯蒙知道這對珍妮佛不公平。他想像得到兩人可以找個不華麗但舒服寧靜、不必在乎衣著的地方共進晚餐，想聊什麼、想待多久都不成問題。一定會談到她送的那幾本書、彼此的故鄉，當然戴斯蒙不會說出自己離開奧克拉荷馬來到加州的眞相。氣氛越來越好，但就像和珮彤的關係一樣，最後總是會撞壁，因爲他的本質如此：一堵情感無法跨越的高牆、一個無法投入感情的人。珍妮佛會受傷，就像珮彤那樣。戴斯蒙確實孤單，確實渴求伴侶，但他不願意因此傷害別人。

「聽起來是好主意，」他字斟句酌地回答：「可惜我沒太多空檔。」

珍妮佛笑著說：「你總不可能除了讀書就是睡覺。」

「我待在這裡是有目標的。」

「我也一樣。」

戴斯蒙還以爲她說的是目標是自己。正要開口時，珍妮佛拉了椅子坐下，搶先接續話題。

「我是史丹佛大學的研究生，主修物理。」

「噢。」

「在這裡的目的和你一樣。」

他瞇起眼睛。「是嗎？」

「我的指導教授是季蒂昂一員。我也想加入，」她指著桌上一疊疊書籍。「尤其希望獲得進入這間圖書館的資格，看看他們到底有什麼進展。所以我很羨慕你，你在他們眼中一定很重要。」

戴斯蒙搖了搖頭。「是尤里叫我過來——」

「他也是有目的的。」

他點頭。

「尤里想從你這邊得到一些東西。」

「可想而知。」

兩人四目相望，寬敞圖書館內只有燈管發出的微弱嗡嗡聲。

「我也有想要的東西。」戴斯蒙又開口：「童年時代遇上改變整個人生的事件，直到和人認眞交往，才察覺影響居然那麼深遠。」

「怎麼了?」

「我發現自己沒辦法像對方愛我那樣子愛她。所以我才在這裡，希望能改變自己。尤里說，他能幫我達成心願。」

珍妮佛起身，嘴角泛起笑意，並非快樂或幽默，而是同情與憐惜。「希望你的心願能實現。」

15

狹窄通道內的槍響刺入耳裡。儘管珮彤雙手搖晃很厲害，子彈還是貫進了男人的肩膀。他被震飛出去，從琳恩身上摔向艙壁，只不過怒嚎一聲後，立刻掉頭撲向珮彤。

珮彤下意識退縮，卻被身亡的傭兵絆倒，往後跌去，槍仍握得牢牢的。

男子雖然負傷還是像頭瘋獸，能動的那隻手朝珮彤的手槍揮舞，扣住她的前臂向金屬地板狠狠砸落。才砸了兩下，手槍便叮叮咚咚地彈了出去。

他從珮彤身上爬過，軀幹壓到她臉上，讓她幾乎無法呼吸，地面像是冰塊在她後腦碾磨著。

男人伸手要取槍。

珮彤朝他兩腋痛毆，對方一點反應也沒有，赤手空拳對上防彈衣幾乎毫無殺傷力。她趕快用膝蓋往對方鼠蹊頂過去，男人拱起背放聲慘叫，朝珮彤露出憤恨到極點的目光。珮彤扭來扭去想閃遠一些，可是身體被牢牢壓著動彈不得。

男人高舉拳頭，嘴角揚起一抹獰笑，還故意停頓片刻，欣賞珮彤臉上的恐懼，彷彿能夠從中汲取力量。她無計可施，只能架起雙手、擋在面前。

昏暗中，她望向倒在十呎外一動不動的母親。也許琳恩已經死去了。

一道轟然巨響打斷了男人的冷笑。男人的頭顱像西瓜摔破般炸裂，槍聲迴蕩，一秒後才傳進珮彤耳裡。

她趕緊轉頭，勉強避過狂濺而來的血水。男子咚的一聲之後，癱在珮彤身上，即便她想用手肘將人頂高些爬出去也辦不到，對方太沉重，而她早就沒了力氣。

黑暗中傳來腳步聲，幾雙手抬起壓在她身上的男人，丟到一旁。

頭燈光線射來，她看見已掀開面罩的亞當斯表情凝重地爲自己檢查傷勢，羅卓戈從後面探出頭來。

「我沒事，」珮彤一邊喘氣一邊發抖。「先看著我媽怎麼樣。」

羅卓戈走到琳恩旁邊跪下檢查。「她還活著。」

懸在心頭的大石總算放下，她這才察覺自己好冷。

「有幾個？」亞當斯沿著通道前後張望，沒有放下槍。

幾個什麼？珮彤無法思考，腦袋似乎也凍僵了。

亞當斯低頭。「敵方戰鬥人員，」他停頓。「蕭博士，對方有多少人？」

「我們只看到這三個人。」

「他們有提到別人？或者相關訊息？」

珮彤搖搖頭。

亞當斯朝羅卓戈湊近。「撤退。」

兩名海豹隊員撿起裝備，攙扶兩位女子迅速移動。

被亞當斯夾著邊走邊晃，珮彤忽然感覺渾身無力，腎上腺素褪下後，疲勞感一下子湧出。母親還活著，自己也是安全的。

☣

再睜開眼睛時，珮彤的身子不能動彈，雙臂被綁在兩側，全身裹得嚴密，連眼睛都被蒙上，只有口鼻能透氣。不過眼罩外透進了微弱光芒。

「嘿——」

聲音沙啞低沉，嘴巴喉嚨有砂紙觸感。她試著吞嚥。

「嘿……」

她聽見有人在動作的聲音。

一隻手爲珮彤取下眼罩，光線十分刺眼。

「啊，抱歉，」是奈傑爾。「感覺還好嗎？」

「糟透了。」她吶吶地說，胸口還痛著，渾身無力。

「妳——」

「水。」

「啊，對對對。」

奈傑爾拿了水壺過來擱在她嘴邊，珮彤咕嚕咕嚕地飲下。涼水灌滿她口腔，從左右頰滴落。

「抱歉、抱歉。」

珮彤的手還是不能動。「奈傑爾，替我鬆綁。」

他一臉茫然，「誰綁了——喔，喔，是那兩個突擊隊拿毛毯把妳和妳母親包成墨西哥捲保暖啦。」奈傑爾放下手電筒，走到她視野之外。「等一下。」

幾秒以後，珮彤總算能動了，趕快坐起身。

琳恩躺在旁邊還沒清醒。珮彤不想吵醒她，但得檢查她是否有內出血。

「幫我把她解開，我要檢查一下傷勢，她被打得很慘。」

「亞當斯和我看過了。」

「你們都不是醫生。」

奈傑爾幫忙拉開毯子。琳恩動了動，沒有醒來，頸上布滿了青色、紅色的血痕。珮彤擔心她是否有腦震蕩，首先觸診確認顱部有沒有腫塊，幸好看來沒有硬腦膜下血腫的跡象，脈搏心跳也正常。她掀開母親上衣觀察，也沒有瘀血或骨折，只是膚色發白、略帶黏稠感。

然而珮彤發現另一個故事：琳恩．蕭的腹部右側有兩條長疤與三條交叉短疤，傷口周圍有皺褶，可見是槍傷。母親從不露出腰腹，在家如此、玩水也穿連身泳裝，現在珮彤終於明白原因。

奈傑爾看看琳恩又看看珮彤。「怎麼了嗎？」

珮彤幫母親拉好上衣。「沒事，應該只是累了。」

她覺得自己對母親的瞭解好少，但越是深入，疑問反倒越多。

☣

一小時以後，亞當斯和羅卓戈返回。四個人都很餓，琳恩還在睡，只好靜靜填飽肚子等她醒來。不久後，琳恩的呼吸漸漸加快，總算睜開了充血、泛紅的雙眼。

見到珮彤，她臉上漾起微笑——琳恩很少如此直白流露情感。不過那表情來得快去得也快，那抹笑意一閃即逝。

「現況是？」她的嗓音也很沙啞。

珮彤將水壺遞到母親嘴邊，亞當斯簡單解釋處境：他們找到了季蒂昂的深潛器，確認裡面沒有陷阱，研究操作面板以後有信心能駕馭它。

琳恩起身，看得出手臂還虛弱無力。珮彤取來一份口糧給她，琳恩邊抖邊吃，咀嚼動作像是機器運轉，吃了一半時開口說：「拿地圖來。」

琳恩盯著米格魯號潛艦構造圖研究一番，指著比現在位置高兩層的地方說：「這裡有裝備。」

「裝備？」亞當斯問。

「極地探勘用的。」她又咬了一口食物。

亞當斯在地圖做記號。「所以要回海面？」

「也只有這個辦法。」

奈傑爾攤手。「什麼辦法？凍死？還是被人家炸死？」

「得救的辦法。」琳恩回答。

「她說得沒錯，」亞當斯說：「就算救援隊飛機或無人機經過，也不會知道有人困在海底。」

「要是季蒂昂先發現了我們呢？」

「她也沒說我們得全部都上去。」亞當斯說：「羅卓戈和我輪流上岸就好。」

「不行。」琳恩說：「所有人要一起走，不然深潛器故障的話更麻煩。」

奈傑爾翻個白眼。「剛好被人家一網——」

「格里尼博士，不必擔心。」琳恩的中氣回復了。「只要扒下他們的制服讓亞當斯和羅卓戈換上，對方就無法分辨是敵是友。至於我們就留在帳篷裡，萬一眞的被發現，就假裝是遭到他們俘擄。」

奈傑爾還是不放心。「直接搭深潛器逃亡不就好了？他們也是這樣過來的，應該可以一路開到沒有浮冰的地方，再上升到海面求援。」

琳恩挑眉。「然後在等待救援的期間餓死嗎？深潛器就那麼大，帶不了太多乾糧，照你的作法反而必死無疑。」她又打量地圖。「食物都在住艙甲板。」

「擺了三十年，大都壞了吧？」亞當斯說。

「全冷凍了，當年挑選存糧就以不會腐敗的種類爲大宗。」琳恩折好地圖，等於宣告散會。「開始行動吧。」

☣

珮彤、琳恩、奈傑爾留下來恢復體力，兩名海豹隊員搜集極地裝備和食物，帶到浮冰設置營地。一切就緒之後，一行人才回到海面。

雖然知道上頭遭敵人重創，但親眼一見仍是觸目驚心。北極號完全消失，原本的位置只剩下冰層上的大洞，燒焦碎裂的救生艇漂浮在水面，彷彿昭示無數船員與科學家葬身海底的墓碑。除了幾頂帳篷以及從米格魯號搬上來的設備，冰原在可視範圍內一片荒蕪。

她先檢查兩頂帳篷裡有什麼。東西是老舊，但功能完好。攜帶型暖爐已經開啓，雖說待在帳篷內還是很冷，至少不必擔心凍掉手指、腳趾。海豹隊員用ＬＥＤ在營地周圍排成同心圓的飛鏢靶形，只希望救援隊真的能看到。

珮彤望向天空，極光已消失，或許是光之精靈被血腥暴力給嚇跑了。

母女倆在帳篷裡靠ＬＥＤ燈管照明用餐。糧食能支撐幾週，找到的電池也足夠暖爐運轉更久，但沒有陽光就無法充電。等不到救援的話下場會很慘，要是被季蒂昂搶先一步，再也無路可退。

16

下次老人再造訪時，戴斯蒙已經準備好。他像以前一樣坐在靠窗長桌，七本精挑細選的書籍擺在面前，翻開的頁面上有史前人類插畫以及科研注解。

尤里盯著那些書。「看來你有了答案？」

「我們跟博格人一樣。」

尤里眉毛糾起。

「博格人啊。」戴斯蒙等了幾秒，但顯然尤里沒聽懂。「《星艦迷航記》第二代？你聽過的吧？『我們是博格人。我們將同化你們的生命和技術。反抗無用。』」

「不熟。」

「好吧。」早該想到的。「反正結論就是其他人種被我們殺了或同化了。」

尤里臉上閃過淺淺笑意。「繼續說。」

「桌上這些是米格魯號的研究資料，他們找到了很多古人種化石，例如歐洲的尼安德塔人、西伯利亞的丹尼索瓦人，以及印尼群島的佛羅勒斯人。全數進行基因定序以後，有了很驚人的發現。」

他等著看尤里做何反應，結果對方什麼也沒說。

「重疊。」戴斯蒙只好自己說下去：「現代人身上含有那三個人種的DNA。我們祖先擴張領地期間不止擊敗競爭對手，還和他們同婚融合，於是歐洲人平均有百分之二點八的尼安德塔人DNA，而華人則僅僅零點一。南洋群島例如巴布亞紐幾內亞的現代島民，有百分之二點七四的尼安德塔人基因，同時還有百分之一到百分之六的丹尼索瓦人DNA。米格魯號研究員推論，澳洲原住民也曾經與別的人種雜交，只是目前尚未找到骸骨。」

「很好，」尤里說：「研究非常透徹。另外一半謎題呢？」

戴斯蒙搖頭。「我猜測是因爲人類無法與別的靈長類交配。」

「沒錯，但黑猩猩、大猩猩、倭猩猩之所以活到現在，還有另一個重要原因。」

戴斯蒙嘆口氣，他還期待研究工作可以告一段落了。

「除了見樹也要見林，戴斯蒙。背後的眞相會徹底改變你對人類這個種族的認知。」

「這麼說眞令人振奮啊。」

「你很挫折，是嗎？」

「當然。」

「耐性很重要。」

「但我一直都沒有。說眞的，我之所以過來是以爲你能幫我，可不是想要……念個單人研究所之類的東西。」

「沿著這條路走下去。」

戴斯蒙注視他。「總得確定路的盡頭是我想去的目的地，這要求不算過分吧。目前看來，整件事像是很惡劣的玩笑。」

「我不開玩笑，戴斯蒙。」

他坐著沒再講話。

「想確定路的盡頭有什麼，是嗎？」尤里起身。「跟我來吧。」他逕自走出圖書館，根本沒回頭確認戴斯蒙是不是跟著。

兩人穿上冬季大外套以後，搭了電梯下樓。戴斯蒙朝珍妮佛點點頭，她雖然面帶微笑但神情隱含更多的渴望。到了外頭，尤里領著戴斯蒙穿越舊金山市區熱鬧擁擠的道路，行人似乎都趕著回家，或是把握最後機會購買聖誕禮物。

他們停在高檔餐館之外，玻璃窗對著街道。外面開始下雪，雪花反射街燈、車燈光線，看起來像是一顆顆閃亮的小光球。

「戴斯蒙，我知道你要的是什麼。」

尤里的視線從戴斯蒙飄向行人，接著又飄進餐館。一張張餐桌鋪上白色桌巾，玻璃花瓶旁點燃了蠟燭，沿著後牆的半圓形廂座大都以銀臺座裝好酒瓶，瓶身表面凍得凝出了水珠。

戴斯蒙赫然停下腳步，凝視餐廳中間一張桌子。珮彤就坐在那裡，面前杯子裡的白酒喝了一半，盤子中有塊魚排，臉上表情寧靜卻透露淡淡哀愁，深褐色秀髮與他開車離去那天看來幾乎一模一樣。

她母親坐在左邊，姊姊麥迪遜與姊夫坐在對面。珮彤沒有伴，也沒婚戒。

一陣深深的悸動穿透戴斯蒙全身。是罪惡感。尤里再開口時雖然語調溫和，卻仍嚇著了他。

「你想知道自己努力過後，是否能重回她身邊。」

戴斯蒙無言以對。

「你想知道一切結束之後，兩個人是否就能廝守一生。」

戴斯蒙回頭望向尤里。他很確定自己從未提起珮彤的名字。「這是什麼意思？」

「證據。」

「證明什麼？」

「證明我們也做過研究，戴斯蒙。證明我知道你想要什麼，知道你是什麼樣的人、有什麼才能，也知道你的付出是爲了誰。」尤里停頓一下。「她還在等你，但時間不多，你得全心投入才趕得上。」

「你只是想操縱我。」

「沒錯，不過是爲大局著想。你扮演了重要角色。」

「那你扮演的是什麼角色？」

「人事。我瞭解人性。」

「是嗎？那我接下來會有什麼反應？」

尤里別過臉，聲音小得快被周圍擾攘淹沒。「你會搖搖頭，回去圖書館，翻天覆地也要找到答案——而你的確找得到，於是會明白眞相：我們是人類、也是你自己唯一的希望。」

☣

康納默不做聲，國民警衛隊拉了貨車每個門把。

「鎖上了。」民兵說：「車主跑掉了吧。」

「F連，」無線電傳出女子聲音：「這裡也有廢棄貨車，車門一樣鎖著。」

頻道上冒出另一個聲音：「看看輪艙或輪胎底下有沒有鑰匙。找到的話就把車開回來載補給品，找不到的話就處理掉。」

康納轉頭低聲詢問：「醫生，時間？」

「我不——」

「預估。」

「再幾分鐘。」

問題是他們沒有那幾分鐘可以耗。如果車子被民兵癱瘓，他們就得再找交通工具，萬一附近所有車輛都被民兵破壞……

康納打開對講機：「二號隊，引開敵軍，現在動手。」

他凝神細聽，沒聽見什麼。

隨即外頭無線電有民兵通報：「B連，沙丘路和傳奇大道交叉口有槍聲，現在展開調查，請求支援。」

腳步聲咚咚地踏過人行道。悍馬車發動，輪胎嘎吱嘎吱大叫。康納靜待其變。

幾分鐘過後，第四輛車小隊長向康納報告：「我們遭到包圍，對方想打開車門，請問如何應對？」

「三號隊，」康納吩咐：「再引開他們。動作快，聲音要更大。」

片刻後，遠處發生爆炸。過了幾秒，他開口：「二號隊，情況如何？」

「對方留下一組人，我們可以處理。要取回車輛一起移動嗎？」

「先不要，原地留守。」

康納繼續觀望，心想這種遊戲玩不了多久，遲早不是戰就是逃。

「長官，」醫生吶吶地說：「腦波回復正常了。」

「確定？」康納不願拿哥哥性命做賭注，要死也是自己先死。

「確定。記憶回溯完畢。」

康納起身打開衛星電話、啓動迷宮實境應用程式。季蒂昂切斷全球網路時，不忘留下這個軟體的伺服器，畢竟連它也故障的話，整個計畫就功敗垂成。

程式再次詢問他進入迷宮的身分是英雄還是牛頭人。康納如上次點選「英雄」，螢幕出現另一個對話視窗：

搜尋入口……

幾秒之後訊息改變。

發現入口：1

康納點按螢幕，叫出一張地圖，標的就在不遠處，夾在門羅公園與溫莎社區、聖塔克魯茲大道和中大道之間的住宅區，靠近史丹佛。

他啓動對講機：「全隊注意，更新目的地之後立刻移動。葛因斯少校負責調度與敵人糾纏的小隊。」

頻道變得嘈雜，康納這輛車的傭兵都回來了。四號隊實行第三次誘敵行動，規模更大——蒙特羅莎聯絡道路旁的辦公大樓起火。儘管很想罵他們爲什麼選擇放火這一招，但在部下面前不能暴露弱點，更何況放火確實能有效分散民兵注意。

貨車退回沙丘路，康納瞄到了裊裊黑煙時，感覺嘴裡特別口乾。

他努力集中精神，心思回到軟體給的地點。總覺得有個模糊的印象，但一時想不起來。最後他索性拿出電話，傳簡訊給尤里。

知道這個地址嗎？

過了一秒尤里就回覆：

知道，是琳恩．蕭的住處。

17

珮彤聽見像是微波爐爆米花的聲音而醒了過來。聲音有個節奏，每一下的間距相等，不過越來越大。意識逐漸清楚後，她認了出來：是直升機旋翼。

她甩開身上那堆毯子，伸手拉開帳篷拉鍊。

「珮彤——」母親叫喚。

她沒理會，自顧自地往外跑。

直升機在一百呎外盤旋。極光又出來了，可惜那條紫綠色光帶無法驅散整片天空的黑暗。

珮彤揮舞雙臂。「喂！」

亞當斯提著步槍從帳篷出來。「快回去！」

珮彤再抬頭時，直升機已經遠離。

亞當斯觀察之後邁步走向珮彤。室外的寒氣太猛烈，一下子就滲進了衣服裡。

「下回別出來。」士兵開口。

「可能是來救我們的啊。」她抖個不停。

「如果是救援隊，一定會降落。」

珮彤也明白他沒說錯，便在亞當斯護送下轉身回到帳篷。

「是誰？」琳恩問。

亞當斯搖頭。「看不清楚。」

珮彤鑽回毯子裡。「來做什麼的？」

「找個地方下降，測試浮冰穩不穩，確定可以就會下直升機走過來。」

「走過來之後？」

「攻擊我們。」

☣

過了兩小時，亞當斯又進入珮彤與琳恩的帳篷。他和羅卓戈在營地周邊設置了一些土製陷阱，並輪流站哨，截至目前爲止沒有任何異常。

「對方在等什麼？」琳恩問。

「很難說。或許想消耗我們體力，甚至等我們餓死。」他拿起一條牛肉乾咀嚼。

「我們有什麼選擇？」琳恩又問。

「都沒有。只能等。」

☣

珮彤聽見外面有槍聲，亞當斯和羅卓戈大叫、高吼。即便知道自己該躲在帳內，她還是忍不住掀開帳幕偷窺。

亞當斯執著步槍，槍口左右來回。羅卓戈全速奔跑，靴子在冰塊上咚咚作響。最外圍的LED圈更出去些的地方，有個人影竄來竄去，羅卓戈拔槍射擊，但對方沒停，最後消失於黑暗中。

羅卓戈注視了幾分鐘才走回營地，中途彎腰拾起了什麼。

他走向母女倆的帳篷，探頭進去將那東西拋到琳恩腳邊。那是根小鐵樁，上面綁了無線電和塑膠袋包起的便條紙，寫著：

我叫艾芙莉・普萊斯，過來尋找琳恩・蕭和珮彤・蕭。如果這兩人被你們俘虜，雙方可以進行交易。不願交易也無妨，我們部隊自有救人的辦法。有興趣就聯絡。

「我認識她。」珮彤說：「是她把我和戴斯蒙從健太郎丸號救出來的。」

亞當斯揉揉眼瞼，看得出已經很疲倦。「她很可能已倒戈，或者遭到敵人脅迫。」

「我也認識她。」琳恩開口。

珮彤聽了一驚，忍不住盯著母親。

「但我不確定她實際上站在那一邊，可以將計就計。」琳恩說：「由她能相信的人出面吧。」說完就將無線電遞給女兒。

珮彤按下按鈕。「艾芙莉，我是珮彤，妳聽得見嗎？」

「聽見了，博士，妳還好嗎？」

「沒事，我母親也在。」

對方忽然短暫沉默。

「情況如何？」艾芙莉問。

「季蒂昂派人炸沉了破冰船，還追殺我們到米格魯號上。我們……逃是逃出來了，但只能等待救援。」

「收到。還有誰在？」

亞當斯伸手掩住無線電。「跟她說主營地有七個海豹隊員，外面還有兩個狙擊手據點。」

珮彤搖頭。「艾芙莉她——」

「不能掉以輕心。」

珮彤只好照他的話說。

「我剛才經過，看見營地裡面有穿著季蒂昂防寒衣的士兵。」艾芙莉試探著。

「對，因爲怕他們沒收到回報又派追兵過來，而且比救援隊更早到的防範措施。」

「小心爲上。那我要問妳個問題。」

珮彤聽了一愣。「好。」

「離開健太郎丸號以後，我們兩個爲某件事情吵了幾回，是什麼事情？妳回答之前聽清楚：如果妳是俘虜就說謊；如果妳沒回話，我會假設最糟糕的情況。」

珮彤微微一笑。她們剛認識那時候完全不對盤，爭執在所難免，但後來艾芙莉救過她，而季蒂昂島一戰結束後，珮彤也爲重傷的艾芙莉做了應急處置。

「漢娜。針對要不要送她去醫院各執一詞。」

「是啊。」

「後來她還是得救了。」珮彤說。

「這次妳也會。」艾芙莉回答：「我現在過去，不帶武器，叫你們那邊的人別開槍。」

☣

十分鐘後，艾芙莉坐進了帳篷，所有人圍著她。

第一次同時看見艾芙莉和琳恩，感覺兩個人散發同樣氣息之外，還有些緊繃氛圍——她們彼此提防、猜忌。

「外頭是什麼情況？」琳恩問。

「我知道的不比妳們多。通訊故障以後，所有美軍依據之前的備案要回防本土。」

「妳上一個基地是？」亞當斯問：「航母？」

艾芙莉遲疑了。「唉，是呀。但不能回去。」

珮彤挑眉。

「艦長與我對這次行動意見不合。」

珮彤搖頭。「直升機是偷來的？」

「這叫作徵用。」艾芙莉聳肩。「只是沒人授權給我。」

珮彤覺得自己越來越欣賞這女人了。

「總之先離開這裡，」亞當斯說：「一直待在荒郊野外，感覺很危險。」

「同意。」琳恩說。

「妳們在海底找到什麼？」艾芙莉話鋒一轉。「拜託告訴我有辦法阻止尤里——」然後雖然沒看珮彤卻又補上：「和找到戴斯蒙。」

珮彤望向母親。

「如我所料是已滅絕物種的骸骨，」琳恩回答：「其中包含以前不知道的人類祖先，我們已經做了基因定序。」

「資料不是和北極號一起葬身海底了嗎？」奈傑爾抱著背包。

「不，我們救回來了。」

「只要有高速網路就可以上傳。」琳恩說。

「上傳到哪裡？」艾芙莉問。

「數據中心。」

「這個我懂，」艾芙莉喃喃說：「不過，是誰的數據中心？」

「與我合作的夥伴。」

艾芙莉的身子向前傾。「輝騰基因科技，對不對？疫情爆發以後，你們蒐集大量DNA標本做定序，所有資料都儲存在那裡吧？」見琳恩不回應，艾芙莉繼續說：「妳原本的計畫就是這樣，所以要求輝騰設立自己的數據中心。那些問卷表面上說是要研究如何治療疾病，實際上都是爲了這一刻，輝騰根本就是季蒂昂研究計畫的掩護。」

珮彤的手一攤。「等等——妳們兩個在輝騰就見過了？」母親那間公司有好幾百人，艾芙莉雖然說過自身經歷，但珮彤沒想到兩人眞的有交集。

「偶爾。」琳恩淡淡地說。

反而是艾芙莉氣憤起來。「所謂『我們要從基因層次找出疾病的根源』完全是幌子吧？公司裡所有人都被騙得團團轉！」

「說得太誇張了，艾芙莉。」琳恩說：「現在先——」

「我要知道妳究竟在搞什麼鬼。我想我有這個資格才對，尤其是，現在只有我能帶你們離開。」羅卓戈的手悄悄移到了腰際槍托邊。「我會駕駛直升機。」

艾芙莉朝他一瞪，手也竄向槍。

「夠了，」琳恩嗓音嚴厲得彷彿槌子敲打。「兩位請住手，都是自己人。」她轉頭望向艾芙莉。「嗯，的確只是偽裝。立意良善的必要之惡。我想妳很熟悉這個概念。」

「得看看妳所謂的立意是什麼。」

「兩千多年前，催生出季蒂昂這個組織的問題非常簡單：人類的終極命運究竟爲何？」

艾芙莉翻個白眼。「別開玩笑了，誰信那一套。」

「我相信科學，相信人類接近史上最重要的發現，答案就寫在我們的基因裡，那個密碼能解開人類存在之謎，指引我們走出黑暗。」

艾芙莉緩緩呼出一口氣，然後抓了抓頭。「先離開眼前這片黑暗才對。妳用白話文解釋比較好。」

「白話文？」琳恩的眉毛一揚。「宇宙是有目的的，我們有與其對應的角色，與魔法、宗教、玄學無關。它符合科學，是一個自宇宙誕生以來不斷演進、邁向終點的過程。」

「所以我們的基因到底說了些什麼？」

「基因是傳遞訊息的媒介。」

艾芙莉瞇起眼睛。「傳遞『誰』的訊息？」

「我不知道。」琳恩直截了當地回答。

「外星人？」

「風馬牛不相及。」

「這話又怎麼解釋？」

「就是妳提出的質疑欠缺脈絡，還有現在不該浪費時間。我長話短說：人類這個物種問世以後，基因就不斷轉變，歷史上的幾個轉捩點導致變化速度更快，包括認知能力的突飛猛進、開發出農業、形成都市，以及後來的科學革命，全都是必經之路。每個階段都在ＤＮＡ裡留下了線索。仔細思考，妳就會發現基因是絕佳的通訊媒介。」

「妳在米格魯號上找到ＤＮＡ標本了，下一步是？」

「只找到一部分。我想其餘的被藏了起來。」

「怎麼說？」

「路上再解釋。」

艾芙莉起身。「也罷。去哪裡？」

「牛津。」

「密西西比？」

「英國。」

「唔，直升機不可能直接飛到英國去。」艾芙莉想了想。「我在波斯特—羅傑斯紀念機場加過油，那邊有其他飛機。」

「妳會開？」亞當斯問。

「我無所不能。」

18

康納指示車隊避開沙丘路。史丹福成爲X1治療據點以後，周邊必然有大量國民警衛隊、陸軍和聯邦緊急事務署的人。他們繞道穿越莎隆高地的住宅區，在路上也不開大燈，僅靠月光和少數還會亮的路燈照明。

一番折騰過後才到達目的地，斥候小隊從中大道左轉進入溫莎社區聯絡道。

康納從筆電螢幕監看偵察影像，路旁大半是六〇年代的建築物，少部分改建之後雖然高大新穎，卻有點格格不入。但再過幾年，或許會變成主流就是了。

琳恩·蕭住的是舊房子，有院子和兩間車庫，外牆鋪上灰泥，木瓦屋頂特別能呈現年代感。

斥候車根據計畫先行經一回，確認周邊環境。街上只有少數幾戶亮著燈，戶外完全沒有人。受感染的居民不是已經死亡，就是前往了史丹佛接受治療，此外也有很多人先前就逃進加州山區，更有辦法的還能躲到沿海私人島嶼去。現在還留在社區裡的人，便代表靠自身免疫抵抗了病毒，然而政府宣布宵禁後，外頭任何一點風吹草動都會引人探頭查看。

斥候車停在距離琳恩住處幾個路口之外。康納的三個部下下了車，穿著不顯眼的黑色衣服，一副熟門熟路的模樣。

康納將螢幕顯示切割爲兩個畫面，調出斥候小隊隊長頭盔內藏攝影機的影像。隊長上前敲門後，右邊窗戶的窗簾拉開，露出一張女子面孔，對方揚起眉毛，似乎頗爲吃驚。咔擦一聲後，正門打開，但鎖鍊還扣著。

「有事嗎？」

那是個中年女子，黑色頭髮微鬈，雙眼眼袋又黑又深。

「女士晚安，我們正在巡邏，確定大家知道正在實施宵禁。」

她吞嚥口水以後似乎放鬆了些。「嗯，聽說了。」

「那就好。有什麼需求嗎？」

她搖頭。「今天早上已經送了吃的過來，」女子又猶豫一下。「不過網路斷線了。我問了別人也一樣——呃，白天去問的。」

「我們也收到了故障報告，已經全力搶修。」

「那就好。我的女兒住在西雅圖，現在連電話也不能打，完全沒辦法聯繫。」

「這和網路其實是同一個問題，這種狀況不會持續太久。」聽見小隊長這種措詞，康納忍不住冷笑。「我們會在這條路上檢查一下，所以還會有些車子和我的同事四處走動。」

「外頭狀況——」

「您別擔心，例行公事而已。我還得忙呢，晚安。」

下一間就是琳恩．蕭的隔壁，看上去是空的，隊長敲門也沒反應。他繞到屋子後面，翻過鎖鏈圍籬，以小刀撬開雙懸窗，進去迅速搜查上下兩層樓，確認無人居住後再打開前門，讓隊員入內。行動據點遷移到廚房邊用早餐的小餐廳，靠在屋子後側，從馬路上沒辦法一眼瞧見。

他們打開箱子，取出配有望遠鏡頭的相機，與筆電連上線。

小隊成員拿著相機走動，紅外線偵測畫面也傳送到康納的螢幕上。雖然肉眼看上去，琳恩家裡無人藏匿，但牽涉到她或戴斯蒙的事情時，讓康納一點也不敢大意。屋內或許有陷阱、炸彈，戴斯蒙也有可能爲求保險，動過什麼手腳。

傭兵翻過兩戶之間圍籬，到了琳恩住處的院子，搭起休閒營帳，住宅區出現這種東西就算被外人看見，也不至於起疑。他們紮營位置貼著後牆，搭好以後全員躲進去隱藏行蹤。一人在牆上鑽孔，接著持弓形鋸將洞刨大到能供成人鑽過，然後再自黑色布袋掏出小型探測車。它有橡膠履帶、加長機械手臂、三百六十度鏡頭，是最適合這項任務的配置。他將探測車滑進去以後，進行遠端遙控。

遙控車駛進琳恩的房子，鏡頭裡的景物蒙上一層綠色光暈。水槽內堆滿髒盤子，床鋪上都是衣服，防盜系統沒啓動。種種跡象顯示屋主離開得極其倉促——或者刻意製造假象。探測車順著路線在屋內移動，沒發現監視器、也沒在門窗找到多餘的電線，只有普通防盜機制。

「要進去嗎？」傭兵朝對講機說。

「進去吧。」康納回答。

他們還是顧忌門窗外的視線，選擇從自己挖的洞鑽進去，沒幾秒鐘就徹底搜過整間房子，確保安全。

「進入點？」

「車庫。」康納說：「記得熄燈。」

「收到。」

康納乘坐的貨車拐過轉角，緩緩穿越門洛帕克，抵達琳恩住處以後開上車道，進入車庫，門扉在身後關閉。

「要搬下去嗎？」帕克醫生問。

「先不要，維持機動性。但你該給設備充電了。」

康納取出手機，看看迷宮實境有什麼反應。

下載中……

延長線連接了屋內插座與帕克醫師的設備。康納等部下徹底探察整條街道，在前後空屋內就定位埋伏。

手機發出嗶嗶聲。

下載完成。

康納轉頭望向盯著筆電的醫生。

「腦波又變化了，」帕克醫生說：「看來又在記憶回溯。」

「要多久？」

「模式不變的話，這次會短一些，可能一小時。」

康納下了車，進入屋內，走向客廳裡的一扇凸窗，從這裡能看見遠方沙丘路那頭冒出熊熊火光，濃煙彷彿直衝月亮而去。火勢朝這頭沿燒，他生命中第二度被困在屋子裡，任火焰爲所欲爲。

19

艾芙莉開著直升機在波斯特—羅傑斯紀念機場上空盤旋，大燈掃過各個角落。珮彤從後座窺看，發現這裡只有一條跑道，而且毫無人煙，雖然還有兩架直升機、五臺飛機停在地面。

機場距離阿拉斯加巴羅市只有幾英里。巴羅是美國最北端都市，X1疫情爆發之前規模就不大，居民不超過五千人，不知現在還剩多少。這兒已經深入北極圈兩百哩，換言之，有一個月見不到太陽。珮彤覺得自己好像連年活在黑暗中，已然淡忘陽光長什麼樣子。

降落以後，眾人踏上冰冷的十二月寒冬。艾芙莉走在最前面，快步查看飛機狀況。她迅速檢查四架單引擎螺旋槳飛機之後，走向唯一一架噴射機，機身上印著某間石油與天然氣探勘公司的標誌，但珮彤不認得。

「這架可以。」艾芙莉開口。

「牛津有多遠？」珮彤問。

「不確定。倫敦距離這裡四千英里，應該不會差太多。」

琳恩跟著打量噴射機。「牛津和倫敦很近，以前我每星期搭火車往返兩天。這架噴射機能飛多遠？」

「G5噴射機航程超過六千海里，大約一萬兩千公里。它的速度也很快，最高達到每小時六百七十英里，是音速的百分之九十。」

亞當斯打量她的眼神充滿狐疑，似乎覺得她是隨口胡謅。「盧比孔以前有過一架。」艾芙莉解釋。

他們加滿油、將裝備搬上噴射機。機艙裡面很老舊，珮彤猜想大概有二十年歷史，所幸發動得順暢，在跑道移動時也頗爲平穩。

達到巡航高度以後，艾芙莉開啓自動導航，走入機艙與五人開會。「嗯，」她問：「我錯過什麼？」

「天寒地凍。」奈傑爾嘆口氣。

琳恩沒理他。「之前在營地提過，我們到米格魯號上取回化石標本，可惜回收的數量比我預期要少。」她等所有人集中注意力。「不過已經有了線索。」

艾芙莉掐掐鼻梁。「好吧，我跟了，在『沉沒潛艦上的神祕物件』押一千。」她煞有其事地探身說：「拜託，開個大獎出來。」

「還能說笑是好事，艾芙莉。」琳恩感慨地說：「但我們死了很多夥伴，心裡沒那麼好過。」

艾芙莉無言以對。

珮彤又訝異於母親掌控局面的能耐。一句話就能鎮住場面，還讓每個人都與她感同身受。

琳恩沒抬起頭，繼續說：「珮彤和我在米格魯號深處的一間辦公室，找到了某個山洞的壁畫照片。」她將那張文件遞給眾人輪流看。「背面有寫字。」

到了珮彤手上，她再次讀到那句話：

Do fidem me nullum librum

A Liddell

艾芙莉將文件傳回給琳恩。「我高中修過拉丁文，但只拿了B，所以……有人能幫忙翻譯一下嗎？」

「只有前面是拉丁文。」琳恩回答：「那是歷史十分悠久的誓約，完整內容是*Do fidem me nullum librum vel instrumentum aliamve quam rem ad bibliothecam pertinentem*……我宣誓過它。過去將近一千年裡許多傑出人才、有潛力加入的人都宣誓過它。

「宣誓過的人總共拿到五十八座諾貝爾獎，遍及所有項目；歷任英國首相有二十七位宣誓過這段話，包括柴契爾夫人、東尼・布萊爾、大衛・卡麥隆和德蕾莎・梅伊。澳洲和加拿大總理之中也有好幾人；然後華特・雷利爵士、阿拉伯的勞倫斯、愛因斯坦、薛丁格都在內。」

「怎麼可能？」艾芙莉驚嘆。

「是真的。作家部分名單很長，例如T・S・艾略特、格雷安・葛林、克里斯多福・希鈞斯、阿道司・赫胥黎、托爾金、菲力普・普曼、C・S・路易斯等等。還有哲學家，像是洛克和奧坎。」

「『奧坎剃刀』那個奧坎？」艾芙莉問。

「就是他本人。」琳恩說。

「這段誓言的意義是？」奈傑爾問。

「保護知識。」

「如何保護？」

「不焚書。」

琳恩這句話引發一陣靜默。

「想要進入某間圖書館的人都得先宣誓。」琳恩折好文件，收了起來。「那是歐洲最古老的圖書館，有將近一千年歷史。同時它也很巨大，在英國僅次於大英圖書館。根據英國法律，這間圖書館可以取得在英國境內發行過的所有書籍，愛爾蘭共和國也給予其同樣權利。」

「博德利圖書館。」奈傑爾說：「牛津大學最主要的圖書館。」

「沒錯。」

「誓言內容是？」珮彤問。

「不可攜帶火燭進入。用電之前的幾百年裡，博德利一到日落就關閉。任何人都不可以帶蠟燭、香菸進入圖書館，完全杜絕意外燒毀無價之寶的可能性。」

「第二句呢？」奈傑爾問：「*A Liddell*？」

「是指曾經宣讀誓言的一位作家，同時也是牛津教授。『魔鏡』這個詞和他有關，季蒂昂的龐大工程從中取得靈感。爲了保護眞實身分，他以筆名路易斯・卡羅發表作品。我認爲目標就是他的著作：《愛麗絲夢遊仙境》。」

（精采完結篇　下集待續）

中英名詞對照表

A

al-Shabaab　青年黨

Adam Shapiro　亞當・沙丕洛

Adams　亞當斯

Adelaide　艾德雷

Adeline Andrews
艾德琳・安朱斯

Agnes　艾涅絲

Akia　阿奇亞

Alexei Vasilier
亞列西・瓦西里夫

Alistair　亞利斯泰

Amy　艾美

Anderson　安德森

Andrea　安潔雅

Andrew Shaw　安德魯・蕭

Andrew Blair　安卓・布萊爾

Arktika　北極號

Arlo　鄂洛

Avery　艾芙莉

B

Bancroft　班廓弗

Barrow　巴洛

Beagle　米格魯號

Bill　比爾

Boxer　拳師號

Brandon　布蘭登

Brittney　布芮妮

Bromitt　布羅米特

Byron　拜倫

C

Carl　卡爾

Cave of Altamira
阿爾塔米拉洞穴

Carl Vinson　卡爾・文森號

Cedar Creek Entertainment
杉溪娛樂

Charles　查爾斯

Charlotte Christensen
夏綠蒂・克里斯坦森

Charter Antarctica　南極旅遊

CityForge　城市鍛造計畫
Conner McClain　康納・麥克廉
Cruz Bustamante
　克魯茲・布斯塔曼特

D

Dadaab　達達阿布
Dale Epply　德爾・伊普利
Dannielson　丹尼爾森
David Ward　大衛・沃德
Derek Richard　德瑞克・里查茲
Derrick　德瑞克
Desmond Barlow Hughs
　戴斯蒙・巴洛・修斯
Dhamiria　妲米莉亞

E

Edgar　艾德嘉
Edith　艾蒂絲
Edward Yancey　艾德華・楊希
Eleanor　艾琳諾
Elim Kibet　艾利姆・基貝
Elizabeth　伊麗莎白
Elliot Shapiro　艾略特・沙丕洛
Ernesto　恩聶斯托
Extinction Parks　絕種公園

F

Ferguson　費古森
Finney　范尼
Furst　弗斯特

G

Garin Meyer　蓋林・梅爾
Gavin Newsom　葛文・紐森
George　喬治
Gerhardt　格哈特
Goins　葛因斯
Goodwyn　顧文
Grant　葛蘭特
Gray Davis　格雷・戴維斯
Greg　葛雷格
Gretchen　葛瑞琴
Groves　格羅夫斯
Gunter Thorne　岡特・索恩

H

Halima　哈莉瑪
Hannah Watson　漢娜・華生
Hans Emmerich　漢斯・埃莫瑞克
Healy　希利號
Henry Anderson　亨利・安德遜
Herman　赫曼

Huan　阿奐

I

Icarus Capital　伊卡洛斯創投
Ice Harvest　稼冰號
Ingrid　英格麗
Invisible Sun Securities　隱日證券

J

Jackson　傑克森
Jacob Lawrence　杰柯・羅倫斯
Johnson　強森
James Marshall　詹姆士・馬歇爾
Janson Becker　詹森・貝克
Jonas　喬納斯
Joseph Ruto　喬瑟夫・魯多
Josh　賈許
Julie　茱莉
Jung　榮格

K

Keller　凱勒
Kensington　坎辛頓
Kentaro Maru　健太郎丸號
Kenyatta　肯塔雅
Kevin　凱文
Kito　齊托

L

La Brea Tar Pits　拉布雷亞瀝青坑
Labyrinth Reality　迷宮實境
Langford　朗佛德
Lars　拉爾斯
Latham　勒坦
Leslie　萊斯利
Lin Shaw　琳恩・蕭
Looking Glass　魔鏡計畫
Louis　路易斯
Lucas Turner　盧卡斯・特納

M

Machado　馬卡多
Madison Shaw　麥迪遜・蕭
Magoro　馬格洛
Mandera　曼德拉
Manfred　曼弗瑞
Marcia　瑪西亞
Mayweather　梅威勒
Melannie　梅蘭妮
Melissa Whitmeyer
　　梅麗莎・惠麥爾
Mikhailova　米凱洛娃
Millen Thomas　米倫・湯瑪斯
Moore　摩爾

Mullins　穆林斯

N

Nathan　納坦
Nathan Jamison　納桑・傑米森
Neil Ellison　奈爾・埃里森
Nelson　尼爾森
Nia Okeke　妮婭・奧可可
Nigel Greene　奈傑爾・格里尼
Nilats　林達斯
Nimitz　尼米茲號

O

Olivia　奧莉薇
Order of Citium　季蒂昂集團
Orville Thomas Hughs
　　歐威爾・湯普森・修斯

P

Pablo　帕布羅
Pamela　帕米菈
Paul Kraus　保羅・克勞斯
Pax-Humana Fuond
　　和平人道基金
Peachtree Street　桃樹街
Peter Finch　彼得・芬奇
Peterson　彼得森
Peyton Adelaide Shaw
　　珮彤・艾德蕾・蕭
Phaethon Genetics　輝騰基因
Phil Steven　菲爾・史蒂文
Phillip　菲利普
Price　普萊斯
Prometheus Technologies
　　普羅米修斯科研

R

Rabbit Hole　兔子洞
Raghav　勒格夫
Rapture　昇華極光
Rapture Aurora
Rapture Therapeutics　昇華生技
Red Dunes　紅沙丘
Reeves　里維
Rendition　具現
Rendition Games　具現遊戲
Reyes　雷耶斯
Richard　理查
Robert　勞勃
Rodriguez　羅卓戈
Roger　羅傑
Rook　基石

Rook Quantum Sciences　基石量子

Rose Shapiro　蘿絲・沙丕洛

Ross　羅斯

Rubicon　盧比孔

Ryan Shapiro　萊安・沙丕洛

S

Santillana del Mar　散提亞拿

Samantha Shapiro　莎曼珊・沙丕洛

Sang-min Park　朴尚民

Sarah　莎拉

Savile Row　薩佛街

Seven Bridge Investment　七橋投資

Shane　謝恩

Simon　賽蒙

Singularity Consortium　奇點聯營團隊

Steven　史提分

Steven Collins　史蒂芬・科林斯

Stockton　史塔克頓

Sylvia　希薇婭

T

Tanner　譚納

Terra Transworld　大地環球

The Extinction File　大滅絕檔案

Thomas Janson　湯瑪斯・詹森

Tian　小天

Travers　崔佛斯

Travis　崔維斯

W

Wallace Sinclair　瓦勒斯・辛克雷

Walter Miller　沃特・米勒

Weathers　韋德斯

William　威廉

Y

Yellow Brick Road　黃磚路

Yuri Pachenko　尤里・帕掣柯

Z

Zeno Soiety　芝諾學會

家圖書館出版品預行編目資料

大滅絕檔案 . 密碼 / 傑瑞 . 李鐸 (A.G. Riddle) 作
陳岳辰譯 . -- 初版 . -- 臺北市 : 奇幻基地出版 :
家庭傳媒城邦分公司發行 , 民 108.05
面 : 公分 . -（Best 嚴選 ; 115）
譯自 : Pandemic
SBN 978-986-97628-4-7 (平裝).

74.57　　108007737

BN 978-986-97628-4-7

nted in Taiwan.

BEST 嚴選 115

大滅絕二部曲：密碼

原著書名／The Extinction Files
作　　者／傑瑞・李鐸（A. G. Riddle）
譯　　者／陳岳辰
企畫選書人／王雪莉
責任編輯／王雪莉
版權行政暨數位業務專員／陳玉鈴
資深版權專員／許儀盈
行銷企畫／陳姿億
行銷業務經理／李振東
副總編輯／王雪莉
發 行 人／何飛鵬
法律顧問／元禾法律事務所　王子文律師
出版／奇幻基地出版
城邦文化事業股份有限公司
台北市 104 民生東路二段 141 號 8 樓
電話：(02)25007008　傳眞：(02)25027676
網址：www.ffoundation.com.tw
e-mail：ffoundation@cite.com.tw
發行／英屬蓋曼群島商家庭傳媒股份有限公司城邦分公司
台北市 104 民生東路二段 141 號 11 樓
書虫客服服務專線：(02)25007718・(02)25007719
24 小時傳眞服務：(02)25170999・(02)25001991
服務時間：週一至週五 09:30-12:00・13:30-17:00
郵撥帳號：19863813　戶名：書虫股份有限公司
讀者服務信箱 e-mail：service@readingclub.com.tw
歡迎光臨城邦讀書花園　網址：www.cite.com.tw
香港發行所／城邦（香港）出版集團有限公司
香港灣仔駱克道 193 號東超商業中心 1 樓
電話：(852) 2508-6231　傳眞：(852) 2578-9337
e-mail：hkcite@biznetvigator.com
馬新發行所／城邦（馬新）出版集團
【Cite(M)Sdn. Bhd】
41, Jalan Radin Anum, Bandar Baru Sri Petaling,
57000 Kuala Lumpur, Malaysia.
Tel: (603) 90578822 Fax:(603) 90576622
email:cite@cite.com.my

封面設計 / 朱陳毅、王俐淳
排　　版 / 極翔企業有限公司
印　　刷 / 高典印刷有限公司
■ 2019 年（民 108）5 月 30 日初版
■ 2023 年（民 112）5 月 19 日初版 4.3 刷

售價 / 399 元

廣　告　回　函
北區郵政管理登記證
台北廣字第000791號
郵資已付，免貼郵票

104台北市民生東路二段141號11樓

英屬蓋曼群島商家庭傳媒股份有限公司城邦分公司 收

請沿虛線對摺，謝謝

奇幻基地

每個人都有一本奇幻文學的啓蒙書

奇幻基地官網：http://www.ffoundation.com.tw

奇幻基地粉絲團：http://www.facebook.com/ffoundation

書號：1HB115X　　書名：大滅絕二部曲：密碼

請於此處用膠水黏貼

奇幻基地

讀者回函卡

謝謝您購買我們出版的書籍！請費心填寫此回函卡，我們將不定期寄上城邦集團最新的出版訊息。

姓名：________________ 性別：☐男 ☐女

生日：西元________年________月________日

地址：________________

聯絡電話：________________傳真：________________

E-mail ：________________

學歷：☐1.小學 ☐2.國中 ☐3.高中 ☐4.大專 ☐5.研究所以上

職業：☐1.學生 ☐2.軍公教 ☐3.服務 ☐4.金融 ☐5.製造 ☐6.資訊

☐7.傳播 ☐8.自由業 ☐9.農漁牧 ☐10.家管 ☐11.退休

☐12.其他________________

您從何種方式得知本書消息？

☐1.書店 ☐2.網路 ☐3.報紙 ☐4.雜誌 ☐5.廣播 ☐6.電視

☐7.親友推薦 ☐8.其他________________

您通常以何種方式購書？

☐1.書店 ☐2.網路 ☐3.傳真訂購 ☐4.郵局劃撥 ☐5.其他

您購買本書的原因是（單選）

☐1.封面吸引人 ☐2.內容豐富 ☐3.價格合理

您喜歡以下哪一種類型的書籍？（可複選）

☐1.科幻 ☐2.魔法奇幻 ☐3.恐怖 ☐4.偵探推理

☐5.實用類型工具書籍

您是否為奇幻基地網站會員？

☐1.是☐2.否（若您非奇幻基地會員，歡迎您上網免費加入，可享有奇幻基地網站線上購書75 折，以及不定時優惠活動：http://www.ffoundation.com.tw/）

對我們的建議：________________

____

____

請於此處用膠水黏貼

— the —
EXTINCTION FILES